La CONDESA LIBERTINA

La
CONDESA LIBERTINA
· Joanna Shupe ·

TITANIA

Argentina • Chile • Colombia • España
Estados Unidos • México • Perú • Uruguay • Venezuela

Título original: *The Harlot Coountess*
Editor original: Zebra Books – Kensington Publishing Corp., New York
Traducción: Encarna Quijada

1.ª edición Junio 2016

Copyright © 2015 by Joanna Shupe
All Rights Reserved
© 2016 de la traducción *by* Encarna Quijada
© 2016 *by* Ediciones Urano, S.A.U.
  Aribau, 142, pral. – 08036 Barcelona
  www.titania.org
  atencion@titania.org

ISBN: 978-84-92916-93-1
E-ISBN: 978-84-9944-884-8
Depósito legal: B-1.623-2016

Fotocomposición: Ediciones Urano, S.A.U.
Impreso por Romanyà Valls, S.A. – Verdaguer, 1 – 08786 Capellades (Barcelona)

Impreso en España – *Printed in Spain*

1

Primavera de 1809, Londres

El silencio se extendió por la sala de baile en el instante en que sus pies tocaron el escalón más alto.

Antes de que lady Margaret Neely tuviera ocasión de hacer ningún comentario sobre la extraña reacción de los presentes, su madre la arrastró escaleras abajo. Y solo entonces comprendió que el desastre era inminente: la forma en que cada persona evitaba su mirada, las voces quedas que se oían por la estancia, el modo en que los que bailaban detenían sus pasos a mitad de un giro.

Lo sabían.

De algún modo, a pesar de sus esfuerzos, aquella tarde el rumor sobre lo sucedido la noche antes se había extendido por las calles de Londres. En las visitas matinales, en los paseos en carruaje por Hyde Park, o los paseos a pie por Rotten Row…, de alguna manera la alta sociedad londinense había hecho correr el rumor por todas partes.

Ese día su hermana menor estaba enferma, y por ello la madre no había querido salir a hacer visitas. Maggie se había sentido aliviada y había dedicado la mañana a dibujar, y dio gracias porque tampoco ellas recibieron ninguna visita. Ahora entendía por qué.

Le daban ganas de gritar. Ella no había hecho nada malo. De hecho, estaba haciendo un gran esfuerzo por comportarse como una joven inglesa educada mientras duraba su presentación en sociedad. Y sabe Dios que, con los cabellos negros de su padre y su temperamento irlandés, había sido una tortura. Maggie no se comportaba como las otras ni tenía su aspecto, y la alta sociedad parecía disfrutar tachándola de forastera a pesar de que había pasado casi toda la vida en Londres.

—¿Por qué se ha callado todo el mundo? —le susurró su madre al oído—. Margaret, ¿qué has hecho?

Evidentemente, su madre también había notado la sensación de malestar en el ambiente. Y no era extraño que su primer impulso fuera atribuir aquel malestar a Maggie. Y aun así, Maggie no pudo contestar. Se le había hecho un nudo en la garganta, e incluso respirar era una lucha.

«Huye», oyó en su mente. Huye y finge que todo esto no ha pasado. Pero ella no había hecho nada malo. Alguien la creería, seguro. Lo único que debía hacer era explicar lo que había sucedido en los jardines Lockheed.

Así pues, alzó el mentón y siguió bajando hacia la luminosa sala. La tozudez siempre había sido un defecto de su carácter, eso decían. Mamá siempre se lamentaba porque ella discutía y discutía aun cuando ya había dejado clara su opinión. No pensaba dar media vuelta y salir huyendo, por mucho que se le encogiera el estómago. No, les plantaría cara, aunque solo fuera para demostrar que podía hacerlo.

Cuando llegaron al pie de la escalera, el silencio era ensordecedor. Sus anfitriones no se acercaron prestos para recibirlas. Y ninguna de sus escasas amistades corrió a su lado para compartir algún chisme o elogiar su vestido. Ningún joven apuesto acudió para pedir que le reservara un baile en su libreta.

No, en lugar de eso, la multitud retrocedió, como si una bestia salvaje hubiera entrado en la sala y temieran que pudiera atacar en cualquier momento.

—Vamos —ordenó su madre tomándola del brazo—. Volvamos a casa.

—No —susurró ella con énfasis.

Lo que había sucedido no era culpa suya. No permitiría que nadie la intimidara. Alguien tenía que creerla…

En ese instante, un borrón de seda azul se concretó en las facciones arreboladas de lady Amelia.

—No me puedo creer que seas tan necia para presentarte aquí —musitó la joven por lo bajo.

Maggie cuadró los hombros y se concentró en su amiga.

—No sé lo que habrás oído, pero…

—Me lo ha contado todo. ¿Acaso pensabas que no lo haría? Mi prometido me ha confesado tu… tu perversidad, Margaret. Has intentado arrebatármelo, y te salió mal.

En aquellos momentos, la sala en pleno las miraba y escuchaba con avidez la conversación. Incluso la orquesta había dejado de tocar.

—Amelia, ¿por qué iba yo a…?

—Siempre has estado celosa. Yo he tenido otras tres peticiones de mano esta temporada y tú ninguna. No me sorprende en absoluto que hayas tratado de robarme al señor Davenport.

Como heredero del vizconde de Cranford, el señor Davenport era considerado por la mayoría como el soltero más deseado de Londres. Había pedido la mano de Amelia hacía más de un mes y Maggie se había sentido muy feliz por ella.

De modo que no hizo caso del respingo que dio su madre y mantuvo sus ojos clavados en los de Amelia.

—Estás equivocada.

—Amelia. —Era lady Rockland, que apareció en ese momento y tomó a su hija del brazo—. Vámonos enseguida. Vas a arruinar tu reputación si hablas con esta…

Dejó la frase sin acabar, no pronunció la ofensiva palabra, y se limitó a darse la vuelta con una visible expresión de repugnancia. Sin embargo, Maggie podía imaginar perfectamente lo que había querido decir.

Puta. Ramera. Meretriz.

¿En eso se había convertido a ojos de todos? Aquello era absolutamente incomprensible. El señor Davenport había mentido. Maggie había accedido a reunirse con él para, como él dijo, hablar de Amelia.

Pero en cuanto estuvieron en los límites de los jardines, quedó muy claro que las intenciones del joven eran otras. La tomó del brazo y le puso la boca en su boca. Y le rompió el vestido. Maggie le golpeó en el lugar que más le duele a un hombre y él la soltó. Ella corrió entonces hacia la casa y, sin duda, la pareja que llegaba en aquellos momentos y la vio con las ropas desarregladas había sacado sus propias conclusiones.

El señor Davenport la había engañado. La había atacado. Y para acabar de arreglarlo le había contado una mentira a Amelia, una de las pocas jóvenes con las que Maggie había entablado amistad. La necesidad de que los demás conocieran la verdad la carcomía. ¿Es que a nadie le importaba la verdad?

Mientras paseaba la mirada por la habitación, el odio con que todos la observaban le dejó muy claro que no, la verdad no le importaba a nadie. La alta sociedad londinense había dictado sentencia. Le daban ganas de gritar por lo injusto de aquello. ¿Es que nadie acudiría en su ayuda? Alguna de las otras jóvenes solteras, o el hombre a quien consideraba…

Con algo más que desesperación, Maggie escrutó la habitación, buscando a un hombre alto y rubio. Él había sido su tabla de salvación aquella temporada, era la única persona que de verdad la conocía y tenía que saber que ella jamás haría algo tan desconsiderado. Sin duda, Simon ya habría oído lo sucedido. ¿Por qué no había corrido a su lado para defenderla?

Allí, al fondo del salón. Sus ojos se encontraron con aquella mirada azul y deslumbrante que tan bien conocía, una mirada que la había buscado con adoración más noches de las que podía contar. Pero los ojos de Simon no brillaban; la miraban mortecinos, desprovistos de toda emoción. El rubor le cubrió las mejillas, casi como si se sintiera… furioso, o quizás abochornado… y eso no tenía ningún sentido.

Maggie cruzó con fuerza sus manos enguantadas, suplicando en silencio que Simon fuera a rescatarla. Pero él no se movió. Sin apartar la mirada, levantó su copa de champán y la apuró.

Por un instante, Maggie se llenó de esperanza, porque vio que Simon se movía, pero la esperanza se desvaneció con rapidez, porque lo que hizo fue darle la espalda.

Simon le había dado la espalda.

Nadie se movía. Nadie hablaba. Era como si todos estuvieran esperando para ver qué hacía. Maggie sintió que la histeria burbujeaba en su pecho, golpeando con fuerza sus pulmones.

Señor, señor. ¿Qué iba a ser de ella?

2

Diciembre de 1819, Londres

El pasado de un hombre puede olvidarse fácilmente... siempre y cuando no esté expuesto en el escaparate de una tienda en la zona más concurrida de Saint James.

Simon Barrett, octavo conde de Winchester, estaba plantado en la calle, en aquel gélido día invernal, con la vista clavada en otro brillante recordatorio de su juventud ilustre y su afición de entonces por la bebida. A pesar del frío, una desagradable sensación de calor le subió por el cuello. Demonios, no se sonrojaba desde que era un crío.

Y aun así, no podía apartar los ojos del dibujo del escaparate de la tienda de cuadros, la semblanza de un hombre demasiado ebrio para tenerse en pie mientras a su lado alguien robaba sus joyas a una dama. No había confusión posible con respecto a la identidad del caballero. Como si la altura, los cabellos rubios y los ojos azules no fueran detalle suficiente, el artista había dado un nombre al personaje: lord Vinochester.

«Maldita sea.»

—Casi había olvidado esa faceta tuya de calavera que tuviste en tu juventud.

Simon lanzó una mirada a su buen amigo Damien Beecham, vizconde de Quint.

—Parece que es lo único que interesa al artista.

Una vez más, Simon hubo de preguntarse por qué aquel artista, Lemarc, parecía tan obsesionado con él. ¿Sería alguno de sus adversarios responsable de las caricaturas? Nadie consigue llegar a los puestos más altos del Parlamento sin pisar a otros.

—¿Qué número es este? Diría que es la cuarta o quinta caricatura tuya que saca este año. Lord Vinochester se está haciendo muy popular. A lo mejor hasta sacan alguna cuchara o plato conmemorativo en tu honor, como han hecho con el doctor Syntax, de Rowlandson —dijo Quint refiriéndose al popular personaje del artista.

—Oh, qué fantasioso —repuso Simon con voz cansina.

Quint rio entre dientes y le dio una palmada en el hombro a su amigo.

—Vamos. Te reíste de las otras. ¿Por qué ponerte tan serio ahora?

Aquello no era del todo cierto. Simon tal vez se había reído públicamente, pero en el fondo aquellas caricaturas le preocupaban. Había trabajado muy duro para labrarse una reputación y lo que menos le interesaba era que algún gracioso se dedicara a ridiculizarlo públicamente. Si seguían describiéndolo como un bufón, su influencia y prestigio entre sus colegas acabarían por resentirse. Tal vez había llegado el momento de sugerir a cierto artista que concentrara sus habilidades en otro sitio.

Y si la sugerencia se percibía como una amenaza, que así fuera.

—¿Entramos?

Cuando Simon entró, seguido de Quint, una campanilla sonó sobre la puerta. La tienda era una sala espaciosa, con una hilera de ventanas que llegaban hasta el techo y permitían que la luz bañara cada superficie, incluso en un gris día de invierno como aquel. Las paredes estaban cubiertas de obras de arte enmarcadas: paisajes, retratos, litografías que ilustraban la moda del momento y escenas costumbristas, todos ellos en diferentes formas y tamaños. En un rincón había estantes de lienzos sin enmarcar. Simon se acercó dando grandes zancadas hasta el largo mostrador, donde una mujer de mayor edad aguardaba pacientemente. Sus ojos, que miraban desde detrás de unas lentes pequeñas y redondas, se abrieron con desmesura y se desviaron por un instante al escaparate, antes de volver a posarse en su rostro. «Bueno, al menos no tendré que presentarme.»

La mujer hizo una reverencia.

—Buenas tardes, caballeros.

Simon se quitó el sombrero y lo dejó sobre el mostrador.

—Buenas tardes. Quisiera hablar con el propietario.

—Soy la señora McGinnis, la propietaria. ¿Está interesado el señor en adquirir algún grabado?

—Hoy no. En realidad lo que busco es información. —Y señaló con el gesto al escaparate—. ¿Puede decirme cómo localizar al artista, Lemarc? Su obra me resulta… interesante.

Quint soltó una risita, pero Simon no hizo caso.

—Me temo que el artista desea permanecer en el anonimato, milord.

Aquella respuesta tan previsible no le desanimó. En las pasadas semanas, Simon había hecho ciertas averiguaciones en relación con el artista, y sabía que Lemarc solo era un pseudónimo.

—¿Y si le digo que le pagaré por la información? Digamos unas diez libras.

Los labios de la mujer se crisparon y Simon tuvo la poderosa sensación de que contenía una sonrisa.

—Milord, han llegado a ofrecerme hasta cincuenta libras.

—¿Y si le doy cien?

—El señor tendrá que disculparme, pero mi lealtad es para el artista. No sería correcto si desoigo sus deseos.

Por dentro, Simon maldijo la obstinación de aquella mujer, aunque su devoción por Lemarc era encomiable.

—Entonces, quisiera comprar la caricatura del escaparate.

La señora McGinnis meneó la cabeza.

—Discúlpeme otra vez. Ese dibujo en particular no está en venta.

Simon estuvo a punto de abrir la boca por la sorpresa.

—¿Que no está en venta? ¿Sea cual sea la oferta?

—Sea cual sea. El artista prefiere conservar la pieza en su colección privada.

«Maldita sea.» Simon tamborileó con los dedos sobre el mostrador, mientras su mente barajaba las diferentes posibilidades. Ni siquiera podía comprar las dichosas caricaturas para deshacerse de ellas.

Quint se inclinó hacia delante.

—¿Hay alguna otra pieza de Lemarc que sí esté en venta?

—Bueno, pues sí —contestó al punto la propietaria—. Tengo una colección de acuarelas del artista con semblanzas de pájaros, si los caballeros desean verlas.

—Se las lleva todas —dijo Quint señalando con el pulgar a Simon—. Todas las que tenga.

—¿Pájaros? —Simon lo miró con expresión furiosa—. ¿Pájaros?

—Cómpralas, Winchester. Hazme caso.

Simon se volvió hacia la propietaria.

—¿Cuántas son?

—Casi veinte, milord. Son muy bonitas, y todas han sido pintadas estos últimos años. ¿Desean verlas los señores?

Fue Quint quien contestó.

—No, no será neces…

Pero antes de que pudiera terminar, Simon lo aferró del hombro y se lo llevó hacia la entrada.

—¿Nos disculpa un momento, señora McGinnis?

—Por supuesto. Tómense todo el tiempo que necesiten, caballeros. Estaré en la trastienda.

Y dicho esto, desapareció en la parte de atrás y los dejó solos.

Simon miró a su amigo con expresión grave.

—¿Por qué demonios voy a comprar casi veinte acuarelas de pájaros? Detesto los pájaros.

—Porque algunos solo se encuentran en zonas muy localizadas, tarugo. Es posible que encontremos algún punto en común entre los pájaros que retrata y eso nos permita situar a Lemarc en algún condado concreto. Al menos eso te daría un punto de partida para empezar a buscar.

Simon pestañeó.

—Quint, eso es…

—Lo sé. Y ahora, compra las dichosas acuarelas para que podamos irnos de una vez al club. Me muero de hambre.

Por un momento, Simon había olvidado la afición de Quint por
los enigmas.

—Bien. El proyecto es tuyo, entonces. Dame una de tus tarjetas.

Quint sacó una tarjeta y Simon llamó a la señora McGinnis.

—Me llevaré todas las acuarelas de pájaros —dijo a la propietaria
cuando regresó, y se sacó una tarjeta del bolsillo del pecho—. Mánde-
me a mí la factura, los dibujos envíelos a esta dirección —y le entregó
la tarjeta de Quint.

—Por supuesto, milord. ¿Desea el señor que los enmarquemos?

Ya puestos, pensó. Ya les encontraría alguna utilidad. Podía usar-
los para hacer prácticas de tiro, por ejemplo.

—Desde luego. Confío en su buen criterio, señora McGinnis. Elija
usted los marcos que le parezcan más adecuados. ¿Cuándo cree que
estarán listos?

—Pondré al chico a trabajar enseguida. El señor tendrá sus cuadros pasado mañana.

En ese momento sonó la campanilla de la puerta y, al volverse, Simon vio una figura menuda entrar apresuradamente. Una dama, a juzgar por el sombrero a la moda y pelliza negra. Cuando la mujer los vio
pareció quedarse helada, pero inclinó enseguida la cabeza. Había en
ella algo que le resultaba extrañamente familiar…

—Lord Quint —oyó que decía.

Quint inclinó la cabeza.

—Lady Hawkins. Qué agradable volver a verla.

Por un momento pareció como si el aire hubiera desaparecido de
la habitación. O quizá solo era que los pulmones de Simon se negaban
a colaborar, porque una sensación de comezón se había encendido en
su pecho, como si el techo se le hubiera caído encima. Santo Cristo, no
esperaba encontrarla allí. En realidad no esperaba encontrarla en ninguna parte. Diez años. Habían pasado diez años desde que se vieron

las caras por última vez. Evidentemente, conocía todos los rumores sobre ella. No podía ocultarse que aquella mujer disfrutaba de la notoriedad y del espectáculo…. lo cual no dejaba de sorprenderle, porque él la recordaba como una persona reflexiva y, ejem, tímida.

Pero claro, eso es porque en realidad nunca había llegado a conocerla de verdad. El escándalo que dio cuando aún era lady Margaret, unido al comportamiento que había mostrado desde que acabó el periodo de luto tras la muerte de su marido lo dejaban muy claro.

Simon estaba tan sorprendido que se había quedado sin habla, de modo que se limitó a mirar. Desde luego, a juzgar por su aspecto, los años habían tratado bien a lady Hawkins. De su sombrero sobresalían algunos mechones negros, y sus delicadas facciones casi relucían por el frío. Tenía la piel cremosa, sin la más leve imperfección, y unos ojos verdes que hablaban de los pastos irlandeses de sus ancestros. Mientras la miraba, su boca generosa esbozó una leve sonrisa. Sí, Simon recordaba muy bien la belleza y la sencillez de aquella sonrisa, y las cosas que había llegado a hacer solo para verla.

Hubo un tiempo en que hubiera movido cielo y tierra por hacer feliz a aquella mujer. Había sido tan, tan necio. La ira se revolvió en sus entrañas cuando recordó su infidelidad… pero la apartó enseguida, porque era una ira absurda. Después de todo, habían pasado diez años.

—Lord Winchester, cuánto tiempo —oyó que decía ella con tono tranquilo y educado.

Él inclinó la cabeza con rigidez.

—Lady Hawkins. Es un placer verla.

Pero incluso él mismo se dio cuenta de lo postizas que sonaban sus palabras.

Ella no contestó, y se hizo un incómodo silencio. Maldita sea, no sabía qué decir. Se sentía la lengua y los pies clavados al suelo.

—¿Va a comprar usted algún grabado? —preguntó finalmente Quint.

La mujer se acercó al mostrador y la coronilla de su cabeza apenas si le llegaba a Simon al hombro.

—Ya lo he hecho, la semana pasada. Lo dejé para que me lo enmarcaran y venía a recogerlo. ¿Y usted?

—Hoy es Winchester el que compra.

Lady Hawkins se volvió y su mirada inquisitiva topó con la de él. Resultaba difícil no reparar en la expresión de inteligencia de aquellos ojos, tan familiar y a la vez misteriosa. Se aclaró la garganta.

—He comprado una colección de acuarelas de pájaros.

—¿De veras?

—Ciertamente, milady —confirmó la propietaria—. Los diecinueve grabados de Lemarc. El señor los ha comprado todos.

—Oh. ¿Ha desarrollado usted un nuevo interés por la ornitología, milord?

El sonido de la voz de lady Hawkins, bromeando con aquel tono ronco y único, hizo que la piel le cosquilleara. No pretendía responder de un modo tan visceral, pero no pudo evitarlo. Durante los meses que pasaron juntos, ella siempre bromeaba y le hizo reír como nunca antes en su vida. Por eso cuando la perdió su ausencia se le hizo tan difícil.

¿Hacía reír también al difunto lord Hawkins? ¿Y a los otros hombres de su pasado?

—Quiere decir pájaros —dijo ella atrayendo de nuevo su atención—. Le preguntaba si le interesan a usted los pájaros.

—Más bien las pájaras —musitó Quint, y lady Hawkins rio por lo bajo.

—Sé bien lo que es la ornitología —contestó por fin Simon—. Y si bien no puedo decir que sea un experto, de pronto siento una gran fascinación por los pájaros. ¿Y usted, milady?

Ella se volvió para mirar algunos objetos expuestos en la vitrina.

—Oh, no, me temo que no distinguiría una perdiz de un trepador.

—¿Ha visitado alguna de las otras exposiciones de arte recientes? —preguntó Quint.

«¿Otras?», pensó Simon. Definitivamente, Quint había olvidado mencionar que se había encontrado con lady Hawkins. Lo cual era bien extraño, puesto que estaba al corriente de lo que había pasado entre ellos dos. Aunque tampoco es que le importara mucho. No, desde luego que no.

—No he tenido tiempo —replicaba ella en aquellos momentos—. Y usted, ¿compró al final el cuadro que estuvo admirando en la exposición de Waterfield?

—No, no me interesaba especialmente adquirirlo —admitió Quint—. Solo estaba tratando de deducir cómo había conseguido el artista aquel tono particular de amarillo. Nunca había visto un amarillo tan brillante.

—El pigmento se consigue a partir de un metal llamado cadmio. Justamente había leído en qué consiste esa técnica antes de la exposición.

—Extraordinario. Deben de usar una solución ácida… —Y sin dejar de musitar, el hombre se sacó del bolsillo un cuaderno de notas y un lápiz y se dirigió hacia la puerta escribiendo unas notas furiosas.

—Es bueno ver que algunas cosas no cambian —dijo lady Hawkins—. Parece que lord Quint sigue sintiéndose totalmente absorto por lo que sea que haga.

—No sabía que usted y Quint fueran tan amigos.

Ella escrutó su rostro.

—Sí, bueno. Supongo que no todo el mundo me dio la espalda.

Aunque lady Hawkins solo musitó aquello por lo bajo, a Simon le pareció un comentario un tanto extraño. Era ella quien había elegido, años atrás, y su elección fue Davenport, el actual lord Cranford. Desde luego, fue mala suerte que no le saliera bien; su reputación sufrió un fuerte revés con aquello. Pero sin duda era consciente de las posibles consecuencias cuando lo arriesgó todo para flirtear con Davenport. Así pues ¿cómo podía sorprenderle nada de lo que había sucedido?

—¿Desea el señor la factura?

Simon se volvió sobresaltado hacia la señora McGinnis, de quien se había olvidado por completo. La anciana esperó con paciencia su respuesta, pero entonces lady Hawkins se movió y sin querer volvió a arrebatarle la atención del caballero cuando se alejó para contemplar un cuadro que había en la pared del fondo. Simon sabía que no debía permanecer allí, que debía aprovechar la ocasión para marcharse y poner tanta distancia como pudiera entre los dos… pero no podía. Necesitaba ir en pos de ella, hablarle. «¿Con qué fin?», pensó reprendiéndose. ¿Para charlar educadamente del tiempo? Por Dios, era un perfecto idiota.

—Sí, quiero la factura —se oyó contestar a la señora McGinnis.

La propietaria desapareció en la trastienda y Simon se acercó a lady Hawkins.

—Parece que entiende de arte.

—Un poco. He estudiado aquí y allá estos últimos años. —La mujer encogió los hombros y lo miró de arriba abajo con descaro, paseando el pálido verde de sus ojos por su figura—. Le veo bien. Aunque no esperaba otra cosa.

Algo en su tono le hizo fruncir el ceño.

—¿Lo que significa?

—Significa que ha pasado mucho tiempo y se le ve más… no sé, tiene un aire más aristocrático de lo que recuerdo.

—¿Aristocrático? —Muy a su pesar, Simon sonrió—. Soy un conde, lady Hawkins. Y lo era también cuando…

No pudo terminar la frase, las palabras se le atascaron en la garganta. ¿Lo supo alguna vez? ¿Llegó a tener siquiera una idea de lo que sentía por ella? Dios, hubo una época en que el solo hecho de ver la curva de su cuello le hacía sacudirse.

En su momento, nunca dejó de soñar con seducirla, pero decidió esperar a que estuvieran casados. Tonto él, por pensar que ella sentía lo mismo.

—¿Cómo está su madre? Guardo un grato recuerdo de ella —preguntó lady Hawkins.

Simon cambió el peso sobre sus pies, visiblemente incómodo. Deseaba a un tiempo echar a correr y no marcharse nunca de allí.

—Está muy bien, gracias. ¿Y la suya?

—Lamento decir que su salud no es buena. Pero nos las arreglamos.

—Lo siento, Maggie. —El nombre se le escapó sin querer.

Ella tragó, pero su expresión no se alteró, su mirada seguía clavada en los cuadros.

—No hay necesidad de disculparse, Simon —dijo, correspondiendo la familiaridad—. Si una cosa he aprendido sobre mí misma en estos años es que se me da muy bien salir adelante.

—Sí, eso he oído.

Ella volvió la cabeza para mirarlo.

—¿Ah, sí?

—Está usted siempre en boca de todos.

Ella arqueó una ceja.

—Pues yo no hago más que oír hablar de sus hazañas en el Parlamento, lord Vinochester.

Al oír aquel nombre, Simon cuadró los hombros con rigidez de manera instintiva. Lady Hawkins había visto la caricatura del escaparate, sin duda. Haciendo un esfuerzo para controlar el impulso de acercarse y romper aquel dibujo, comentó entre dientes:

—Me temo que exageran.

—Sí, pero es lo que mejor se le da a la alta sociedad.

No podía discutirle aquello.

—A estas alturas esperaba haber podido contar con su presencia en alguna de mis fiestas —siguió diciendo ella.

—No recuerdo haber sido invitado —replicó él.

—Um. ¿Es eso lo que le retiene? ¿Que no tiene invitación?

Simon comprendió que se estaba riendo de él. Burlándose de él. Pero había algo más… La rigidez de los hombros y los labios fruncidos sugerían que estaba furiosa. Le dio un par de vueltas, tratando de encontrarle un sentido.

—Discúlpeme, aquí tiene su factura, milord —exclamó la señora McGinnis desde el mostrador.

Maggie lo dejó plantado y se fue al otro lado de la tienda, y a él no le quedó más remedio que acercarse al mostrador para recoger su factura. Se metió el pequeño pedazo de papel en el bolsillo.

—Buenas tardes, lady Hawkins —dijo a la espalda de Maggie.

Ella no se volvió, se limitó a agitar la mano.

—Buenas tarde tenga usted, lord Winchester.

Una vez fuera, Simon encontró a Quint aún garabateando. Mientras esperaba a que su amigo acabara, no pudo evitar volverse hacia la tienda, y trató de convencerse de que lo hacía para estudiar una vez más la infame caricatura… aunque en realidad sus ojos se fueron directos a lady Hawkins.

—La viste y no me dijiste nada —comentó con tono tan despreocupado como pudo.

Quint levantó la cabeza al instante.

—No pensé que te importara.

—Y no me importa. Solo estoy sorprendido.

—Claro —dijo su amigo con voz cansina, y enseguida volvió con sus notas—. Y luego dicen que yo miento mal.

—¿*Ya* puedo dejar de sonreír?

Maggie se sentía como una idiota, con aquella sonrisa postiza delante del mostrador.

—Todavía no, milady. Los caballeros aún están ahí fuera, mirando hacia aquí.

—¿Alguna sugerencia? Me siento como una idiota plantada aquí delante haciendo el paripé.

—¿Por qué no se pasea por la tienda y yo me voy atrás como si fuera a buscar su cuadro?

La señora McGinnis le lanzó una mirada de disculpa y se escabulló a la trastienda. Siguiendo la sugerencia de la mujer, Maggie se acercó al montón de lienzos que descansaban apoyados contra la pared y trató de pasarlos con calma, aunque su corazón latía más deprisa que las alas de un gorrión. Simon había estado allí, contemplando su grabado. ¿Qué había sentido al mirarlo? ¿Humillación? ¿Ira?

Sintió que la satisfacción la dominaba.

Él no sabía nada, por supuesto. ¿Cómo iba a pensar que ella era la responsable de las caricaturas de lord Vinochester? Solo tres personas estaban al corriente de sus aptitudes: su hermana, su mentor, Lucien, y la señora McGinnis. Y ninguno revelaría jamás su secreto.

Señor, cuando Simon la había mirado con aquella sonrisa tan íntima y juvenil, la sensación de calor la había recorrido de los pies a la cabeza. Seguro que tenía a sus pies a todas las mujeres de Londres, como la había tenido a ella en otro tiempo.

Pero nunca más.

Sí, había sido lo bastante necia para confiar en él. Incluso amarlo. Pero ya no era necia, ni ingenua. Ahora era más lista. Más fuerte. Era una persona distinta.

Pero más que aquel coqueteo, lo que más le había molestado era que hablara como si no tuviera nada por lo que disculparse. Como si no le hubiera dado la espalda cuando más lo necesitaba.

De todo lo que había sucedido desde aquel escándalo, lo que más le había dolido era la traición de Simon. Que es el motivo por el que le complacía tanto tanto humillarlo públicamente. Ahora conocía su reputación, era un líder respetado y poderoso del Parlamento. Nunca estaba entre los que perdían. Se decía que era un hombre justo e inteligente, y sus travesuras de juventud habían quedado olvidadas.

Pero ella no había olvidado. ¿Cómo podía olvidar cuando los cotilleos de su caída la seguían allá donde iba?

«La ramera medio irlandesa.»

Al principio no pudo evitar sentirse molesta por aquel apelativo, sobre todo porque las damas jamás se molestaban en bajar la voz para decirlo. Pero con los años se había acostumbrado y había aprendido a usar aquello en su favor. Cuando has caído, aprendes a levantarte o a quedarte en el suelo... y Maggie no tenía intención de permitir que la alta sociedad la pisara. No señor, si acaso sería al revés.

Bueno, quizá no podría pisarles... pero les haría pagar por lo que le habían hecho, eso sí. Por fortuna, la popularidad de Lemarc le daba el foro que necesitaba para denunciar lo hipócrita y absurdo de la sociedad londinense. Lucien, su amigo, siempre decía que los artistas debían utilizar el arte para canalizar el dolor y el sufrimiento, pero ella se había aferrado a su rabia durante demasiado tiempo.

—Ya se han ido, milady.

Era la señora McGinnis, que en ese momento volvía con un paquete marrón en las manos.

—Menos mal. —Maggie se llevó una mano al pecho y por poco no se cae de puro alivio—. Casi me muero cuando he entrado y lo he visto aquí. ¿Qué quería?

—La caricatura, por supuesto. Trató de sobornarme para que le diera el nombre real de Lemarc. Y como no lo consiguió, quiso comprar la caricatura al precio que fuera.

—¿Al precio que fuera? Bueno, lamento haberla privado de una venta. Imagine el dinero que conseguiría si pudiéramos revelar la verdadera identidad de Lemarc.

La señora McGinnis meneó la cabeza.

—Si lo hiciéramos, sin duda a la larga saldría perdiendo, milady. Es el misterio lo que los atrae hasta aquí, si no le importa que lo diga, y el talento que tiene usted hace que compren todo lo que dibuja. Las acuarelas de pájaros eran lo último que me quedaba. —Estiró el brazo y le dio unas palmaditas en la mano—. Y haría cualquier cosa por usted. Desde luego, no hay dinero suficiente en el mundo para hacerme traicionar nuestro secreto.

Maggie apretó los dedos de la mujer.

—Gracias. Su lealtad significa mucho para mí.

—Soy yo quien debe darle las gracias. De no ser por usted, aún estaría en Little Walsingham, sufriendo los golpes del demonio con el que me casé. Se lo debo todo, porque usted me dio el dinero y las obras que necesitaba para abrir esta tienda. Y eso no lo olvidaré.

—Entonces nos salvamos la una a la otra. Sin su amistad, yo no hubiera sobrevivido.

En el pueblo, las otras mujeres siempre miraron con espanto a la escandalosa joven que se había casado con el viejo y acaudalado barón. No le había sido fácil hacer amigas.

La señora McGinnis rio por lo bajo y se apartó para enjugarse unas lágrimas.

—Menudo par, ¿verdad? Bueno, todo aquello ha pasado. Mírese ahora… ¡todo Londres habla de usted!

Las palabras de Simon volvieron a su mente. «Está usted siempre en boca de todos.» Y se preguntó qué habría oído decir de ella. Fuera lo que fuese, seguro que se alegraba de haber tomado la decisión que tomó hacía diez años.

—Bueno, a pesar de todo, estoy muy orgullosa de mi trabajo. Hablando de trabajo, ¿por qué cree que lord Winchester ha querido comprar los pájaros?

La propietaria se encogió de hombros.

—No sabría decirle. Su amigo, lord Quint, lo convenció. Se retiraron a un rincón para hablar en privado. Y entonces lord Winchester accedió a comprarlos sin siquiera mirarlos, y pidió que fueran enviados al domicilio de lord Quint.

Maggie frunció el ceño. ¿Los había comprado sin verlos? ¿Los mandaban a la casa de lord Quint? Todo aquel asunto era de lo más extraño y detestaba no saber por qué la gente hacía las cosas. Una cualidad muy molesta, pero que la convertía en una aguda observadora de la naturaleza humana, lo que a su vez resultaba en dibujos más perspicaces y provocativos. A pesar de su obstinación por encontrar siempre una razón, su hermana siempre le decía que no diera tantas vueltas a las cosas. Pero no podía evitarlo.

—¿Podría decirme qué le hizo el conde a la señora para que aparezca en tantos de los dibujos de Lemarc?

Maggie agitó una mano.

—No son tantos. Prinny, el príncipe regente, aparece en muchos más y jamás lo he visto en persona.

—A mí no me engaña. La conozco demasiado bien. Ha convertido a lord Winchester en un hazmerreír y tiene que haber una buena razón para ello.

Oh, sí. Desde luego que la había.

La señora McGinnis la estudió con detenimiento.

—Lo recuerdo de los tiempos de mi presentación en sociedad —dijo por fin Maggie—, y es algo que prefiero olvidar. Espero que le haya cobrado una buena cantidad por las acuarelas.

—Por supuesto. Usted amasará una pequeña fortuna a costa de lord Winchester. Y bien ¿a qué debo el honor de su visita?

—Quería decirle que ya he terminado los dibujos arquitectónicos y también una nueva caricatura para el escaparate. Utilizaremos el procedimiento habitual para la entrega. ¿Qué le parece pasado mañana?

—¡Excelente! —La propietaria dio unas palmas—. A los turistas les van a encantar los dibujos de monumentos arquitectónicos. Hay otro asunto que debemos discutir. He recibido una carta de Ackermann. Está preparando un libro de viajes sobre Escocia y Gales y desea contratar sus servicios… los de Lemarc, para las ilustraciones.

Rudolph Ackermann, propietario del Museo de las Artes, publicaba libros notablemente famosos sobre viajes, arquitectura y jardinería. La señora McGinnis llevaba meses mostrándole los dibujos de Maggie y no había dejado de rogarle que contratara a Lemarc para ilustrar alguno de sus próximos libros. Sería un trabajo tedioso, pero estaría bien pagado y le daría mucha publicidad. Y, lo más importante, tener la aprobación de Ackermann no era cualquier cosa; aquel hombre jamás trabajaba con artistas inexpertos o vanguardistas. Algo así pondría su trabajo al mismo nivel que el de artistas consolidados de la talla de Rowlandson y Gillray.

—Pide casi cien aguatintas —siguió diciendo la señora McGinnis ante el silencio y la estupefacción de Maggie—. ¿Puedo decirle que sí?

—¡Sí! Desde luego que sí. Qué maravillosa noticia —exclamó, y estiró los brazos para estrechar las manos de la señora McGinnis—. Le agradezco que luche tanto por mí.

—El acuerdo nos beneficiará a ambas, milady. Entre el trabajo de Ackermann y su amigo de París, pronto tendremos a Londres a nuestros pies. Y quizá para el verano podamos permitirnos una tienda más grande en el Strand.

—Oh, excelente. Veo que ha tenido noticias de Lucien.

Lucien Barreau era uno de los amigos más preciados de Maggie. Lo había conocido cuando estaba estudiando en París hacía unos años, antes de que Hawkins falleciera. Lucien había sido su mentor, le había enseñado a moverse en el mundo de los artistas y la había ayudado a afinar sus capacidades. El talento de aquel hombre era ilimitado, pero se negaba a mostrar su obra en París por miedo al rechazo. Sin embargo, tras una larga batalla, Maggie le había convencido para que vendiera sus trabajos en Londres, en la tienda de la señora McGinnis.

—Pues sí. Esta misma semana recibí una carta suya en la que decía que tiene más de doscientos grabados para mandarnos. La pieza que envió como muestra es destacable. ¿Desea verla?

—No es necesario. Conozco bien su trabajo. El público devorará sus elegantes dibujos como si fueran de crema.

—Eso espero. ¿Quiere que cuelgue el nuevo grabado enseguida o prefiere que deje un poco más el que tenemos expuesto ahora?

—Déjelo una semana más. No querría que lord Winchester piense que su visita la ha impulsado a retirarlo. No, dejemos que se concoma unos días más.

La campanilla de la puerta sonó de nuevo y tres jóvenes damas entraron en la tienda. Eran jóvenes inglesas de mofletes regordetes, cuyas vestimentas delataban su buena posición, y cuyas doncellas se quedaron fuera a esperarlas obedientemente. Las jovencitas iban cogidas de las manos y reían con alegría. Maggie se sintió como si tuviera cien años. ¿Había sido ella alguna vez tan inocente, incluso antes del escándalo?

—Discúlpeme —se excusó la señora McGinnis antes de correr a atender a las recién llegadas.

Maggie se desplazó para estudiar un grupo de pinturas en la pared más cercana. Siempre animaba a la señora McGinnis a tener piezas de los artistas más *au courant*; después de todo, no podría mantener la tienda solo con Lemarc. Además de aumentar las ventas, aquello le daba a Maggie la oportunidad de valorar el nivel de la competencia. Ante ella tenía una serie de nuevos y bonitos paisajes irlandeses de Mulready. Muy bonitos, sí, señor.

—¿Sabéis quién es esa? —oyó Maggie que susurraba una de las jóvenes a sus espaldas unos minutos después, aunque lo bastante alto para que llegara a sus oídos.

Maggie contuvo un suspiro y siguió de espaldas a ellas.

—¡Chis! —dijo otra.

—No, ¿quién es? —preguntó la tercera.

Maggie resistió la tentación de darse la vuelta y sisearles como una gorgona con la cabeza de serpientes. Si bien habría sido altamente satisfactorio, a la señora McGinnis no le gustaría que ahuyentara a sus clientes, por no mencionar que podía hacer que perdiera una venta muy necesaria. Aun así, Maggie se mantuvo firme. Bajo ninguna circunstancia daría a aquellas jóvenes el regocijo de hacerla huir. Que cotillearan cuanto quisieran. No dirían nada que no hubiera oído ya.

—… ramera irlandesa.

Un respingo.

—¿Estás segura?

—Segurísima. La vi hace unos meses en la exposición de Reynolds. Mamá ni siquiera quería que la mirara.

«O te convertirías en piedra», pensó Maggie.

—Espera, no sé de quién estás hablando. ¿Quién es?

Se oyeron algunos murmullos, y entonces:

—Lady Mary me lo contó todo, y es amiga de lady Cranford.

Amelia. Tendría que haberlo imaginado.

La joven siguió hablando con un tono más pausado y Maggie solo pudo escuchar algunos fragmentos sueltos de lo que decía.

—… presentación en sociedad… la mitad de los hombres de la ciudad. Lady Cranford la pilló… su prometido en aquel entonces… escándalo… casada con lord Hawkins.

Maggie podía imaginarse las partes que faltaban y le sorprendió comprobar que, a pesar de los años, las palabras seguían doliendo. Aquella manera de tergiversar los hechos, la terrible injusticia de aquellas mentiras la sublevaba. Lo único de verdad que había en todo aquello era la última parte, la del escándalo y su matrimonio con Charles. Se tragó el nudo de resentimiento que se le había formado en la garganta.

—¿Y estás segura de que es…?

Maggie podía sentir sus miradas sobre su espalda.

—Sin duda.

—Mamá me dijo que no me dedicara a deambular sola en las fiestas, porque sino la gente podría pensar que soy como ella.

—Nadie podría pensar tal cosa, tonta. Apuesto a que lo lleva en la sangre. ¿Qué se podía esperar de una sucia irlandesa como…?

Maggie giró sobre sus talones para mirarlas. Las jóvenes recularon, sorprendidas, y Maggie se aseguró de mirar a cada una a los ojos. Ninguna dijo palabra y, como era de esperar, ninguna le sostuvo la mirada. Una a una, se volvieron hacia el mostrador, calladas como pinturas. En ese momento la señora McGinnis regresó de la trastienda con un lienzo en las manos. Cuando vio el rostro de Maggie, arqueó una ceja.

Maggie meneó la cabeza y se acercó al mostrador.

—Señora McGinnis, le agradezco que me haya ayudado. Creo que volveré más tarde, cuando la tienda no esté tan… saturada.

La mujer contestó, con una expresión claramente preocupada en sus ojos.

—Como quiera, milady. Ha sido un placer. Siempre es un placer ayudarla.

Maggie salió de la tienda con la cabeza bien alta. El aire gélido golpeó su piel, aunque apenas si lo notó, tal era la ira que corría por sus venas. Y como no estaba dispuesta a escabullirse como una cobarde, se acercó para mirar el escaparate. La señora McGinnis era un genio disponiendo los cuadros y grabados para atraer la mirada de los clientes. Cuando vivía en Little Walsingham, la mujer no sabía gran cosa de arte, pero algunas personas tienen un don para la belleza. A la señora McGinnis le gustaba lo que le gustaba y resulta que a los asiduos solía gustarles también.

Dio un suspiro. La verdad, era absurdo que hubiera permitido que aquellas tres aspirantes a víboras la irritaran de aquella manera. El objetivo de los cotilleos era precisamente ese, provocar una reacción, y como forma de venganza, Maggie trataba de no darles nunca esa satisfacción. Esta vez no lo había logrado, quizás por la inesperada visita de Simon. Por Dios, jamás hubiera esperado encontrárselo allí. Tal vez en alguna de sus reuniones o en una exposición... en algún lugar donde hubiera podido estar prevenida y tuviera tiempo de prepararse.

La caricatura de Vinochester le llamó la atención. Justo delante, en un lugar destacado del escaparate. La imagen la hizo sonreír, su primera sonrisa de verdad en todo el día.

Quizá era hora de dar otra fiesta.

3

Simon llamó con rudeza a la puerta de la enorme casa de Charles Street.

—Es muy probable que nos echen.

El duque de Colton resopló.

—Nunca en toda mi vida me han negado la entrada a una fiesta disoluta.

El jaleo del interior llegaba hasta la calle en la forma de un zumbido continuo. Además de las voces, se oían también las notas de un cuarteto de cuerda. Simon solo podía imaginar lo que estarían pensando los vecinos.

—A pesar de tu ilustre reputación —señaló la duquesa de Colton con sequedad—, nosotros hemos recibido una invitación. Así que me atrevería a decir que las probabilidades de que nos nieguen la entrada son bastante escasas.

—¿Una invitación? —Simon le lanzó una mirada—. No lo habíais mencionado.

Julia se encogió de hombros.

—Nosotros recibimos invitaciones para casi todo, Simon, se trate del evento que se trate. Como estoy segura de que te pasará también a ti. Por supuesto, hasta ahora nunca había tenido motivo para asistir a ninguna de las fiestas de lady Hawkins.

—Tampoco te hubiera dejado asistir a ninguna sin mí —dijo Colt.

—Tampoco me lo hubieras podido impedir —replicó ella—. Además, esta noche estamos aquí por Simon.

Simon se tragó un gemido. Él no quería compañía en aquel menester, pero Julia había insistido cuando se enteró de sus planes. La visita podía muy bien resultar una bonita pérdida de tiempo si Maggie se negaba a hablar con él. Durante la pasada semana le había enviado cuatro notas en la que le pedía que lo recibiera, y ella se había negado. Por eso, cuando se enteró de que daba una fiesta, decidió abordarla. Allí difícilmente podría evitarlo.

Lo único que quería era pedirle un favor, aunque incluso a él le costaba aceptar una excusa tan endeble. Desde que se encontraron en la tienda de grabados de la señora McGinnis, sentía la necesidad de verla, de hablar con ella, como un desagradable picor en la piel. Era curiosidad, se decía a sí mismo, nada más. Esa noche satisfaría esa necesidad y no volvería a pensar en ella. Aunque, claro está, existía la remota posibilidad de que sí pudiera ayudarle, y eso sería un aliciente añadido.

La puerta de madera se abrió y vieron a una mujer mayor y regordeta. La mujer los evaluó con rapidez y abrió la puerta del todo para que pasaran. Tras coger sus objetos personales, los guió por la escalera de mármol. Simon la siguió. El interior de la casa distaba mucho de ser ostentoso, si bien estaba muy bien arreglado, según pudo ver. Cuadros de buen gusto en las paredes. Opulentas alfombras. Apliques de oro. Nada que pudiera ofender a los sentidos. Simon no sabía muy bien qué esperar, pero tenía la esperanza de encontrar algún indicio que le permitiera reconciliar a la joven que él conocía con la mujer que era ahora. Y si bien no se imaginaba su casa como un burdel, una decoración tan correcta tampoco encajaba con ella.

—A mi señora no le gustan los formalismos —dijo el ama de llaves por encima del hombro—. No le gusta que anuncien a los invitados. La fiesta es ahí.

Abrió de par en par dos puertas dobles y Simon pasó a la sala de baile… y se paró en seco.

En su vida había visto nada igual. La estancia había sido transformada en un opulento escaparate de temática marina y vegetación. Guirnaldas rodeadas de cuerda dorada colgaban del techo y las columnas, mientras unos voluminosos barriles de madera descansaban agrupados en las esquinas, algunos con copas vacías encima. Varias redes de pescar de cáñamo cubrían una pared, con réplicas de varias criaturas marinas sujetas al entramado. Sin embargo, la zona destinada al baile ocupaba la mayor parte del espacio, y Maggie la había decorado a propósito para la ocasión. Intrincados dibujos de sirenas desnudas y robustos marineros hechos con tizas de brillantes colores recorrían el suelo en una representación decididamente arriesgada.

Unos pocos invitados charlaban y daban sorbos a su champán a los lados de la sala, pero la mayoría estaban reunidos al fondo. Simon no habría sabido decir qué estaban mirando.

—Estoy impresionado —murmuró Colt—. Recuerdo haber estado en una fiesta parecida en un *carnevale di Venezia*. Y acabamos todos en la laguna a altas horas de la madrugada.

—Dudo que fuera peor que la vez que nos pillaron en la fuente, en Cambridge —señaló Simon.

—Estábamos hechos unas buenas piezas —dijo su amigo con añoranza, y entonces se alejó con Julia del brazo, en dirección a una mesa cubierta de copas de champán.

Cuando Maggie terminó el periodo de luto ocho meses atrás, empezaron a circular historias sobre sus fiestas poco convencionales. Eran poco frecuentes y modestas, pero muy populares entre la parte masculina de la nobleza. Demonios, como que el día después de una de esas fiestas en el exclusivo club White's los caballeros no dejaban de cruzar risitas. Evidentemente, las mujeres respetables jamás asistían, como tampoco las damas solteras, pero eso seguía dejando vía libre al grupo menos remilgado de viudas y esposas.

Cuando Simon oía a los hombres hablar de la depravación de las fiestas a las que acudían se ponía de los nervios. ¿Realmente estaba decidida aquella mujer a convertirse en un espectáculo? Después del escándalo, se casó enseguida con Hawkins, con mucha discreción, y prácticamente desapareció hasta la muerte del marido, después de lo cual aquel demonio había regresado enseguida a Londres para revolucionarlo todo.

Simon reparó en los rostros de los hombres que tenía más cerca. Los reconocía a casi todos. Eran hombres con los que bebía y apostaba. Hombres con los que debatía en la Cámara de los Lores. ¿Cuál de ellos sería su amante? Arrojó a su espalda la copa de champán y cogió otra. Quizá había sido un error ir allí.

—¿Qué crees que está pasando allí? —preguntó Colt señalando con el gesto a la multitud congregada en el rincón.

—Ni idea, pero me gustaría ver a nuestra anfitriona.

Con su segunda copa de champán en la mano, Simon se dirigió hacia el grupo de apretados cuerpos del fondo, pero no tardó en ser interceptado por unos jóvenes *whigs*. Tardó veinte minutos en deshacerse del grupo, después de charlar de diversos temas, desde la inquietud posterior a la batalla de Peterloo, hasta las especulaciones sobre si el regente entablaría un proceso de divorcio con la princesa de Gales.

Simon vio a Julia y a Colton entre la gente y se acercó para ver qué era lo que tenía tan cautivado a todo el mundo. En un pequeño estanque, había tres jóvenes damas ataviadas como sirenas y sentadas sobre unas rocas. Cada una llevaba una peluca de un color igual al de sus colas, azul, rojo o amarillo, y unos collares de perlas al cuello. Un tejido transparente con brillo se ceñía a sus brazos, hombros y vientres, y una tira de tela les cubría los pechos. Lo primero que Simon pensó es que debían de estar helándose.

Se inclinó para preguntar.

—¿Qué es esto?

—Me dicen que es algún tipo de representación —susurró Julia—. Estamos esperando a que empiece.

Una mujer de pelo negro con un antifaz azul con plumas se acercó y dio unas palmas. Simon notó una extraña sacudida y una sensación de tensión en la entrepierna. La habría reconocido en cualquier sitio. El vestido estaba confeccionado con varias capas de vaporosa seda azul, y la falda caía en ondas hasta el suelo. El tejido se tensaba en torno a sus pequeños pechos y levantaba aquellas pequeñas elevaciones. Lo más seductor era la sonrisa, lo radiante que parecía solo por respirar.

No tenía intención de dejarse arrastrar otra vez a aquello, no, pero tampoco podía evitar fijarse.

A la orden de Maggie, la orquesta empezó a tocar una animada melodía. Tres hombres ataviados con toscas ropas de marinero aparecieron y entonaron una popular canción marinera. Habían cambiado la letra para que fuera más irreverente y aludían a los pechos de las sirenas y su moral libertina.

La tonada terminó cuando los marineros murieron por el rechazo de las sirenas, y los invitados gritaron a modo de aprobación. Todos aplaudían con entusiasmo mientras los actores se inclinaban... tanto como puede inclinarse una persona embutida en una cola de tela. Cuando los aplausos terminaron, uno de los marineros corrió junto a lady Hawkins, la levantó en brazos y fue hacia el estanque. Ella se agarró de sus hombros sin dejar de reír cuando él fingió que iba a tirarla al agua. Todos en la sala contuvieron el aliento... salvo Simon, que estaba demasiado ocupado rechinando los dientes.

Finalmente el marinero la dejó en el suelo y ella se quitó los zapatos y se metió en el estanque poco profundo. La multitud empezó a vitorearla mientras ella daba unos pasos de baile, como una ondina juguetona actuando para su público. Y en ese momento Simon vio con una claridad diáfana lo absurdo que era que hubiera acudido allí. Aquella certeza golpeó su mente con la sutileza de una maza de madera. ¿Qué demonios hacía en aquella fiesta?

—Me gusta —musitó Julia a su lado.

—Ya veo.

—A ti también te gustó en otro tiempo —siguió diciendo ella con los ojos clavados en Maggie—. ¿O tengo que recordártelo?

No. Lo recordaba perfectamente. Pero hacía mucho de eso.

—Olvidaba que vosotras dos nunca os conocisteis. Ella se presentó en sociedad el año que tú te casaste con Colton.

Maggie subió a una roca que acababa de dejar una de las sirenas e hizo una reverencia. La sala en pleno se puso a aplaudir estruendosamente. Simon también aplaudió, aunque habría demostrado más entusiasmo durante el discurso de un adversario político.

Sin embargo, nadie pareció darse cuenta. Maggie tenía hechizados a todos. Era tan condenadamente hermosa que nadie osaba apartar la mirada.

—¡Sois todos muy amables! —exclamó levantando las manos para acallarlos—. Doy las gracias a nuestras sirenas y marineros. ¡Y ahora a bailar!

La multitud se dispersó y se dirigió en su mayoría en busca de una copa de champán, mientras la orquesta empezaba a tocar un vals. Unos pocos invitados rodearon a Maggie, pero Simon no se alejó. Colton trajo más champán y estuvo charlando con su esposa mientras Simon esperaba.

Después de lo que pareció una eternidad, Simon vio su oportunidad. El grupo que rodeaba a Maggie se había reducido, así que aprovechó para acercarse. Ella levantó la vista, sus ojos verdes se aguzaron detrás del antifaz azul, se puso rígida. Unas plumas azules de pavo real giraron cuando se volvió para excusarse.

—Lord Winchester —dijo cuando sus amigos se fueron—. Esto sí que es una sorpresa.

—Buenas noches, lady Hawkins.

Hizo las obligadas presentaciones y, a pesar de su evidente desagrado por la presencia de Simon, Maggie se deshizo en atenciones con los legendarios duques de Colton.

—Me alegro tanto de que hayan venido —comentó Maggie con cortesía—. Siempre he querido conocerlos.

—Lo mismo digo —replicó Julia—. La actuación ha sido inspiradora, y me encanta su vestido. ¿Es Anfítrite?

—No, soy la humilde náyade Dafne.

—Oh, una bonita cacería para Apolo —comentó Colton—. Una mujer formidable donde las haya.

—Todas las mujeres son formidables, su excelencia… ¿o es que aún no lo sabe?

—Lo sabe muy bien. Le tengo dicho que nunca debe subestimar a una mujer —dijo Julia, y volvió la mirada a su marido desafiándolo a contradecir sus palabras.

—Bien cierto, duquesa —repuso el duque con una mueca.

—¿Quién ha diseñado los dibujos en tiza? —Julia señaló con el gesto la zona de baile—. Son sencillamente extraordinarios.

—Gracias. Los ha realizado un artista conocido mío.

El grupo se volvió para estudiar los dibujos que en aquellos momentos estaban siendo pisoteados por los bailarines.

—Magníficos —comentó Julia—. Casi es una pena arruinarlos.

Simon le lanzó a Colton una mirada por encima de la cabeza de Julia. La ventaja de que se conocieran desde niños era que no necesitaban palabras para comunicarse. Colton le ofreció el brazo a su mujer.

—Con dibujos o sin ellos, ¿bailamos?

Los labios de Maggie se contrajeron cuando los duques se fueron.

—Lo ha orquestado usted muy bien, lord Winchester. Los duques obedecen sus órdenes. Tiene el Parlamento a sus pies. Estoy impaciente por presenciar su próximo triunfo. ¿Quiere que reúna a los presentes para que miren?

—No he sido muy sutil, lo sé, pero deseaba hablar con usted. Si no se hubiera obstinado en no verme esta semana…

—Sí, no tengo ninguna duda de que este es el último lugar donde querría estar esta noche.

Totalmente cierto, aunque jamás lo admitiría.

—Se equivoca. En realidad me lo estoy pasando muy bien.

—Entonces tendré que considerar esta fiesta un éxito.

—Por lo que he oído, todas sus fiestas son un éxito. ¿Es cierto que una vez trajo tigres de verdad?

Los ojos verdes de Maggie destellaron como esmeraldas.

—Una exageración. Fue solo uno, y era muy dócil. Creo que la mayoría de los invitados quedaron decepcionados.

Como tantas otras veces, la peculiar belleza de aquella mujer lo dejó perplejo. Pelo muy negro y brillante. Piel cremosa sin una sola mancha ni imperfección. Labios rosados y carnosos. No había otra como Maggie en la Tierra. Lo supo la primera vez que puso los ojos en ella… como les había pasado a muchos otros hombres, si los rumores sobre sus numerosas aventuras eran ciertos.

—La duquesa tenía razón. Esta noche está usted realmente hermosa.

Su tono era algo más cortante de lo que hubiera debido para hacer un halago, y él mismo estuvo a punto de hacer una mueca.

Ella lo miró con expresión meditativa.

—Gracias, pero creo que moriré si no puedo cambiarme estas ropas mojadas.

Y dicho esto, se recogió las faldas del vestido y le mostró la tela empapada. Al punto Simon quedó traspuesto ante la visión de la esbelta pierna de Maggie cubierta de seda transparente y mojada. Su pulso se aceleró. Le daban ganas de abrazarla, de sentirla… de pasarle la lengua por la ligera elevación del tobillo. Y eso definitivamente, habría sido un error monumental, aunque el deseo nunca se atiene a razones.

A pesar de todo, las palabras que brotaron de su boca le sorprendieron.

—Esto me recuerda la vez que le enseñé a patinar sobre hielo. ¿Lo recuerda? En el Serpentine. Los bajos de su vestido se mojaron y casi se muere de frío.

Ella lo miró pestañeando.

—No pensaba en esa salida desde hace mucho tiempo. Fue un día… agradable.

—Sí, lo fue. —La necesidad de tocarla se hizo más intensa, como un extraño dolor provocado por el agradable recuerdo—. ¿Quiere bailar conmigo?

—Oh, yo nunca bailo.

—¿Por qué? Le gusta bailar. O le gustaba.

Ella encogió un hombro.

—Bailar me aburre soberanamente. Además, es lo que hace todo el mundo en una fiesta respetable.

—Oh, por Dios —exclamó Simon con voz cansina.

Ella apretó los labios.

—Búrlese si quiere, pero ya no soy la jovencita a la que conoció…
y no tengo ningunas ganas de volver a serlo.

El momento se prolongó y Maggie comprendió con humillante acritud que había dicho más de lo que pretendía. La noble frente de Simon, octava generación, se arrugó mientras consideraba sus palabras.
Demonios. Bueno, ya no podía retirarlo. Por desgracia, aparte de la
creatividad, también tenía el mismo temperamento que su padre, y
Simon había conseguido enfadarla por un baile, nada menos. Sinceramente, ¿a quién le importaba si ella bailaba o no?

Había hablado más de la cuenta. La culpa era de Simon, porque
era tan guapo, con aquel aspecto aristocrático y sus cabellos rubios;
bien podía haber sido esculpido a partir de una estatua de mármol de
Roma. Su figura alta y elegante, ataviada con aquella levita azul oscuro y pantalón a juego, atraía los ojos de todas las mujeres de la sala. Y
ver que el pulso se le aceleraba de aquella manera solo con mirarlo la
irritaba sobremanera, porque justamente ella no debía permitirse
algo así.

¿Por qué había mencionado aquella vez que salieron a patinar?
Ella prefería no recordar al Simon de su presentación en sociedad, a
aquel hombre encantador que parecía capaz de conseguir cualquier
cosa. Aquel día había sido tan amable, tan solícito, le había dedicado
toda su atención. Habían reído y en más de una ocasión él le había
dicho cuánto admiraba su valor.

Pero muchas cosas habían cambiado entre ellos. Demasiadas para
volver atrás, desde luego.

Simon abrió la boca… sin duda para hacer alguna pregunta o comentario que no tenía ningunas ganas de oír, de modo que espetó:

—¿Quería hablar conmigo?

Él cerró la boca de golpe.

—Aquí no —contestó al cabo de un momento—. No, vendré a verla mañana.

—Vendrá.

—Sí. Las respuestas que busco es mejor discutirlas en privado.

¿De veras? Entonces no había duda de por dónde irían las preguntas. Sabe Dios que las había oído cientos de veces en los últimos diez años.

Un pequeño nudo de decepción se formó en su pecho. No esperaba aquello, aunque hubiera debido hacerlo. Simon no era distinto a los demás. ¿No lo había aprendido ya cuando le dio la espalda después de que el señor Davenport, ahora vizconde de Cranford, difundiera aquellas sucias mentiras? En otro tiempo había amado a Simon con locura, y él le había demostrado que no era digno de un sentimiento tan intenso y sincero.

Y sin embargo, oírle pronunciar las palabras abriría una herida que había tratado con todas sus fuerzas de cerrar. Tenía que encontrar la forma de disuadirlo. No hacerle caso no había surtido efecto. Ni rechazarlo. Pero había otra forma.

—Supone usted que estaré en casa para recibir visitas. Pero quizá tenga planes… o quizá estaré ocupada con otro invitado. Después de todo, la velada no ha hecho más que empezar.

La expresión de Simon cambió, se endureció, tal como Maggie esperaba. Pero su satisfacción duró poco, porque contraatacó enseguida.

—Si es el caso, quizá el caballero podría concederle unos minutos para que pueda recibir a un amigo.

Maggie a punto estuvo de echarse a reír.

—¿*Amigo*? Simon, no tengo nada que ofrecerle ni que decirle. La idea de que pueda haber una amistad entre nosotros es ridícula por muchos motivos, y el menos importante de ellos es su laureada carrera política. ¿Qué pensará la gente, el poderoso conde de Winchester con esa medio irlandesa…?

—No lo diga —espetó él para su sorpresa.

—¿Que no diga el qué? ¿Ramera? —Una risa seca y quebradiza escapó de sus labios—. Vamos, ya sabe lo que todos dicen de mí. Me temo que no tiene solución. Y si una cosa he aprendido con los años es que es mejor aceptar tu destino que tratar de cambiarlo. Y ahora si me disculpa, he de cambiarme de ropa.

*M*aggie abrió la puerta de su habitación con más ímpetu del que pretendía. Rebecca, su hermana, levantó la vista desde su cama, donde estaba sentada leyendo.

—¡Cielos! ¿Qué te pasa?

Maggie fue hasta la campanilla del servicio y tiró del cordel. Necesitaría la ayuda de Tilda para ponerse un nuevo vestido.

—Me he metido en el estanque y me he mojado los bajos del vestido.

—¿De veras? Oh, cuánto me gustaría haberlo visto.

Maggie le sonrió a su hermana. Aquella era una vieja batalla… una que su Becca nunca, nunca ganaría.

—Sabes muy bien que mis fiestas no son para damas respetables. Si bajaras arruinarías tu reputación, que debo decir, ya se resiente por el hecho de que seas mi hermana. Ya es bastante malo que insistas en mandar a tu esposo.

Becca alzó el mentón.

—Alguien tiene que vigilarte. Marcus jamás dejaría que pasara nada.

—¿Qué te preocupa exactamente? ¿Que me quede sin champán y haya algún altercado?

Aunque siempre se reía abiertamente del afán de protección de Becca, en el fondo aliviaba su corazón hastiado.

—Ríete si quieres, pero no permitiré que vuelvan a hacerte daño. Y ahora dime qué ha pasado para que te alteres así.

La decepción que vio en el mohín de los labios de Simon cuando pronunció la palabra «ramera» apareció clara en su mente. Becca se iba a enterar de todos modos, su esposo se lo contaría, así que mejor acabar cuanto antes.

—Winchester está aquí.

La boca de Becca formó un círculo perfecto de consternación.

—Cielo santo. ¿Y por qué ha venido después de todo este tiempo?

Maggie encogió un hombro.

—El otro día nos encontramos en la tienda de McGinnis.

—¿De... de verdad? ¿Y no me lo dijiste?

Se oyó un contundente golpe en la puerta y Tilda entró. La mujer rió con nerviosismo al ver el vestido de Maggie.

—Eso es lo que pasa cuando se pone una a nadar en el estanque. Venga conmigo, milady.

La mayoría de las damas jamás habrían tolerado una reprimenda de una sirvienta... pero Maggie no era como la mayoría. Y definitivamente, Tilda no era como la mayoría de las sirvientas. En Little Walsingham era la esposa de un carnicero, y siempre había llevado la tienda con mano de hierro y eficiencia. Pero su marido era un borracho despilfarrador y ella acababa haciendo todo el trabajo. El día se le hacía muy largo y el trabajo la agotaba físicamente, y la mujer acababa extenuada. De modo que cuando el marido murió, como no tenía hijos, Maggie le pidió que trabajara para ella.

Y no se arrepentía. Tilda era un regalo del cielo. Ella lo supervisaba todo y eso permitía que Maggie se concentrara en lo que de verdad le gustaba: el arte.

Maggie siguió a Tilda al vestidor y dejó la puerta abierta para continuar la conversación con su hermana.

—No había nada que contar. Él estaba comprando unos cuadros, y apenas si cruzamos unas palabras.

—¿Comprar cuadros? ¿Cuáles? No sería ninguno de...

—Compró un puñado de acuarelas de Lemarc —dijo Maggie interrumpiendo a su hermana.

Tilda seguramente conocía el sobrenombre de Maggie, pero nunca se sabe quién podía estar escuchando. Confiaba en Tilda, desde luego, pero no en muchos otros miembros de su servicio.

El vestido cayó al suelo.

—Venga, pase a este lado —ordenó Tilda.

A continuación, Maggie se quitó las enaguas y luego las medias mojadas.

—La única razón por la que ha venido esta noche es porque quería hablar conmigo y no contesté a sus notas.

Maggie oyó que su hermana chillaba de indignación en la habitación de al lado.

—¿Y de qué quiere hablar después de todo este tiempo? ¡Menudo descaro! ¡Espero que le hayas dicho que se vaya al infierno!

Maggie no pudo evitar reírse.

—Con palabras más educadas, pero sí. Es más o menos lo que le dije.

—Ya sabes que no me interesan las cuestiones políticas, pero Winchester se ha labrado un nombre en el Parlamento. Y no es que vaya a rebajarme nunca a prestarle atención... no después de lo que te hizo. Y todo el mundo sabe que tiene una querida en Curzon Street.

Maggie frunció el ceño. Ella siempre evitaba las conversaciones sobre la vida privada de Winchester, pero tener una querida era de rigor entre los pares y políticos. Y claro está, se esperaba que las esposas oficiales y las damas se quedaran en casita y tomaran el té... solas. ¿No era eso una buena receta para que una mujer se volviera loca de rabia?

Las restricciones que se imponían a las mujeres en la sociedad eran injustas e intolerables. Maggie daba gracias por tener la oportunidad de señalar tales injusticias mediante su *alter ego*, Lemarc. Esa era la única razón de ser de aquellas *fêtes*, eran su forma de relacionarse con la alta sociedad londinense. Para ella las invitaciones se habían acabado hacía mucho tiempo. Ni siquiera el matrimonio le había dado respetabilidad ni había conseguido que se borraran sus supuestas transgresiones, y por eso utilizaba aquellas fiestas extravagantes para que la gente de nivel fuera a ella. Después de todo, lo que más adoraba la sociedad eran los escándalos y el champán. Maggie ya les había dado lo primero, y no dejaba de suministrar lo segundo. Por eso sus fiestas estaban tan de moda entre ciertos círculos.

Y, a juzgar por la popularidad de las caricaturas de Lemarc, resultaban muy provechosas. Cada una de ellas le proporcionaba al menos un delicioso *on-dit*, a veces más. De hecho, en aquellos momentos Maggie se moría por coger papel y lápiz, porque en su cabeza empezaba a cuajar una nueva idea para sus caricaturas.

—¿Me has oído, Maggie?

—Te he oído —exclamó mientras Tilda aparecía con unas medias y unas enaguas limpias.

Cuando se las puso, Tilda ayudó a Maggie a ponerse otro vestido. Este no era tan bonito como el que se había mojado, pero el verde combinaba con sus ojos.

Con los brazos metidos ya en las mangas, Tilda le abotonó la parte de atrás.

—Listo. Y nada de chapuzones, milady.

—Lo intentaré, Tilda, pero no prometo nada. —Maggie regresó a su habitación—. Becca, debo volver al baile.

—No me gusta —aseveró su hermana con el rostro afeado por la expresión tan seria.

—¿El qué, el vestido?

—Sabes muy bien que no estoy hablando de eso. —Cruzó los brazos—. No me gusta que él esté aquí, poniéndote nerviosa. ¿Podrás comportarte como si no estuviera?

Maggie le sonrió a su hermana menor, tan dulce y sobreprotectora. Becca siempre había sido su defensora encarnizada, incluso cuando el resto del mundo pensaba lo peor.

—Desde luego. Después de todo, durante diez años me he tenido que comportar así. ¿Qué dificultad puede tener que lo haga unas horas más?

4

—¡*C*uidado, no vaya a beber demasiado, Vinochester!

Los tres jóvenes se echaron a reír, y Simon se obligó a sonreír y alzó su copa. Ya había reconocido a aquellos tres idiotas.

—Gracias por el consejo, Pryce.

Colton lanzó un bufido.

—Me resulta del todo incomprensible que bromees con esos memos. Es como si las pelotas se te hubieran encogido y se te hubieran caído desde que estás en el Parlamento.

—El padre de Pryce es el conde de Stratham, uno de mis mejores aliados. Machacar a su hijo por una broma cuando está bebido no es manera de jugar este juego, Colt.

—Que es justamente la razón por la que jamás he ocupado mi escaño en la Cámara de los Lores. Demasiados favores y palmaditas en la espalda. Nadie dice lo que piensa de verdad. No sé cómo puedes aguantarlo.

Simon suspiró. Colton lo conocía mejor que nadie, pero ni siquiera su amigo de la infancia podía entenderlo. El padre de Colton siempre fue un bastardo insensible, y nadie lo apreciaba especialmente, ni en el Parlamento ni en la sociedad. En cambio, él veía el legado de su familia allí donde iba. Había hombres que procedían de una larga línea de carniceros o herreros; los Barrett eran hombres de estado y ayudaban a conformar la política y el futuro del reino desde los tiempos de Enrique VI. El quinto conde de Winchester había sido presidente del Consejo en una ocasión. Y el mismísimo lord Fox había sido asesorado por el padre de Simon alguna vez.

Su padre había muerto a los cuarenta y cinco. Una rara afección del corazón, según dijeron. Simon no sabía si su salud seguiría por el mismo camino. Dios, si tenía que sufrir un desmayo y morir, al menos que fuera de repente…, entre tanto, estaba decidido a hacer algo que valiera la pena con el tiempo que le quedaba.

Así pues, seis años antes había ocupado el escaño que le correspondía en la Cámara de los Lores. Resultó que tenía el don de la familia para la política, y no tardó en forjarse una reputación por estar siempre en el lado de los que ganaban. Le gustaba la competitividad del Parlamento. La emoción del éxito. El reto de explotar las debilidades de tu oponente para conseguir lo que querías.

—Prefiero las caricaturas de Vinochester —continuó Colt—. Al menos siempre me recordarán nuestras borracheras de juventud.

Simon se volvió con brusquedad.

—¿Has comprado alguna?

Los labios de Colton se crisparon.

—Lo he intentado. En dos ocasiones. La propietaria no me las quiere vender.

—Bueno, me gustaría que dejaran de aparecer. Seguro que hay temas más interesantes que ridiculizar.

—Lo dudo. —Colton siguió la mirada de Simon hasta el círculo de hombres que había al otro lado de la habitación. Ambos sabían perfectamente quién estaba en el centro de aquella jauría de chacales—. ¿Es que piensas pasarte la noche mirándola, amigo mío? Pareces inquieto como una vieja carabina preparada para saltar a la mínima ocasión.

Simon dio un saludable trago de champán, aunque le habría gustado poder tomar algo más fuerte.

—Estoy tratando de reconciliar a la jovencita algo tímida y dulce que yo conocía con esta descarada y segura…

—La gente cambia —musitó su amigo—. O quizá es que nunca la conociste de verdad… solo pensabas que la conocías.

Sí, desde luego Maggie le había engañado. ¿A cuántos hombres había llevado a su lecho antes de que Davenport descubriera ante todos su verdadera naturaleza? Y pensar que él le había llegado a pedir a su madre los rubís de la familia Winchester como regalo de compromiso.

Ver cómo flirteaba y daba conversación a su círculo de admiradores lo ponía de muy mal humor. Y debía de notarse, porque Colton preguntó:

—¿Qué? ¿Pensando a quién va a elegir esta noche?

—A algún afortunado —gruñó Simon.

—¿Y quién dice que solo puede ser uno? Ha habido noches que yo...

—Por Dios, no lo digas. Ya sabes cuánto detesto cuando tratas de hacerte el gracioso. —Simon tiró a su espalda el resto de su champán—. Me voy. Discúlpame ante Julia. A ti te veré mañana si estás por aquí.

—Deja que lo adivine. Curzon Street.

No había necesidad de contestar. Colton tenía razón y los dos lo sabían. Le puso su copa vacía en la mano a su amigo y se dirigió hacia la puerta.

Una vez fuera, Simon se dirigió a buen paso a la pequeña casa donde residía su actual amante, Adrianna. Curzon Street no estaba lejos, así que informó a su cochero de que iría a pie. Si otra cosa no, necesitaba el aire fresco para despejarse la cabeza. La imagen de Maggie rodeada por sus muchos admiradores le provocaba un dolor punzante justo detrás de los ojos.

Simon sabía lo que veían aquellos hombres porque él también lo había visto en otro tiempo. Maggie podía conseguir la atención de una sala entera solo con levantar un dedo. Era de una belleza sin par, y su aspecto y seguridad únicos podían subyugar a cualquier hombre. Él había tardado años en olvidarla.

Así pues, Adrianna era exactamente lo que necesitaba esa noche. Un cuerpo suave, cálido y voluntarioso que apartara de su mente todo lo demás. La había conocido en Drury Lane, donde la mujer había eclipsado a Kean en una producción de *Brutus*. Le había costado lo suyo alejarla de su antiguo protector, pero no dejó de perseguirla hasta que ella cedió... y se la ganó a base de elogios, además de la promesa de un mejor alojamiento y más dinero.

Se llevaban bien, y era una amante entusiasta y atrevida. No tenía previsto verla aquella noche, y no sabía si la encontraría en casa. Al acercarse al pequeño edificio de ladrillo vio que las luces estaban encendidas. Bien. Subió los escalones de la entrada con rapidez y llamó a la puerta.

Lucy, la doncella, abrió. La mujer confirmó que Adrianna estaba en casa, cogió sus cosas y le pidió que aguardara en la pequeña salita de la entrada. Le pareció raro, porque él siempre iba directo a la habitación de Adrianna. Pero en lugar de tratar de entender las intenciones de su amante, aprovechó que estaba solo para beber algo fuerte. Se puso una generosa cantidad de su whisky escocés favorito en un vaso. Era un whisky importado de una destilería ilegal de las Hébridas Interiores y no era precisamente barato. «Pero vale cada chelín», pensó mientras daba un trago y se instalaba en el sofá para esperar.

¿Por qué Maggie ya no bailaba? Antes le encantaba. El año de su presentaión, él había sido su pareja al menos una vez en cada fiesta. Y cada vez que llegaba para reclamar su pieza, veía los ojos de ella destellar, como una broma privada o un gesto de complicidad entre ellos...

Se oyó la puerta y Adrianna entró a toda prisa. Sus largos cabellos castaños le caían sobre la espalda, y una bata negra de seda cubría su cuerpo menudo pero generosamente dotado. Por la forma en que sus pechos se movían, se notaba que no llevaba nada debajo de aquella fina tela. Excelente. Desde luego, aquello aceleraría el proceso.

—¡Cariño! No sabía que querías venir esta noche. —Se acercó al sofá y se sentó, al tiempo que se inclinaba para besarlo—. ¿Ha pasado algo? Ya sabes cómo me inquieto cuando te sales de tu rutina.

Él frunció el ceño. Vaya ¿tan organizado era? ¿Tan previsible y aburrido?

—Todo va bien. Es que estaba por la zona y he pensado pasar para ver si estabas en casa. ¿Ibas a salir?

—Tengo una cena con unas amigas, pero cancelaré mis planes encantada.

—No. No es justo que me presente sin avisar. Es solo que me apetecía.

Ella arqueó las cejas y lo miró con expresión pícara.

—¿De veras? ¿Y qué te apetece hacer? ¿Que yo me ponga encima y...?

Simon se rio.

—Eres incorregible, descarada mujerzuela. Solo me quedaré a tomar algo. —Se terminó el whisky y se inclinó para dejar el vaso sobre la mesa—. Te veré esta semana. El martes, como siempre.

Adrianna le pasó una pierna por encima y se levantó las faldas para sentarse a horcajadas sobre él.

—Entonces será mejor que te dé un motivo para volver.

Le rodeó el cuello con los brazos y lo besó con fuerza. Simon notaba sobre el pecho el suave y seductor peso de los pechos de Adrianna, y sintió que su cuerpo respondía. Decidió poner cierta distancia entre los dos.

—El martes —le dijo—. El martes seguiremos con esto.

—Estoy impaciente —comentó ella bajando la mirada con una sonrisa a la erección de él—. ¿Seguro que no quieres que te la chupe ahora? Sé muy bien cuánto te gusta. Será rápido.

Él lo pensó. Adrianna era muy hábil. Pero cada vez que cerraba los ojos, Simon veía una melena negra y ojos verdes y relucientes. Se imaginaba que era Maggie la que estaba de rodillas, tomando su pene con su exquisita...

—Veo que te gusta la idea —ronroneó ella, deslizando sus diestros dedos hasta los botones de su bragueta.

Él la sujetó de la mano.

—Esta noche no. No, si tenías pensado salir.

Y definitivamente, no si no podía dejar de pensar en Maggie.

Pero ¿qué demonios le pasaba? Jamás se había distraído pensando en otra mujer cuando estaba disfrutando de los encantos de Adrianna. Jamás. Y sin embargo, Maggie no dejaba de colarse en su mente en los momentos más inoportunos. No quería a Adrianna, quería a otra mujer. La deseaba con cada molécula de su cuerpo.

Y seguro que había muchos otros en Londres que sentían lo mismo que él.

—Bien. —Adrianna hizo pucheros y recuperó con ello su atención—. Entonces nos vemos el martes.

Le dio un beso y se levantó. Tampoco es que esperara que se pusiera a llorar, pero a Simon no le gustó ver que aceptaba tan alegremente. ¿Tantas ganas tenía de que se fuera? Al principio, cuando la instaló en aquella casa, pasaban muchas noches juntos, pero en los últimos seis meses había acabado por venir solo dos veces por semana. Y hasta ese momento no se había parado a pensar qué haría ella las otras cinco noches.

—Será mejor que me apresure —dijo Adrianna poniéndose bien la bata—. Aún necesito un rato para terminar de arreglarme.

Alguien llamó a la puerta. Simon oyó que Lucy, la doncella, corría a abrir. La voz de un hombre llegó a través de las paredes. Los ojos de Adrianna se volvieron instantáneamente hacia él y Simon vio su expresión de culpabilidad.

—No ibas a salir, ¿verdad?

Los dedos de la mujer se aferraron al cinturón de la bata y tragó con dificultad.

—No —respondió en voz baja.

Él suspiró.

—Mierda.

El Sol asomó detrás de una nube enorme en el instante en que Maggie llegaba al parque. Había insistido muchas veces para que aquellos encuentros tuvieran lugar en su casa, pero su acompañante se obstinaba en decir que no. Como si a Maggie le preocupara la propiedad lo más mínimo. Además ¿de verdad le importaba a nadie con quién se asociaba la ramera en aquellos momentos?

Enseguida localizó el carruaje. Aunque era sencillo y no llevaba distintivos que permitieran identificarlo, era el único vehículo que tenía las cortinillas echadas en aquel bonito día de invierno. Maggie refrenó a su yegua, desmontó y arrojó las riendas a su mozo.

El cochero se apeó de un salto al ver que se acercaba.

—Buenos días, milady.

—Buenos días, Biggins. ¿Cómo está de ánimos esta mañana?

—Está muy irritable, milady —contestó el hombre con una sonrisa, y le abrió la puerta—. Pero ya estoy acostumbrado.

Maggie subió envuelta en el sonido de la seda púrpura de su vestido.

—Deja de quejarte, cachorrillo. Tienes el trabajo más sencillo de todo Londres —espetó la mujer, y enseguida suavizó el tono—. Suba, amiga mía. Tome asiento.

Las luces del carruaje daban un tono cálido al interior e iluminaban el delicado rostro de Pearl Kelly, la reina entre las cortesanas de Londres del momento. De no haber conocido uno su pasado, con aquel deslumbrante vestido y sus caras joyas habría podido pasar fácilmente por un miembro de la nobleza. Procedía de los barrios bajos de Londres, pero había utilizado su audacia sin par y su mente despierta para prosperar y labrarse un nombre.

Ella y Maggie habían entablado una especie de amistad. Cuando Hawkins murió, la Maggie que regresó a Londres era una mujer distinta. Ya no era una jovencita inocente y aislada… conocía muy bien las dificultades a las que deben enfrentarse las mujeres en un mundo de hombres… sobre todo aquellas que no tenían dinero ni familiares importantes. Y por eso había decidido ayudar a otras mujeres que estuvieran en dificultades, incluso si se lo habían buscado ellas solitas. Las mujeres tenían muy pocas alternativas y ella lo sabía mejor que nadie, de modo que… ¿por qué no intentar ayudar a aquellas que son menos afortunadas?

A través de Tilda, Maggie había conocido la desdichada infancia de Pearl. De pequeña había sufrido abusos y abandonó su casa a la edad de once años. Nadie sabía con exactitud lo que había sucedido con ella entre el momento en que dejó su casa y encontró a su primer protector. Ella nunca hablaba de ello, pero lo lógico era pensar que no lo habría pasado precisamente bien. Cuando oyó su historia, Maggie supo que la cortesana era perfecta para sus planes. De modo que la abordó con una propuesta: si ella ponía el dinero, ¿se aseguraría Pearl de que se utilizaba para ayudar a las mujeres y jovencitas que vendían su cuerpo por dinero en Londres?

Y Pearl no lo dudó. La cortesana conocía los burdeles y sabía cómo ayudar a las jóvenes que se ganaban la vida en ellos. Conocía a los propietarios y sabía quién estaría abierto a nuevas ideas y quién podría utilizar aquellos fondos como ellas deseaban. Y cuando algún propietario las engañaba, cosa que solo había ocurrido una vez, Pearl pagaba a unos hombretones de peso para que le hicieran llegar un mensaje.

Maggie quería pensar que sus esfuerzos ayudarían a cambiar las cosas. Y si bien no podían impedir que las jóvenes hicieran lo que pudieran para ganarse la vida, tanto ella como Pearl intentaban que al menos estuvieran seguras y sanas.

—Buenas tardes, Pearl. Está estupenda, como siempre.

Pearl agitó la mano como quitándole importancia, aunque Maggie sabía que sus halagos le gustaban.

—Estoy cansada, milady. Estoy tonteando con un joven y es mucho más... enérgico de lo que suelo encontrar. Aunque debo decir que a mi edad aprende una a apreciar la exuberancia. Compensa con creces la falta de experiencia.

Maggie soltó una carcajada.

—Considerando que Hawkins tenía casi treinta años más que yo, la entiendo. Espero que mi próxima vida me bendiga con un joven amante.

Peal profirió un sonido de incredulidad.

—¿Su próxima vida? Si me disculpa la impertinencia, es usted joven, hermosa, rica… ¿a qué demonios está esperando?

A decir verdad, ni ella misma lo sabía. Tenía veintiocho años y solo había estado con dos hombres: su esposo y un francés al que había conocido cuando estudiaba en París. Las dos experiencias habían sido un desastre.

—Le ruego me disculpe, creo que le he hecho recordar cosas desagradables. Y no solicité este encuentro para que charláramos de nuestros amores… aunque si alguna vez necesita consejo, solo tiene que decirlo. Lo que yo no sepa sobre los hombres cabría en la cabeza de una aguja.

—Gracias, quizá un día de estos le tome la palabra.

—Eso espero. Los hombres son mi tema de conversación favorito. —Sonrió—. Bueno, el segundo.

Las dos rieron.

—Y bien —preguntó Maggie—, si no vamos a hablar de hombres, ¿de qué se trata entonces?

Pearl se alisó los pliegues de las faldas.

—Varias cosas. La primera es que he hablado con la propietaria de *The Goose and Gander*. Ha aceptado nuestras condiciones a cambio del dinero.

—Excelente. Enviaré un cheque hoy mismo.

—Es muy generoso por su parte.

—Estoy encantada de poder hacer esto, ya lo sabe. ¿Qué más?

Pearl jugueteó con su abanico.

—Circula el rumor de que la señora conoce al conde de Winchester. ¿Es eso cierto?

Maggie pestañeó.

—Sí, lo es. Es decir, nuestras madres fueron amigas y estuvimos bastante unidos el año de mi presentación en sociedad. ¿Por qué?

—Pero ¿lo ha visto? Recientemente, quiero decir…

Sí, por desgracia lo había visto. «Las respuestas que busco es mejor discutirlas en privado.» Las palabras que le había dicho la noche anterior aún le dolían. ¿De verdad pensaba pedirle que tuvieran relaciones? Todavía no había decidido si le dejaría entrar en su casa si se presentaba para verla. Se merecía que lo dejara esperando en el porche.

Pearl permanecía atenta, de modo que contestó.

—Pues sí, anoche, ¿por qué?

—¿Está al corriente del proyecto de ley que está a punto de presentar?

Maggie meneó la cabeza. No estaba al tanto de los asuntos políticos. En cambio, Pearl estaba mejor informada que la mayoría sobre todo lo relacionado con la sociedad y la política. En una ocasión le había dicho a Maggie que la información es una moneda de cambio tan poderosa como el dinero.

—Su propuesta tiene que ver con las violaciones. Discúlpeme si hablo tan abiertamente sobre algo tan crudo, pero...

—No, por favor. No hay necesidad de andarse con rodeos conmigo. Por favor, hable.

—Como ya sabe, la violación es algo que puede resultar muy difícil de demostrar ante un magistrado. A veces la mujer dice que fue violación y el hombre insiste en que fue consentido. En estos casos, la propuesta de ley de Winchester obligaría al hombre a compensar económicamente a la mujer. A pasarle una cantidad anual. De por vida.

Maggie estaba boquiabierta.

—¿Un estipendio anual? Ninguna mujer desearía estar atada de ese modo a un hombre que la ha violado. Tener siempre ese recordatorio de lo que le han hecho y que su atacante supiera dónde vive... es terrible.

—Precisamente.

—¿Cómo es posible que haya quien pueda pensar que es una buena idea?

—No sabría decirle, pero quizá podría disuadir al señor.

Lo último que Maggie quería era enzarzarse en una discusión política con Simon. Sin embargo, quizá había otra forma. Muchos miembros del Parlamento asistían a sus fiestas, y eso le daría ocasión de minar por diferentes frentes los esfuerzos de Winchester.

—Veré qué puedo hacer.

—Entonces lo dejo en sus manos. Yo por mi parte, utilizaré mis influencias con los contactos que pueda tener.

Maggie sospechaba que Pearl seguía teniendo muchísima influencia, aunque en aquellos momentos no tenía ningún protector.

—Excelente, yo haré otro tanto.

—Bueno, tenía una última petición. Una de nuestras casas, en Long Acre, está teniendo mucho éxito con las clases de bordado, y algunas de las chicas querrían poder trabajar como aprendizas con una modista. Quizá conoce a alguna que necesite la ayuda de un par de manos.

—¿Cuántas chicas?

—Tres.

Maggie se mordió el labio inferior, pensativa. Tal vez podría convencer a su modista para que aceptara a una de las jovencitas, pero ella no gastaba mucho en ropa ni en adornos. Y aunque tenía un título, su posición no era tan importante como la de una dama que no tuviera un pasado escandaloso. Eso le dejaba muy poco margen.

—Me temo que mi posición no es lo bastante importante para hacer algo así. Haría falta una dama con suficiente caché para convencer a una modista.

—Yo conozco a una dama como la que decís. Y da la casualidad de que está en deuda conmigo. En una ocasión le hice un favor y quedó enormemente agradecida.

—Estupendo. Pidámoselo a ella.

Pearl meneó la cabeza.

—Yo no puedo. Por diferentes motivos, no puedo abordarla directamente. Pero usted sí...

𝒮imon entregó su tarjeta en la puerta sin saber muy bien cómo lo recibirían. ¿Se negaría Maggie a verlo? La noche anterior, después de haberse cambiado de ropa, se había mostrado educadamente fría, y además cabía la posibilidad de que tuviera un invitado.

Su mano se cerró con fuerza sobre la cabeza de su bastón.

La criada echó un vistazo a su tarjeta y lo invitó a pasar. Era la misma mujer que los había recibido la noche antes. ¿Es que Maggie no tenía mayordomo? Le entregó sus cosas y después la siguió a la confortable salita donde debía esperar.

Dejando aparte sus fiestas opulentas, parecía que lady Hawkins vivía de modo correcto, incluso frugal. El mobiliario parecía algo viejo. Las alfombras eran prácticas piezas de lana, no alfombras de Aubusson. Cierto, había una importante cantidad de carbón sobre la rejilla que generaba un agradable calor, pero aquella estancia era un lugar grato sin pretensión ni artificio. Más propio de ella, sin duda. Y desde luego un cambio reconfortante en comparación con las otras mujeres extravagantes con las que había alternado en los últimos años... aunque para ser sinceros, las queridas no se caracterizaban precisamente por escatimar a la hora de gastar.

Al cabo de unos momentos, un pequeño cuadro de un paisaje situado en la pared más alejada llamó su atención.

Se acercó para verlo con más detalle. Una acuarela de una playa. Muy bien ejecutada, por cierto. Las olas que rompían en la orilla y la selección de aves que salpicaban la arena captaban a la perfección la atmósfera vibrante y serena del lugar y el caos del océano. El artista era bueno. Qué extraño que no estuviera firmado. En su opinión, parecía obra de Gainsborough o Sandby.

Normalmente el arte le aburría, pero aquello... le relajaba. Hubiera podido mirarlo un día tras otro y no acabar odiándolo. Y sin embargo, había algo familiar en aquella imagen. No habría sabido decir el qué. El lugar no, desde luego...

La puerta se abrió y Simon se sobresaltó.

—Buenas tardes.

Allí estaba, lady Hawkins, tan vibrante y adorable como el cuadro que había estado admirando. La combinación de pelo negro, ojos verdes y luminosos y piel de porcelana le dejaba sin aliento… igual que cuando era joven. Solo que ella ya no era ninguna jovencita, sino una mujer con curvas más redondas. Le habría encantado poder ver la transición.

Maggie le hizo una fugaz reverencia.

—Disculpe que le haya hecho esperar.

Él se inclinó también.

—No hace mucho que he llegado. Estaba admirando este cuadro. —Y señaló la acuarela—. Estaba tratando de adivinar quién es el autor, pero no está firmado. ¿Sabe quién lo ha pintado?

Ella se arregló los pliegues de su vestido azul oscuro y se acercó con los ojos puestos en la acuarela.

—¿Le gusta?

Por la vacilación que notó en ella y la repentina atención por sus ropas, Simon tuvo la sensación de que la pregunta la ponía nerviosa. Su primer pensamiento fue que lo había pintado alguien próximo a ella. ¿Un amante, tal vez?

—Me gusta mucho. No soy ningún experto en arte, pero está muy bien ejecutado.

Una mueca de satisfacción curvó sus labios.

—Excelente.

«Definitivamente, un amante.» Una sensación oscura e irracional de celos se retorció en su estómago. ¿Es que tendría que recordar a cada paso del camino cuántos hombres habían pasado por su lecho?

—¿Podemos sentarnos? —dijo con voz cortante.

—Yo lo pinté.

—¿Usted?

Simon no pudo disimular la sorpresa y una extraña expresión cruzó el rostro de Maggie.

—Le resulta chocante que una mujer pueda pintar, lo sé.

—En ningún momento he pensado tal cosa. Tiene mucho talento.

—Es usted muy amable —musitó ella, aunque su tono parecía un tanto… ¿ofendido?

—¿Podemos sentarnos? —volvió a preguntar.

Ella ladeó la cabeza y lo escrutó con expresión recelosa.

—Prefiero quedarme de pie. Supongo que debo ofrecerle un refrigerio. ¿Quiere que pida un té?

Él rechazó el ofrecimiento y Maggie se alejó hasta el sillón que había junto al fuego. En lugar de sentarse, acarició el respaldo sin dejar de mirarlo con aire pensativo.

—¿Ha venido a comprobar si soy lo que dicen?

—¿Cómo? —le espetó.

No podía haberlo dicho en serio.

—Los dos sabemos muy bien cómo me llama la gente, Simon. Durante diez años no he dejado de oír esa palabra allá donde voy. Jamás hubiera esperado que los habitantes de Little Walsingham estarían al corriente de estos chismes, pero… —y se encogió de hombros—, ahí lo tiene. Así pues, ¿ha venido para ver si me he ganado ese apelativo?

Una imagen muy vívida apareció en la mente de Simon, la imagen de Maggie tendida sobre la espalda, con las faldas subidas hasta la cintura y las piernas abiertas seductoramente… y al punto su entrepierna respondió. Tuvo que obligarse a apartar aquella imagen de su cabeza.

—Cree que he venido para acostarme con usted.

Se estaba mostrando deliberadamente crudo.

Ella ni pestañeó.

—Sí, lo creo. ¿Por qué otro motivo podría querer visitarme? O tal vez es que quería saber si he decorado mi casa con frescos de desnudos. O si tengo un ejército de hombres prisioneros en mis habitaciones para hacer con ellos lo que se me antoje. No sería el primero en preguntar si los rumores son ciertos.

Simon se sentía tan perplejo que se tambaleó. No habría sabido decir qué le resultaba más desagradable: que hubiera dicho aquello o que lo tuviera en tan baja estima.

—Y sin embargo, parece decidida a alimentar esos rumores. Con sus fiestas extravagantes, bailando en estanques… ¿de verdad le sorprende que la gente hable?

—Al menos si les doy algo de lo que hablar no andarán inventándose cosas. Pero de veras, todo esto no viene a cuento ahora. Quizá debería decirme cuál es el motivo de su visita.

La hostilidad y la amargura no iban con ella. Y si alguien tenía motivo para sentir aquello era él, no ella.

—¿Qué le ha pasado, Maggie? ¿Qué ha hecho que sienta tanto veneno?

—La vida, eso es lo que me ha pasado, Simon. Todo lo que seguramente esperaba usted y más.

—¿Yo? ¿Lo que yo esperaba? —Pestañeó—. Jamás le he deseado ningún mal.

—¿Ah, no? —preguntó muy tranquila.

—Maggie, no razona usted. Casi parece que me culpa por el *affair* con Cranford. Y los otros.

—¿Otros? —Ella rio por lo bajo con acritud—. Por supuesto. Los otros. ¿Cómo podría olvidarlos? Hombres, mujeres, ganado… hay tantos que resulta difícil contarlos a todos.

Simon apretó la mandíbula. ¿Casi le había partido el corazón y ahora se reía?

—¿Piensa hacer chanza de ello?

—La realidad rara vez es tan divertida como la ficción —contestó ella con la cabeza bien alta.

Aquella conversación se le estaba escapando de las manos. Se restregó la nuca, porque notaba que la tensión se le estaba acumulando allí.

—Creo que será mejor que se vaya.

Se levantó levemente las faldas y se dirigió hacia la campanilla que había detrás de él.

Sorprendiéndose a sí mismo, Simon la aferró de la muñeca.

—Espere.

Miró aquella mano menuda y enguantada. Durante un momento de locura, deseó poder notar la piel desnuda de ella, que sus delicados dedos lo acariciaran también. En una ocasión, se había quitado los guantes para seguir con los dedos el relieve de un cuadro en una exposición, y su cuerpo de veintitrés años casi se vuelve loco de deseo.

¿Por qué había resucitado aquel recuerdo insignificante?

Simon la soltó.

—Espere. Necesito su ayuda.

Ella dio un paso atrás y arqueó una ceja negra.

—Estoy segura de que ya tiene una querida para eso.

Simon se sintió molesto. ¿Por qué tenía que dar por sentado que todo giraba en torno a la fornicación?

—Para su información —dijo con voz monótona—, vengo con una petición totalmente inocente.

Ella puso más distancia entre ambos, pero no llamó a la campanilla. Simon cruzó los brazos sobre el pecho para asegurarse de no volver a tocarla y fue derecho al grano.

—¿Recuerda la caricatura del escaparate de la tienda de grabados, la de Vinochester?

—Sí —contestó ella tras un latido.

—Las ha hecho todas ese tal Lemarc. Necesito que me ayude a encontrarlo.

5

Menos mal que no estaban tomando un té, porque de haber sido así, Maggie se habría atragantado. De hecho, casi no podía ni respirar. ¿Había dicho... encontrar a Lemarc?

Dios santo.

Simon esperaba su respuesta, con aquellos ojos cerúleos clavados en ella, pero era tan absurdo que ella estaba por echarse a reír. «Oh, señor, qué red tan enmarañada tejemos...», como rezaba el poema de Walter Scott.

Haciendo un gran esfuerzo, logró ocultar la sorpresa tras una máscara de indiferencia.

—¿Dice usted que desea encontrar a Lemarc? ¿Con qué objeto?

Simon cambió el peso sobre los pies.

—Esos dibujos sobre Vinochester me resultan de lo más perturbador. Y por razones diversas quisiera que dejaran de aparecer.

—¿Y cree que puede convencer a Lemarc para que deje de hacerlos?

—Sí.

La arrogancia contenida en aquella única palabra la dejó perpleja. ¿Acaso pensaba que Lemarc se doblegaría ante los deseos de un conde solo por su posición? De todos es sabido que los artistas son criaturas temperamentales, incluida ella. La idea de que Simon pudiera ordenar a Lemarc lo que podía dibujar y lo que no era ridícula. E irritante.

—¿Y por qué iba a dejar de dibujar a un personaje tan popular? Vinochester es una de las razones por las que se ha hablado tanto de Lemarc en el último año.

—Pienso convencerlo.

Ella se tragó una risa burlona. Que Dios la guardara de la vanidad de los hombres.

—No lo dudo, pero nadie conoce la identidad de Lemarc. Es un secreto bien guardado. ¿Qué le hace pensar que yo puedo ayudarle a encontrarlo?

Él encogió uno de sus anchos hombros.

—Solo es un intuición, en realidad. Los conocimientos de arte y de las técnicas de pintura de usted podrían llevar a algún descubrimiento. Tengo algunas pinturas de Lemarc a mi disposición. Tal vez podría echarles un vistazo y ver si le dicen algo. Algún comentario que haya oído en alguna conferencia, algo que haya visto en alguna exposición. Es probable que no saquemos nada en claro, pero le estaría enormemente agradecido si me ayuda.

Una pérdida de tiempo, desde luego. Nadie podría sacar a Lemarc de su escondite mirando unas acuarelas de pájaros. Y menos aún aquella serie. Las había pintado hacía cuatro o cinco años cerca de la orilla, y solo se veían pájaros y agua… no había personas ni edificios. Si hubiera algún detalle importante en sus cuadros, la habrían encontrado hacía mucho tiempo.

Y, la verdad, ayudarle era lo último que quería. Ya era bastante malo que hubiera asistido a su fiesta y la hubiera acorralado de aquel modo.

—Me temo que no puedo.

—¿Puedo preguntar por qué?

No esperaba que la presionara. ¿Qué excusa podía darle? ¿Que sabía que sus esfuerzos serían en vano? ¿Que se merecía mil veces cualquier inconveniente que pudieran causarle las caricaturas de Lemarc? ¿O que a pesar de todo lo que le había hecho seguía haciendo que se le acelerara el corazón?

—Una tarde —dijo él en medio de su silencio—, es lo único que le pido. Si no ve nada relevante lo olvidaremos.

—Si no descubro nada, ¿renunciará a encontrar a Lemarc?

Simon meneó la cabeza.

—Por supuesto que no. Tengo intención de buscarlo con todos los medios que tenga a mi alcance.

Aquello la dejó perpleja. Parecía bastante... decidido. Um. Tanta tenacidad no era buena. Aunque estaba convencida de que su secreto estaba a salvo, por dentro notó cierta sensación de pánico ante la idea de que pudiera descubrirla. Simon tenía reputación de desgastar a sus oponentes de modo incansable hasta que se salía con la suya, de utilizar los medios que hiciera falta para ganar. La idea de que su carrera como Lemarc quedara al descubierto... arruinada...

Un escalofrío le recorrió la columna.

Por supuesto, si participaba en la búsqueda de Simon podría alejarlo del rastro dándole información falsa. Haciéndole creer lo que no era. Cuanto más lo pensaba, más le gustaba la idea.

—Bien —concedió—. Estaré encantada de ayudar en su búsqueda. He de decir que hay muchos mucho más cualificados que yo para ayudarle en esto. Quizá tendría que considerar la posibilidad de pedir a otra persona...

—Eso es totalmente innecesario —la interrumpió con suavidad, con una sonrisa triunfal en el rostro—. Creo que está usted más que capacitada.

De un modo extraño, aquella fe en ella resultaba halagadora. Poco sabía él que su intención era minar sus esfuerzos para asegurar su fracaso en su empeño por encontrarla. Tuvo que morderse el labio para evitar que se le escapara una risa histérica.

—Muy amable por su parte, milord. ¿Cuándo iniciaremos nuestra investigación?

—Lo antes posible. Enviaré una nota si le parece bien.

—Sí.

Maggie trató de no pensar en lo extremadamente guapo que era. Desde luego, la chaqueta y los pantalones azul claro compensaban el color claro de su piel, y daban al azul de sus ojos un tono más intenso. Sus hombros...

Brrr. Maldita fuera su naturaleza femenina. Ser mujer era decidi-damente injusto.

Así pues, se concentró en la sonrisa suficiente y satisfecha de Si-mon. Sí, ese día había conseguido justo lo que quería. Oh, cuánto le hubiera gustado borrar aquella expresión de su rostro.

—¿Alguna vez le dice alguien que no al conde de Winchester?

—Muy pocas. Puedo ser muy persuasivo.

—Eso he oído. Se dice que en la Cámara de los Lores siempre consigue lo que quiere. Sospecho que podría convencer a una monja para que colgara los hábitos y se fugara con una banda de gitanos.

La comisura de la boca de Simon se curvó.

—¿Tan encantador soy?

No pudo morderse la lengua.

—Más bien un fatuo lleno de aire.

Simon echó la cabeza hacia atrás y dejó escapar una risa profunda y generosa. A Maggie le encantaba su risa. Era el tipo de sonido que una mujer sentía en su vientre, llenándola de calor. Ahora sabía lo que significaban aquellas sensaciones, eran las llamas del deseo. Su marido jamás le hizo sentir pasión; sus escasos acoplamientos fueron rápidos y funcionales. Y entonces Charles enfermó y sus obligaciones en el lecho conyugal quedaron suspendidas. Un alivio para las dos partes implicadas, desde luego.

Pero hubo otro hombre, cuando Maggie fue a estudiar a París. Allí se había sentido atraída por el apuesto y mundano Jean-Louis y, que Dios se apiadara de su alma vanidosa, sus atenciones le gustaban. Su amigo Lucien la animó entonces a que tomara un amante, alguien más próximo a ella en edad, y Jean-Louis le gustaba así que... ¿qué mal podía haber en aquello? Pero resultó ser un completo desastre. La respiración agitada, el sudor, la sensación de bochorno... en conjunto aquello solo le sirvió para convencerse de algo terriblemente irónico:

La ramera medio irlandesa era frígida.

Maggie había acabado por aceptar aquello como un hecho, sobre todo porque en sus fiestas escuchaba todo tipo de insinuaciones y nunca sentía nada. Ningún cosquilleo, ni el pulso que se aceleraba, no había ninguna de las cosas que a los poetas tanto gusta describir.

Sabía que debía sentir alguna cosa. Pero la realidad es que Simon era la única persona que le había permitido intuir lo que una mujer puede sentir por un hombre. En aquella época, a través del cristal rosado de la juventud, Maggie reparaba en ciertos detalles: el color único de sus ojos, su sonrisa fácil, cómo el pelo le caía sobre la frente. Y todas aquellas cosas la dejaban sin aliento.

Pero ya no era ninguna jovencita, y ahora que veía las cosas como una mujer, tenía una imagen muy clara de lo que se ocultaba bajo las bonitas ropas. Hombros anchos que coronaban un pecho esculpido, caderas esbeltas, y piernas largas y musculosas, con un miembro que sobresalía con orgullo...

Una intensa sensación de calor le recorrió el cuerpo, la sangre golpeaba en sus venas y notó una sensación de humedad entre las piernas. Cerró los ojos y tragó con fuerza. Dios, lo quería. Lo deseaba incluso.

Algo del todo intolerable. No lo permitiría. No podía permitirlo.

La estancia parecía extrañamente callada. Y se dio cuenta de que Simon la observaba y tenía la vista clavada en sus manos. Maggie bajó la vista. Sus dedos se aferraban con tanta fuerza al respaldo del sillón que los nudillos se le habían puesto blancos. No le habría sorprendido encontrar las marcas de sus uñas en la tela. Se obligó a relajar las manos.

Simon arqueó una ceja con arrogancia, con una mueca suficiente en los labios, y Maggie se sintió mortificada. Aquel canalla conocía, o cuando menos sospechaba, la dirección de sus pensamientos.

—¿Es todo? —preguntó irguiéndose.

—Parece usted algo sofocada —y señaló su rostro y su cuello con el gesto—. ¿Hace calor tal vez? No me gustaría que cayera víctima de un acceso de fiebre.

Tanta impertinencia resultaba imperdonable.

—Un caballero jamás aludiría a los colores de una dama.

—¿Desea que abra una ventana, Maggie? ¿Traigo un paño húmedo? No quisiera que...

—Lo único que necesito —espetó ella— es que se marche.

Él sonrió, hizo una reverencia.

—Como gustéis, milady.

$\mathcal{D}$e modo que la atracción era mutua. Interesante.

Simon sabía reconocer los indicios del deseo en una mujer: rubor, párpados entornados, respiración agitada, pezones tiesos marcados bajo la tela del vestido... y Maggie mostraba esos indicios y más. La reacción de su propio cuerpo al deseo de ella casi le hace caer de rodillas. Dios, le habían dado ganas de tomarla allí mismo, en el sofá. Como un animal en celo.

Pero ya lo había engañado antes. Hacía diez años, y menuda actriz, con aquella sonrisa discreta y sus miraditas. Él no se cuestionó en ningún momento sus sentimientos, hasta que vio las pruebas irrefutables de su perfidia. No, no permitiría que volviera a humillarlo... ni que perjudicara su reputación en el Parlamento con su cuestionable posición. Difícilmente podía defender la moral para las generaciones futuras si estaba ligado a la mujer más escandalosa de la sociedad londinense. «Como conde —solía decirle su padre—, la gente siempre esperará que tengas un comportamiento honorable.» Y sin duda en este caso lo más honorable sería mantenerse alejado de lady Hawkins.

Así pues, mientras andaba de regreso a su estudio en Barrett House, apartó de su mente la idea de darse un revolcón con Maggie. Ese día tenía otros asuntos que atender.

Primero debía reunirse con unos miembros del círculo de Liverpool para redactar un primer borrador de su propuesta, una ley que obligaría a los acusados de violación a pagar una compensación económica a sus víctimas. Luego se puso con su secretario a examinar la correspondencia antes de que llegara el procurador para revisar el contrato de una parcela de tierra en Escocia. Para media tarde, estaba desfallecido de hambre.

La señora Timmons, su ama de llaves, llegó con el mayordomo que le traía las provisiones.

—Milord, un tal señor Hollister desea verle. Pero, antes de que se reúna con su visita, ¿podría hablar un momento con usted?

—Por supuesto, señora Timmons. Gracias, Michael —le dijo al mayordomo, y lo despachó.

—Milord, una joven se presentó en la casa ayer noche, la prima de una de nuestras criadas. La he admitido en la casa, y eso significa que debo trasladar a alguna de nuestras criadas mayores a otro alojamiento. Le mandé una nota al ama de llaves del vizconde, pero creo que es nueva en el puesto y no conoce nuestro acuerdo en lo referente al personal.

Simon suspiró.

—Hablaré con Quint. Las amas de llaves no le duran mucho, como bien sabe.

—Gracias, milord. Eso sería de gran ayuda. Sin embargo, el ama de llaves de la duquesa se ha mostrado encantada de aceptar a Annie. La joven está recogiendo sus cosas en estos momentos. ¿Puedo enviarla con las habituales referencias y su despido correspondiente?

—Sí, por favor, señora Timmons. Y gracias por su diligencia.

—Es un placer, milord. Siempre es triste ver a una criaturita de doce años con moretones por toda la cara y el cuerpo.

—¿Se refiere a la joven que se presentó ayer noche?

La señora Timmons asintió.

—Entonces —contestó Simon—, avise al personal para que pueda recuperarse debidamente antes de que la pongan a trabajar.

—Así lo haré, milord.

—Gracias, señora Timmons. Que pase Hollister, por favor.

Unos minutos después, la mujer volvió seguida por un hombre fornido y poco destacable. El hombre entró e hizo una reverencia.

—Milord, es un honor.

Simon había decidido plantear la búsqueda de Lemarc desde diferentes perspectivas. Quint estudiaría las acuarelas de pájaros para ver si lograba deducir una localización, Maggie podía examinar el trabajo del artista buscando pistas en la técnica utilizada. Pero seguramente el método que mejores resultados daría sería el del detective.

Hollister tenía muy buenas referencias. Durante años había trabajado duro para las fuerzas policiales de Bow Street, y recientemente había empezado a realizar trabajos más discretos para particulares. Por su aspecto, parecía capacitado para el encargo; no costaba imaginar a aquel hombre pasando inadvertido en cualquier sitio.

—Gracias por venir, señor Hollister. Tome asiento, por favor.

Y le indicó con el gesto una de las sillas que había frente a su mesa. Hollister se acercó, cojeando levemente, y se instaló en una silla.

—Iré directo al grano —empezó a decir Simon—. Necesito que encuentre a una persona. ¿Ha oído hablar del artista llamado Lemarc?

*M*aggie llegó apropiadamente tarde.

El monstruoso edificio de piedra que pasaba por la residencia del duque de Colton se elevaba como el escenario de un tenebrosa novela gótica. Las luces y antorchas brillaban en la oscuridad e iluminaban los arcos apuntados y los arbotantes. Por Dios, ¿aquello eran gárgolas? Maggie con frecuencia dibujaba edificios e iglesias, y mientras esperaba en el porche, deseó haber tenido con ella sus carboncillos.

Casi no podía creerse que la hubieran invitado. Hacía mucho tiempo que no acudía a una cena de aquel nivel. Por supuesto, primero ella había pedido una audiencia a la duquesa de Colton, y la respuesta de la mujer fue invitarla a una cena.

Solo esperaba que fuera una reunión íntima, o cuando menos que se hubiera advertido a los otros invitados de su presencia. Tal vez así los murmullos y las risitas serían menos.

La puerta se abrió y la hicieron pasar. A primera vista, el interior del edificio no se parecía en nada a lo que se veía por fuera. La casa era cálida y acogedora, flores frescas, gran cantidad de velas. Cuando subía las escaleras, Maggie reparó en un cuadro de Greuze que había en la pared. Impresionante. Los duques tenían un gusto exquisito.

Entró en el salón, y la primera persona que vio fue Simon. Estaba en pie, al otro lado de la estancia, tan alto, guapo, ágil. La sorpresa le cayó como una patada en la barriga y la perspectiva le provocó idéntica sensación.

«Maldita sea.» Dada su amistad con el duque, era de esperar que él precisamente estuviera allí. Pero de haberlo sabido, Maggie habría rechazado la invitación. El recuerdo de su último intercambio aún la atormentaba. ¿Por qué él, de todos los hombres posibles, era el único que despertaba en ella aquellos sentimientos tan pecaminosos?

Una bella mujer, rubia y con vestido rosado, se acercó al punto y la tomó de las manos, desviando su atención.

—Lady Hawkins —exclamó la duquesa—. Le agradezco que haya decidido asistir a nuestra variopinta reunión.

—Es un honor —replicó ella con una sonrisa sincera y una reverencia.

—Oh, nada de reverencias. Estamos entre amigos. O bueno, casi todos.

—Lady Hawkins. —El duque de Colton se acercó a su mujer. Un hombre moreno y atractivo; no era difícil imaginar cómo se había ganado el sobrenombre de «Duque Depravado»—. Es un placer volver a verla. Mi esposa lleva toda la semana hablando de usted.

—Buenas noches, excelencia. Me alegra que me hayan invitado... —además de desconcertarla.

—Venga conmigo —dijo la duquesa— y le presentaré al grupo de esta noche.

Y dicho esto, la tomó del brazo y afortunadamente se la llevó en la dirección contraria a donde estaba Simon.

Las presentaciones tomaron varios minutos. En su mayoría se trataba de rostros conocidos, al menos los de los hombres. Cuando la duquesa se excusó para ir a recibir a otros invitados, Maggie se quedó con lord Quint. El vizconde le dedicó una elegante reverencia y se apartó sus cabellos castaños demasiado largos de la cara.

—Lady Hawkins. Estoy impaciente por que podamos charlar sobre cuadros esta noche. ¿Piensa asistir a la exposición de Bathmore, de aquí a dos semanas?

—Desde luego, tengo curiosidad por saber si en sus nuevos trabajos ha resuelto el problema con la perspectiva de la exposición anterior.

Quint rio por lo bajo.

—Es usted una crítica muy severa.

—Supongo que sí. Me interesan mucho más la técnica y las opciones que toma el artista que el resultado final.

—Estoy totalmente de acuerdo. Me fascinan el qué y el cómo de las cosas.

Bajo su apariencia descuidada, Quint era un hombre de una belleza sutil, tranquilo y de mente despierta. Incluso su espantoso sentido de la moda resultaba encantador. Entonces, ¿por qué no sentía el dichoso cosquilleo en su presencia en lugar de la de Simon? Quint era mucho más adecuado para ella, con su perspicacia y su naturaleza perceptiva, y parecía demasiado razonable para dar importancia a su turbia reputación.

Aunque tampoco es que tuviera importancia, porque la idea era evitar a los hombres en su conjunto.

Otro rostro conocido se unió al grupo. La presencia de lord Markham, algo mayor que el resto, tampoco fue una sorpresa agradable. El hombre había asistido a algunas de las fiestas más recientes de Maggie, y en cada ocasión se le había insinuado de modo muy poco discreto. Ella no lo animaba, pero algunos hombres pueden ser muy obstinados.

—Lady Hawkins. —Markham hizo una reverencia, con una sonrisa demasiado amplia, mientras sus ojos la recorrían de arriba abajo—. Permita que le diga que me hace muy feliz encontrarla aquí esta noche. No sabía que estuviera en tan buenos términos con los Colton.

Por el brillo de su mirada Maggie supo exactamente a qué términos se refería. Por lo que ella sabía, los duques estaban felizmente casados y no se había oído ningún rumor que vinculara al duque a ninguna mujer desde que regresó del Continente. Pero, incluso si Colton tenía alguna aventura, ¿de veras pensaba Markham que la duquesa toleraría la presencia de las conquistas de su esposo en su mesa?

—Su excelencia me envió una invitación después de asistir a mi fiesta la semana pasada.

—Claro —contestó Markham, y le guiñó el ojo con tanto descaro que Maggie notó el sabor de la bilis en la boca.

Sí, ¿por qué sino iba a invitar nadie a la ramera medio irlandesa? Sin duda, los demás habrían pensado lo mismo, todos menos Colton y su esposa. Se puso bien derecha. Que pensaran lo que quisieran, siempre lo hacían.

—Si me disculpan —murmuró Quint, y se escabulló.

Por un momento Maggie pensó en cogerlo del brazo para evitar que escapara, pero Quint fue muy rápido.

Markham se tomó aquello como una invitación. Desesperada, Maggie miró a su alrededor. Su mirada se desplazó hacia donde estaba Simon y se detuvo. Unos severos ojos azules estaban clavados en ella, con el iris brillante y furioso. Pero ¿qué demonios…?

—Lady Hawkins —susurró Markham, tocando con desvergüenza su mano.

A Simon tampoco le pasó por alto la audacia de Markham. Un músculo se movió en su mandíbula apretada antes de que se diera la vuelta con aire ofendido. Y a Maggie se le ocurrió una cosa. Quizá si dejaba que Markham estuviera a su lado durante la velada, Simon no se acercaría. La idea le repelía y convertiría la velada en algo tedioso… pero después de todo, a veces una mujer tiene que hacer ciertas cosas.

Le dedicó a Markham una sonrisa deslumbrante.

—¿Decía usted, milord?

El vizconde pestañeó.

—Oh, sí. Bueno, esperaba poder acompañarla durante la cena. Nunca me ha…

—Sí —espetó ella—. Quiero decir que sí, sería un honor.

—Excelente. —Markham no cabía en sí, y su rostro rojizo se volvió más intenso—. Disfruté mucho de su última fiesta. Es curioso que Rowlandson pintara esa caricatura sobre sirenas.

—Lemarc —le corrigió ella.

Markham arrugó la frente.

—¿Perdón?

—Las caricaturas las dibujó Lemarc, no Rowlandson.

—Oh, claro, Lemarc. Son muy inteligentes estos caricaturistas. Me pregunto cómo se enteran de los *on-dits* que revelan en sus dibujos.

«Si son un poco listos, dan muchas fiestas.»

—¿Quién sabe? Quizá tienen más recursos de los que pensamos.

Él se inclinó hacia ella, como si fuera a contarle un secreto.

—Lo único que se necesita es poner una moneda en la mano adecuada, querida mía. La información siempre tiene un precio.

Aquel comentario la hizo pensar. Markham era un miembro activo del Parlamento, ¿hablaba por experiencia? Y lo mejor, quizá podría aprovechar la ocasión para socavar la propuesta de Winchester. Sí, parece que la velada empezaba a animarse.

En aquel momento, la duquesa anunció que la cena estaba servida. Markham le ofreció el brazo.

—¿Vamos?

6

—En serio, Simon, tienes que dejar de mirarla con esa cara de perro —dijo Julia.

Simon y Julia se dirigían hacia el comedor, detrás del resto de invitados. Él apretó la mandíbula y se obligó a apartar la mirada de Maggie y Markham. Pero la ira seguía carcomiéndole. Markham se había pegado a Maggie como una lapa desde que llegó. ¿Es que aquel hombre no tenía vergüenza?

—Y fuiste tú quien insistió en que invitara a Markham —siguió diciendo Julia.

—Gracias por recordármelo —musitó él.

—No recuerdo haberte visto nunca celoso. Esto es de lo más interesante.

Simon profirió un sonido de desdén justo cuando llegaban a las escaleras.

—Difícilmente podría estar celoso de Markham. Si su esposa está en Cornualles y ninguna amante lo aguanta más que unas pocas semanas es por algo. Ese hombre no sabría qué hacer con una mujer aunque le cayera desnuda en el regazo.

—Menos mal que somos amigos desde hace tanto, de otro modo mi esposo podría ofenderse por la naturaleza de esta conversación.

—Colton no me da miedo. Después de todo, si os habéis reconciliado es gracias a mí. Tendría que estarme agradecido por la oportunidad que le di.

—Oh, vaya, así fue cosa tuya.

Él le sonrió.

—Nunca habrías llegado a Venecia sin mi ayuda.

—Cierto, pero fui yo quien se llevó la parte más dura.

—Por favor. —Simon levantó su mano libre—. No hablemos de la virilidad de Colton con el estómago vacío. Me harás perder el apetito.

Julia rio con disimulo.

—Eres incorregible. No entiendo cómo nadie puede tomarte en serio en el Parlamento.

—No me conocen tan bien como tú.

—Será eso, sí. De otro modo, no se dejarían intimidar tan fácilmente por el ilustre hombre de estado en que te has convertido.

Entraron en el inmenso comedor. Colton ya había ocupado su sitio a la cabeza de la elaborada mesa, con la tía de Julia sentada a su derecha. Y por supuesto, Simon vio que Markham se había asegurado una silla junto a Maggie. Necio.

—Relájate, Simon —musitó Julia—. Me estás destrozando la mano.

—Mis disculpas.

—¿Sabes? Te mereces cualquier cosa que te diga esa mujer y más —contestó la duquesa por lo bajo mientras ocupaban sus asientos.

—No pienso olvidar tus palabras, sobre todo cuando Colton me pregunte si alguna vez has visitado una casa de juego…

Ella le dio una manotada en el brazo.

—¡Simon! No se te ocurra mencionar ni una palabra de eso a mi esposo.

—¿Algún problema, duquesa? —preguntó Colton, lanzando una mirada a uno y otro.

Julia le dedicó una mirada inocente.

—Ninguno, Colton. Nos morimos de hambre —e hizo una señal al mayordomo para que empezara a servir los platos.

Durante la cena, Simon evitó deliberadamente mirar a Maggie y a Markham. Las sonrisas alentadoras que Maggie dedicaba al vizconde le daban ganas de clavarle a alguien su tenedor. De modo que bebió más que comió. Y no fue hasta el sexto plato que comprendió que estaba medio borracho.

Que Maggie fuera tan condenadamente guapa no ayudaba, la muy bruja. Ojalá hubiera podido dejar de fijarse, pero veía cada detalle, cada curva... incluso con los ojos cerrados. Años atrás, solía pasar horas pensando en los delicados huesos de su muñeca. La curva de su oreja. Imaginar sus pechos desnudos le habría hecho ponerse duro como una piedra.

Esa noche, los citados pechos estaban subidos de un modo absurdo. Aquellas elevaciones exuberantes y cremosas lo distraían, como sin duda sucedía a todos los demás hombres capaces que había en la sala.

¿Qué estaba haciendo allí? No esperaba verla esa noche. Cuando menos, Julia hubiera debido advertirle que Maggie asistiría a la cena. Y habría podido enviar una nota excusándose.

—¿Podrías marcharte y echarte un rato? —le preguntó Julia en voz baja—. Estás atrayendo miradas.

Simon se puso derecho y pinchó con el tenedor un bocado de cordero asado.

—No seas ridícula.

—¿No me piensas explicar lo que os pasó?

«Todo lo que seguramente esperaba usted y más.» El comentario no había dejado de concomerle desde hacía días. ¿Qué había querido decir Maggie con aquello? Se dio cuenta de que Julia lo observaba y trató de recordar la pregunta. Maldito vino.

—¿Cómo?

—Te decía que si podrías contarme lo que pasó entre vosotros.

—No.

Julia consideró la respuesta mientras masticaba.

—Entonces quizá le pida a lady Hawkins que me lo cuente ella.

—Pregúntale si quieres, pero sabes lo mismo que saben todos. No hay mucho más.

Maggie se había reído de él. Y se acabó. ¿Qué más explicaciones necesitaba?

—Oh, a veces hay muchas más cosas de las que dicen los rumores. Mira Colton, antes de que la verdad saliera a la luz, la alta sociedad lo había catalogado de bribón y asesino.

—Pero es que Colton es un bribón —señaló Simon.

Julia sonrió.

—Sí, pero ahora es mi bribón. Y de todos modos, no estoy tan segura de que lady Hawkins quisiera romperte el corazón.

Simon cogió su vino y tiró lo que quedaba. E indicó al mayordomo que le sirviera más.

—A los hombres no se les rompe el corazón, Julia. Eso es para las jovencitas y los poetas que no tienen otra cosa que hacer.

Julia hizo tamborilear los dedos sobre la mesa.

—¿De veras?

—Sí. Hasta creo que me hizo un favor.

—Entonces, antes de que acabe la cena, toma otro vaso en agradecimiento.

Había otras seis mujeres allí, de modo que conseguir un asiento junto a la duquesa resultó una tarea difícil. Pero Maggie no tuvo ningún problema. Las damas se habían instalado todas en la salita, tras dejar a los caballeros en el comedor, y en aquel momento la duquesa empezó a servir el té.

Maggie cogió su taza y se puso dos terrones de azúcar. Se relajó y dio un sorbo agradecida. La cena había sido un calvario. No solo había tenido que hacer malabarismos con las atenciones de Markham, sino que Simon se había pasado la velada mirándola con mala cara o fingiendo que no existía. Le habría sido difícil decir qué le había resultado más molesto.

Lo cierto es que la espontaneidad con que Simon charlaba con la duquesa le daba envidia. Era evidente que eran buenos amigos. En otro tiempo ella había compartido esa misma familiaridad con él. Compartían bromas y risas, y él era la primera persona que buscaba cuando entraba en una habitación. Y Maggie supuso estúpidamente que sus atenciones significaban algo, que sentía algo por ella. Y se equivocó. Él le dio la espalda igual que los demás.

—Veo que el té le gusta muy dulce —comentó la duquesa mientras se sentaba—. A mí también, aunque no puedo resistirme a ponerme un poquito de crema.

—Me gustan los dulces con locura —confesó Maggie—. Hasta he llegado a comer un trozo de pastel para el desayuno.

La duquesa arqueó las cejas.

—Oh, deliciosamente decadente. Se parece mucho a mí.

—Eso espero. —Maggie se inclinó hacia delante y bajó la voz—. Quizá estaría dispuesta a ayudar a una amiga mía.

—¿Oh?

—Sí. Pearl Kelly. —Los ojos de la duquesa se abrieron y Maggie continuó—. Las dos nos hemos embarcado en una empresa y nos hemos encontrado con una extraña petición.

Y procedió a hablarle de las tres jovencitas que querían trabajar como aprendizas de una modista.

—Es todo un desafío —admitió la duquesa—. Pero me encantan los desafíos. Y debido al bebé, he tenido que encargar tres nuevos guardarropas en dos años. Mis costureras incluso han considerado proponer mi canonización. Y, dígame, ¿qué pretenden lograr usted y Pearl?

—En general, ofrecemos a las propietarias fondos adicionales para que cuiden mejor de sus chicas. Para enfermedades y otros… problemas delicados. También tratamos de ayudar a las jovencitas a aprender, ya sea a leer, escribir, coser o tocar un instrumento.

—Una causa encomiable. Me siento celosa porque no acudiera a mí en busca de apoyo.

—Fui yo quien la abordó a ella, en realidad. Sin embargo, de habernos conocido en aquella época, también habría pedido su colaboración.

—Bueno, pues me temo que ahora le va a costar mantenerme al margen. Mañana haré algunas visitas y le diré algo. ¿Le ha hablado a Simon de lo que hace?

Maggie frunció el ceño.

—No. ¿Por qué habría de hacerlo?

Los labios de Julia parecieron crisparse, como si estuviera conteniendo una sonrisa.

—Por nada. Es curioso lo poco que sabemos siempre de los demás, ¿no le parece?

Maggie se encogió de hombros.

—A menudo no nos mostramos como somos realmente.

—Desde luego.

La mirada de la duquesa parecía demasiado calculadora para que Maggie se sintiera tranquila. Otra invitada empezó a charlar con ella, y Maggie aprovechó la ocasión para excusarse. Necesitaba estar a solas un momento, o tomar un poco de aire fresco.

Cuando salió de la salita, el largo pasillo le pareció un laberinto; había puertas por todas partes. Se decidió por una dirección y trató de encontrar un mayordomo. Si le hacía un mapa quizá lograría encontrar el balcón.

Desde las sombras de un entrante, una figura se interpuso en su camino.

—Lady Hawkins.

«Simon.» Maggie se detuvo y se llevó una mano al pecho.

—Me ha asustado. ¿Qué está haciendo ahí?

Él cruzó los brazos y la fina lana de su levita se tensó sobre sus hombros.

—Podría hacerle la misma pregunta… aunque sospecho cuál será la respuesta. ¿Dónde pensaban hacerlo?

—Simon, creo que es mejor que regrese al comedor…

—¿En la salita de música? ¿El invernadero? —siguió diciendo, mientras se acercaba a ella con paso firme—. Conozco esta casa y sé que hay cientos de recovecos donde una persona, o quizás dos, podrían desaparecer un buen rato.

Ella trató de dar un sentido a aquellas palabras a pesar del sonido atronador de su corazón. ¿Estaba insinuando…? Oh, por el amor de

Dios. ¿Es que siempre tenía que asumir lo peor de ella? Maggie plantó los pies en el suelo y alzó el mentón.

—¿Pretende insinuar que tengo una especie de cita amorosa? ¿En mitad de una cena?

Era tan absurdo que casi no podía ni hablar.

La sonrisa de Simon confirmó sus sospechas.

—Es curioso que tanto usted como Markham se hayan excusado casi al mismo tiempo, ¿no le parece? Deje que le dé un consejo para otra vez: llamará menos la atención si se escabulle cuando los caballeros se hayan unido a...

Ella se adelantó para sisearle:

—Hipócrita desgraciado. He salido a tomar un poco de aire. Sola.

Él tuvo el descaro de resoplar.

—Sí, seguro que Markham daría una excusa parecida si le pregunto.

Maggie sintió que la ira corría por sus venas y se hinchaba en su pecho como una pesada masa de arcilla. Simon se cernía sobre ella, con una mueca furiosa y suficiente, y se dio cuenta de que la había acorralado contra la pared. En ese momento supo que él jamás daría crédito a sus explicaciones; se había formado una opinión sobre ella hacía diez años y esa opinión no iba a cambiar.

Muy bien, se comportaría como una ramera para él. Quizá así la dejaría en paz... aunque en realidad se moría de ganas de darle un buen puñetazo en su mandíbula tan bien afeitada.

Así pues, dejó escapar el aire, relajó los brazos y se pasó la lengua por los labios. Como era de esperar, los ojos de Simon se clavaron en su boca y Maggie se mordió el labio. El pecho de aquel hombre seguía subiendo y bajando, y el sonido trabajoso de su respiración llenaba el pasillo; sus ojos parecían zafiros negros. Oh, sí, la venganza podía ser algo muy dulce. Muy, muy despacio, Maggie se pasó un dedo por la línea de la garganta.

—¿Me ha acorralado usted con la esperanza de ocupar su lugar? —preguntó, esta vez con tono íntimo y sensual.

Simon se acercó aún más, un hombre hasta la médula, saturando su nariz con su olor almizclado. Le gustaba su olor, a naranja y sándalo con una pizca de tabaco. La proximidad de su cuerpo también la trastornaba. Sus ropas de noche no llevaban acolchado, eran de corte impecable y envolvían su figura a la perfección. Maggie veía muy bien el contorno de...

—Si decidiera ocupar el lugar de Markham... —empezó a decir, apoyando las manos en la pared, una a cada lado de su cabeza, para encajonarla.

Se inclinó sobre ella, y por un momento Maggie pensó que iba a besarla, pero Simon se movió justo antes de que sus labios se tocaran. La punta de su nariz le rozó la mejilla y pudo notar la calidez de su respiración en la piel. Los pechos de Maggie se hincharon y sus párpados se cerraron mientras una oleada de placer le recorría todo el cuerpo.

—Si decidiera ocupar su lugar, no sería aquí —le susurró casi al oído—. La llevaría a mi lecho en Barrett House y le enseñaría cosas que Markham no podría ni soñar. Pero esa no es la razón por la que la he acorralado.

Cerca. Estaba demasiado cerca. A pesar de sus esfuerzos por mantenerse indiferente, Maggie notó un cosquilleo en el estómago y una sensación de calor entre las piernas. ¿Por qué demonios tenía que ser aquel hombre odioso el único que despertaba aquellos sentimientos en ella? Tragó.

—¿Y cuál es, entonces?

Él le rozó el lóbulo de la oreja con la lengua y tironeó levemente con los dientes. Ella aspiró con fuerza.

—¿A qué está jugando, Maggie?

—Yo... —la voz la traicionó y brotó entrecortada, y hubo de carraspear—. No hay ningún juego, Simon.

Estaba perdiendo el control. Anhelaba hacer con él todas las cosas impropias del mundo... y que él hiciera otro tanto con ella. Curioso, puesto que jamás había disfrutado de la intimidad con un hombre. En realidad, la odiaba. Pero por alguna razón aquello era distinto.

¿Por qué había dado pie a aquella situación? Ah, sí, porque quería darle una lección y ridiculizarlo. Hacer que se le cayera la baba con ella y dejarlo plantado... pero las cosas estaban saliendo de un modo bien distinto.

—Me gustan los juegos —continuó él, mientras sus labios rozaban su garganta seductoramente—. Pero sobre todo me gusta ganar. ¿Está preparada para pagar el precio cuando pierda?

Maggie se estremeció. No había suficiente aire en aquel condenado espacio.

—Yo nunca pierdo —dijo con voz rasposa—. Y usted arriesga más.

—¿De veras? —Su nariz se deslizó por la delicada línea de la mandíbula de Maggie y a su paso dejó un rastro de piel de gallina—. Creo que podría tomarla contra esta pared. En este momento. Aquí mismo.

Apretó las caderas contra ella, con el miembro erecto e impenitente, y Maggie aspiró con fuerza. Y cuando quiso darse cuenta, sus manos lo habían aferrado por la cintura para que no se apartara.

—Pero debe saber —siguió diciendo él con los labios casi encima de los de ella— que yo solo juego cuando hay pocos jugadores. No me gusta ser uno de tantos.

El comentario tardó unos segundos en surtir su efecto. Y cuando lo hizo, el resentimiento y la ira volvieron a resurgir y eclipsaron cualquier otro sentimiento que Maggie pudiera albergar. El muy cerdo.

Todos sus músculos se tensaron y lo empujó por los hombros con todas sus fuerzas. Cuando Simon se apartó, ella pasó a su lado y se dirigió hacia la puerta. Y si bien la necesidad de huir era poderosa, no pudo resistirse a lanzar un último golpe.

—Entonces estamos de acuerdo en que jamás sabremos si está usted a la altura.

Simon tardó varios minutos en reponerse. El estado de su miembro, que en aquellos momentos estaba duro como un diamante, desaconsejaba que se reuniera con los demás, de modo que se dedicó a repasar el discurso que había estado preparando para el Parlamento para distraerse de su refriega con Maggie. De lo que había sentido teniéndola pegada a su cuerpo. Su dulce aroma. La suavidad de su piel.

Con un gemido, estiró el brazo para acomodar el contenido de sus pantalones. Jesús, nunca volvería a reunirse con los otros si aquello no bajaba. Pero ¿en qué demonios estaba pensando, provocarla de aquel modo? No tenía intención de liarse con ella, por muy seductor que fuera el paquete. Señor, ¿por qué habría bebido tanto durante la cena?

Al menos había evitado que se reuniera con Markham.

Aquello le hizo sentir una cierta satisfacción por muchos motivos. Markham había sido invitado únicamente porque él necesitaba el apoyo del vizconde para su propuesta. Pero el viejo idiota se había pasado la velada babeando por Maggie... y desde luego ella no había hecho nada para desalentarlo.

Nunca entendería qué veía Maggie en aquellos otros hombres. Podía aceptar que no lo hubiera elegido a él, pero desde luego merecía algo mejor que Cranford..., o Markham. ¿Es que aquella mujer no tenía criterio?

Cuando llegó al vestíbulo principal, vio a Maggie en la entrada, abotonándose su pelliza mientras hablaba en voz baja con Julia. La duquesa asintió, y luego las dos mujeres se abrazaron. Así que Maggie había decidido abandonar la fiesta. Sintiéndose un poco como un *voyeur*, Simon regresó a la salita y encontró a Markham en el sofá, charlando con otro invitado. ¿Había renunciado a Maggie sin más o es que tenía planeado reunirse con ella en su casa? La idea lo ponía malo.

Colton y Quint estaban apoyados contra el aparador y Simon se dirigió hacia ellos.

—Te preguntaría dónde has estado —dijo Colton con voz arrastrada—, pero considerando la forma precipitada en que ha entrado lady Hawkins y se ha llevado a mi esposa, diría que la pregunta es innecesaria.

Simon echó mano del decantador.

—Déjalo, Colt.

—¿Qué le has dicho? —preguntó Quint—. Parecía realmente furiosa.

Simon no era capaz de ordenar sus emociones en aquellos momentos, y muchos menos de hablar de ellas.

—¿Es que no tenéis nada mejor que hacer que andar por ahí cuchicheando? Sois peores que las señoras rondando el cuenco de ponche.

El duque arqueó las cejas.

—¿Qué te ha hecho ponerte tan furioso?

—Es Markham, ¿a que sí? Piensas que a lady Hawkins le atrae.

Simon miró a Quint, que levantó su taza de té y bebió. El vizconde no bebía alcohol. Nunca. Decía que le enturbiaba la mente, y que no le gustaba la sensación de entumecimiento que provocaba.

Simon, por su parte, necesitaba aquel entumecimiento. Dio un generoso trago del clarete que en ese momento llenaba su vaso y tragó.

—Dudo que a nadie se le haya pasado por alto —comentó Colton—. Lady Hawkins ha estado flirteando con Markham, ¿y qué, ha herido tus sentimientos?

Simon suspiró.

—Por favor, recuérdame por qué te ayudé a reconciliarte con tu esposa. Me gustabas mucho más cuando solo te veía cada tantos años.

—Fue porque la duquesa te engañó —terció Quint—. En realidad fueron los dos.

—Quint, a veces eres increíblemente útil. Pero esta no es una de esas veces.

Simon veía la entrada justo delante, y enseguida lo supo cuando Julia regresó a la habitación. La duquesa miró a su alrededor y sus miradas se encontraron. Se dirigió hacia él con los labios apretados.

—Conozco esa cara —musitó Colton—. Y significa que hay que echar a correr (y digo correr, no andar) en la dirección opuesta. Por el amor de Dios, Winchester, hazte un favor...

—Demasiado tarde —dijo Quint, porque Julia ya estaba allí.

—¿Puedo hablar contigo? —le preguntó con brusquedad a Simon.

Sus ojos azules lo miraron entrecerrándose, y Simon supo que tenía que zanjar aquello enseguida.

Pero no pensaba irse sin un refuerzo, y se tomó un momento para volver a llenar su vaso.

—Tú primero, duquesa.

La duquesa fue apresuradamente hasta el extremo más alejado de la habitación, levantándose las faldas para no pisárselas.

—¿Qué ha pasado? Lady Hawkins y tú desaparecéis y al poco ella regresa en un fuerte estado de agitación. ¿Qué has hecho?

A Simon aquello le ofendió.

—¿Por qué das por supuesto que he sido yo? ¿Y lo que ha hecho ella?

—¿Qué eres, un crío chivándose de la malvada de su hermana? —Julia se sujetó el puente de la nariz entre los dedos—. De verdad, nunca te había visto así. Normalmente eres un hombre tranquilo y predecible. Es como si te hubiera sustituido un extraño con el mismo aspecto que tú.

—¿Qué te ha dicho lady Hawkins?

—Nada. Solo que no se sentía bien y quería volver a casa para descansar. Pero es evidente que tenía algo que ver contigo, porque ha vuelto de vuestro *tête-à-tête* hecha un manojo de nervios. No me gusta que disgustes de ese modo a mis invitados, y menos aún a una amiga.

—¿Amiga?

—Sí, amiga. Me gusta. Y voy a ayudarla con un pequeño proyecto.

—¿Qué proyecto?

No le gustaba la idea de que Maggie y Julia se hicieran amigas. Se parecían demasiado, y Simon sabía muy bien los líos en que podía llegar a meterse Julia. Demonios, a lo largo de los años la había tenido que sacar de muchos aprietos. ¿Y ahora también tenía que preocuparse por Maggie?

—No es asunto tuyo. Sinceramente, Simon, sé que estás resentido por lo que pasó hace años…

—Ridículo. Yo no estoy resentido. Pero ¿es que no has visto cómo ha flirteado con Markham durante toda la velada? Es del todo indignante.

—Es viuda, y se ha labrado una reputación. Y puesto que la mayor parte de la sociedad no la acepta, diría que se ha propuesto divertirse siempre que pueda. No tienes derecho a juzgar los asuntos amorosos de los demás.

Él apretó los labios, pues no podía ni deseaba hacer ningún comentario. ¿Cómo podía explicárselo a Julia si él mismo no lo entendía?

—Esta noche casi me he arrepentido del pequeño papel que jugué en aquel desastre durante su presentación. Quizás después de todo tendrías que haber retado a Davenport.

—No, tú tenías razón. El resultado habría sido el mismo, y seguramente habría empeorado las cosas. Cranford tendrá muchos defectos, pero desde luego disparaba muy bien.

—No sé. Intuyo un gran romance... —y dejó las palabras en el aire—. De todos modos, lo hecho hecho está. Lo que no entiendo es por qué insistes en castigar a la pobre mujer. ¿No ha sufrido ya bastante?

—¿Sufrir? —se mofó él—. Has estado en una de sus fiestas. Esa mujer vive como una aristócrata francesa antes de que Robespierre empezara a cortar cabezas. Yo no llamaría a eso sufrir.

—Está claro que eres más cínico y simplón de lo que pensaba. —Julia dejó escapar un suspiro—. Vivir en los límites de la sociedad es distinto para una mujer. No espero que lo comprendas, Simon, pero sí que la dejes en paz.

—Bien —espetó él, y entonces suavizó el tono—. La dejaré en paz.

Su voz sonaba muy decidida, pero no estaba muy seguro de haberlo dicho en serio.

7

A la mañana siguiente, temprano, la puerta del estudio de Maggie se abrió y oyó la voz de Rebecca.

—No podía esperar ni un minuto más. Quiero que me cuentes todo lo que pasó anoche.

Maggie no levantó la vista. Siguió dibujando, sentada a la larga mesa de madera que utilizaba para trabajar, decidida a plasmar aquella imagen con exactitud. Llevaba más de una hora con aquello.

—Tilda, traiga el té, por favor.

—Sí, milady.

Maggie oyó cerrarse la puerta y notó una presencia a su espalda.

—¿Estás trabajando en los dibujos de Escocia y Gales para el libro de viajes de Ackermann? —preguntó Rebecca poniéndose de puntillas para mirar por encima del hombro de su hermana.

Maggie se encorvó y ocultó el papel con las manos.

—No. Es otra caricatura para la tienda, y la verás cuando esté terminada, no antes.

—Bien. Caramba, qué misteriosa con tu trabajo. —Becca fue hasta el sofá, cerca de la hilera de ventanas altas—. Espero que no tenga que ver con lo de anoche. —El silencio se prolongó, y de pronto Rebecca exclamó—: ¡Maggie! ¿Pero en qué estás pensando? Todo el mundo sabrá que Lemarc acudió a la cena de la duquesa.

—En absoluto. Nadie asumirá tal cosa. Simplemente, pensarán que Lemarc está bien informado.

—Aun así, en mi opinión es un riesgo innecesario, aunque ya sé que no me vas a hacer caso. Bueno, ¿y qué pasó entre Winchester y tú?

A Maggie la mano se le escurrió. Maldita sea. Ahora tendría que rehacer toda la parte inferior derecha.

—¿Tenemos que hablar de eso ahora?

—Sí, yo creo que sí. Estoy segura de que él estuvo allí porque Tilda dice que regresaste muy pronto y furiosa como un pollo mojado.

Maldita sirvienta chismosa. Maggie dejó su lápiz y se levantó para ir a ocupar la silla que quedaba más próxima a su hermana.

—Sí, estuvo allí. Mirándome furioso desde el otro lado de la habitación, toda la noche. Es un hombre exasperante.

—Un hombre exasperante del que en otro tiempo estuviste locamente enamorada. Temo que no podrás resistirte a sus encantos.

El recuerdo de cuando su cuerpo la había aprisionado contra la pared la noche antes regresó con vividez. «Creo que podría tomarla contra esta pared. En este momento. Aquí mismo.» Quizá había vuelto sus planes de tentarlo contra ella, pero no caería en la misma trampa una segunda vez.

Agitó una mano.

—Es el último hombre con quien buscaría una relación.

—Sobre todo cuando puedes elegir entre todos los hombres de la alta sociedad londinense. No es justo; las viudas siempre se lo pasan bien.

Oh, sí, estupendamente. Con los cotilleos, las risitas a su espalda. Las insinuaciones y las propuestas indecentes que le hacían sin cesar. Becca sin duda tenía una imagen muy romántica de la vida de su hermana, y ella la quería demasiado para estropeársela con la realidad. Así que sonrió.

—Supongo que lo que quieres decir es que los hombres se lo pasan bien.

—Bueno, nadie podría discutirte eso. ¿Quién más había?

Tilda regresó con el té cuando Maggie estaba iniciando su relato de la velada con una descripción de la casa de Colton. Para cuando el té estuvo servido, ya lo había contado prácticamente todo y terminó explicando su decisión de volver temprano a casa.

—Te has dejado lo más importante —dijo Becca—. ¿Qué te impulsó a marcharte de modo tan prematuro? Es evidente que algo, o alguien, te trastocó.

Maggie encogió un hombro y dio un sorbo a su té.

—Un pequeño desacuerdo. Nada que valga la pena mencionar.

—Mentirosa. ¿Qué te dijo? ¿Si se mostró cruel...?

—Te agradezco que te preocupes por mí, hermanita, pero no puedes cambiar la mentalidad de la gente.

Becca dio unos toquecitos con el pie en el suelo, una clara señal de que estaba pensando. Maggie tomó su té y guardó silencio. Por fin, los ojos de Becca se abrieron exageradamente, luego la miraron entrecerrándose.

—Entonces ¿Winchester cree todos esos espantosos rumores sobre ti? Él tendría que saber que no son ciertos. De verdad, jamás le perdonaré que no saliera en tu defensa cuando...

—Oh, Becca. —Maggie suspiró—. Lo hecho, hecho está. Con frecuencia, esperamos de nuestros amigos más de lo que pueden dar. O quieren dar. Doy gracias por haber descubierto lo que había cuando lo hice. De otro modo, es posible que hubiera pasado muchos años desdichados junto a un hombre que no me quería.

—Y en vez de eso pasaste muchos años desgraciados junto a un hombre que podía ser tu padre.

—No fueron desgraciados. Solitarios sí, pero no desgraciados. Hawkins prefería a su querida, y yo no tenía interés en que fuera de otro modo.

Becca se inclinó para tomar a su hermana de la mano.

—¿Y eso no es ser desgraciado?

Maggie sonrió, meneó la cabeza.

—No, no lo creo. No todos tienen la suerte de encontrar el amor como Marcus y tú. Vosotros sois uno de los raros ejemplos que hay de matrimonio feliz. Y si bien no podría alegrarme más por ti, no todos tenemos la misma suerte.

—Y es a ti a quien debo dar las gracias por mi matrimonio. De no haberte casado tú con lord Hawkins, nunca hubiera conocido a mi marido.

Maggie oprimió la mano de su hermana con afecto. Tras el escándalo, Maggie tenía la opción de casarse con Hawkins o acarrear la vergüenza sobre toda su familia, incluida su joven e inocente hermana. Y bajo ninguna circunstancia la habría privado de la posibilidad de presentarse en sociedad y encontrar un marido. Por eso se casó con Hawkins, soportó la dolorosa y embarazosa noche de bodas, vivió en una pequeña localidad a donde la siguieron las insinuaciones y los cotilleos, y se sumergió en su arte. Pero el agradecimiento y la felicidad de Becca hacían que aquellos diez años hubieran valido la pena.

—Me gustaría que papá hubiera vivido lo bastante para ver el éxito que tienes —siguió diciendo Becca—. Estaría muy orgulloso de ti.

Maggie no pudo evitarlo, notó que las lágrimas le escocían en los ojos. Añoraba a su padre, un hombre con el alma sensible de un artista, como ella. Le dolía pensar que sus últimos recuerdos de ella eran de vergüenza y decepción. Maggie siempre había querido que estuviera orgulloso de ella, y había fracasado miserablemente. Quizá ahora, desde su lugar de descanso, podría ver todo lo que había logrado hacer en tan poco tiempo.

Suspiró, soltó la mano de su hermana y se recostó en su silla.

—Al menos te vio a ti felizmente casada. Él sabía lo mucho que querías a Marcus.

Ver a su padre sonreír en la boda de su hermana le había dejado un sabor agridulce a Maggie. Aquella alegría por el enlace de su hermana solo contribuyó a resaltar el contraste con la amargura que demostró por el apresurado casamiento de ella.

—Sí, pero tú fuiste siempre su favorita. E incluso en aquella época él ya sabía el talento que tienes. —Con su taza en la mano, Becca se relajó en el diminuto sofá—. Me encanta este sitio. Es muy relajante.

—Como ya sabes —explicó—, paso la mayor parte del tiempo aquí. Mira cuántas manchas tengo en las manos.

Maggie había comprado la casa con una parte de la propiedad que había heredado. La mejor estancia de la casa era, con diferencia, la pequeña sala de cristal del piso de arriba.

El propietario anterior era escultor y había incorporado la habitación de juegos a un pequeño dormitorio para convertirlo en un enorme estudio acristalado. Aquel lugar era el sueño de un artista. Había combinado dos ventanas de buhardilla para crear una larga hilera de ventanas que permitieran entrar el máximo de luz posible, cada una formada por pequeños cuadrados separados por finas barras. Todas ellas se abrían con bisagras, para que pudiera entrar el aire cuando pintaba. También había claraboyas en el techo, y podían abrirse mediante una larga barra. Con aquellos techos altos y aquella intimidad, era una habitación tranquila, luminosa y espaciosa. A Maggie le encantaba.

Lo único que necesitaba era aquel espacio y sus pinturas. Un lápiz y unos lienzos. Cosas sencillas que en modo alguno incluían al conde de Winchester.

—Maggie —dijo Becca atrayendo de nuevo su atención—. Ya sabes el trabajo que he estado haciendo para el Foundling Hospital de Bloomsbury. El comité ha decidido organizar un acto para recaudar fondos, y esperaba poder utilizar algunas de tus obras, si te parece bien. Tienen algunas otras obras, de Rowlandson, Pugin y otros, y estoy segura de que las obras de Lemarc también despertarán gran interés.

—Por supuesto. Lo que necesites. Será un honor.

—¿Qué te parecería donar alguna obra con tu verdadero nombre? Sé que sueñas con poder labrarte una reputación al margen de Lemarc. Esta podría ser una buena ocasión.

La idea tenía su atractivo. Le permitiría reconocer su pasión por el arte con una mayor libertad. Ya no haría falta que ocultara su trabajo. Pero ¿la aceptaría la sociedad? Las mujeres artistas no tenían tan buena aceptación como los hombres. Era difícil encontrar mecenas, y las comisiones eran más bien escasas. En Francia era más fácil, y allí algunas mujeres, como Vigée-Lebrun y Ducreux, habían triunfado. Sin embargo, los ingleses no habían demostrado el mismo interés por aceptar a las artistas femeninas.

Aún así, podía crear sus propias piezas y seguir creando otras como Lemarc... Pero ¿quién compraría una pieza realizada por la ramera medio irlandesa? Era difícil saber si su reputación haría que sus obras fueran más populares o reforzarían su carácter marginal.

—Lo pensaré. ¿Cuándo será?

—Aún faltan unos meses.

—Si empiezo a trabajar utilizando mi verdadero nombre, cabe la posibilidad de que haya rechazo, y eso os afectaría a ti y a Marcus.

—No me importa. Tienes un don, Maggie, y tendría que ser alabado, no ocultado. Que cotilleen tanto como quieran. Sabes muy bien que los rumores solo sirven para vender más piezas.

—*B*uenas tardes, Quint. Qué detalle que hayas ordenado esto por mí.

Simon pasó por encima de los habituales montones de papeles y libros que había en el suelo de camino a la mesa del vizconde, donde su amigo parecía concentrado estudiando algo. Quint se incorporó y le dio con ello una bonita panorámica del sacrilegio que había cometido ese día con su atuendo. Chaqueta violeta sobre un chaleco verde a rayas, coronado con un pañuelo tan holgado que parecía más bien una bufanda. Simon se encogió. Apreciaba mucho a su amigo, pero vestía de un modo que hubiera hecho caer muerto al mismísimo Beau Brummell en plena calle.

La noche anterior, Quint le había comentado que había hecho progresos en sus pesquisas sobre los pájaros y le pidió que fuera a su casa al día siguiente. Aun así, la visita de Simon pareció cogerle totalmente por sorpresa.

—¡Winchester, qué alegría verte! Te ofrecería un asiento, pero... —Quint indicó con el gesto las dos sillas cubiertas de libros que había ante su escritorio—. Si esperas un momento, enseguida te busco... —Quint se puso a revolver papeles y al instante desplegó siete retratos enmarcados ante él. Cuando terminó, agitó una mano—. Tus acuarelas de pájaros.

—¿No eran casi veinte?

—Sí, pero he eliminado las de los pájaros más comunes. Los que se pueden encontrar por toda Inglaterra, como la perdiz, la urraca, el pájaro carpintero y otros similares. Los que tenemos aquí son los siete que nos interesan para reducir la búsqueda de la posible localización de nuestro afamado artista.

—O el lugar que visita.

—Tal vez —concedió Quint—. Pero algunos de estos pájaros solo están presentes por temporadas. Es decir, que si el artista solo estaba de visita, no es probable que viera los pájaros que están en inverno y los que están en verano. En mi opinión, el artista pasó bastante tiempo en la zona estudiando la vida salvaje.

—Sí, tiene sentido.

—Bueno, estudiemos los retratos escogidos. En la fila de arriba —y señaló— tenemos la oropéndola, una hembra de chorlito carambolo y un ruiseñor, los tres con su plumaje de verano, y que nos situarían en el este de Inglaterra. En la segunda fila, tenemos una aguja colipinta, chorlitejo, zorzal alirrojo y correlimos, que aparecen con su plumaje de invierno. Los cuatro pueden verse en el este de Inglaterra durante esa estación. —Quint empujó dos de los cuadros para separarlos del resto—. Lo más interesante es que tanto la aguja colipinta como el correlimos son aves marinas, y ocupan zonas costeras y estuarios.

—O sea, ¿que buscamos una zona costera del este de Inglaterra o un estuario?

—Bueno, eso era lo que pensaba hasta que vi esto. —Quint se inclinó y sacó un nuevo cuadro del cajón de su mesa—. A primera vista, parece una especie de urogallo, que puede encontrarse en las marismas del norte. Pero no he conseguido situarlo.

—¿Y qué es?

—Que me aspen si lo sé. No es ningún ave que pueda encontrarse en Inglaterra.

Los dos se quedaron mirando el cuadro durante un largo momento.

—¿Y si Lemarc se ha equivocado? —sugirió Simon.

—¿Qué quieres decir? ¿Que se inventó el pájaro?

—Eso o que lo haya pintado de memoria… y no recordara bien los detalles.

—Quizá tengas razón. Coge ese libro de allí, ¿puedes? El negro con letras amarillas.

Simon siguió las indicaciones de Quint, hasta que encontró el libro, titulado *Birds Throughout England*. Se lo pasó.

Quint fue directamente a la sección de los urogallos. Pasó las páginas con rapidez.

—Ajá. Aquí está. Un lagópodo escocés, un macho.

Y colocó el libro abierto sobre la mesa, junto al cuadro enmarcado. Los dos hombres miraron a uno y a otro, estudiando ambas imágenes.

—Mira, el pico no está bien. —Simon señaló el cuadro—. Y según el libro, en los bordes de las plumas de las alas tendría que haber un toque de amarillo que falta en la versión de Lemarc.

—Pero se acerca lo bastante para que asumamos que es lo que Lemarc quería plasmar. No tenía ninguno delante y lo pintó de memoria. —Quint le dio una palmada en la espalda a Simon—. ¡Bien hecho! Sabía que eras más listo de lo que aparentas…

—No ha sido tan difícil. Podría ganarte con una mano atada a la espalda.

Su amigo rio y cogió el cuadro del lagópodo.

—Entonces, diría que este podemos descartarlo.

—Estoy de acuerdo. Es probable que Lemarc hubiera visto alguno, pero no tuviera un recuerdo lo bastante fresco para pintarlo adecuadamente.

Quint puso el cuadro bocabajo.

—Bien, pues sin el lagópodo, diría que tu artista está en algún estuario en el este de Inglaterra. Mi opinión es que podría tratarse de Suffolk o Norfolk, cerca del mar.

—Lo que no nos aclara gran cosa. Los dos condados cuentan con numerosos estuarios.

Quint se llevó una mano al oído, como si no oyera bien.

—¿Disculpa? ¿Eso que he oído era un «Gracias, Quint»?

Simon sonrió y le dio a su amigo una palmada en el hombro.

—Gracias, Quint. Es brillante, pero me hubiera gustado que acotaras más la búsqueda.

—Supongo que sabes que los pájaros vuelan ¿no? Lo más que podíamos esperar era situarlo en una zona pequeña. —Quint empujó un montón de libros al suelo y ocupó el asiento que acababa de dejar libre—. Lo hemos reducido a dos condados. ¿Qué más quieres?

—Mis disculpas. Estoy siendo negativo. —Se sentó en el borde del escritorio, la única superficie medio despejada que había en la habitación—. Con un poco de suerte, el detective que he contratado acotará la búsqueda aún más. ¿Puedo llevármelos?

—Por supuesto. ¿Podrías tirar de la campanilla, por favor? No he comido nada en todo el día y seguro que mi ama de llaves está al borde de la histeria.

Simon se levantó e hizo lo que Quint le había pedido.

—¿Cuánto hace que la tienes? —preguntó.

—Cinco semanas. Espero que me dure.

«Lo dudo», pensó. Aunque Quint podía permitirse pagar bien, trabajar a su servicio daba más problemas de los que valía la pena aguantar. De vez en cuando el vizconde se embarcaba en algún proyecto, y toda rutina debía quedar aparcada por sus caprichos. A veces no se acordaba de comer hasta bien entrada la noche.

Simon cogió los cuatro cuadros de la mesa y fue hacia la puerta.

—Entonces te dejo. Tengo que hacer un recado. ¿Te veré después en el club?

—Lo dudo. Tengo un reloj que va unos minutos atrasado y quería…

Simon levantó una mano. Si Quint se ponía a explicarle los detalles no acabarían nunca, y tenía un poco de prisa.

—No hace falta que me cuentes los pormenores. Gracias por lo que me has explicado de los pájaros, Quint. Como siempre, has estado soberbio.

—Espero que pongas eso en mi lápida.

—Una vez más, gracias. Nos vemos mañana.

Simon levantó el picaporte y huyó al vestíbulo.

Normalmente se hubiera quedado un rato, pero su madre le había enviado una nota en la que solicitaba su presencia para el té y, antes, quería llevar los cuadros de los pájaros a lady Hawkins para que los examinara.

El trayecto hasta la casa de Maggie fue rápido. No sabía si recibiría visitas, así que subió los escalones con los cuadros en las manos. Quizá podía dejárselos a algún sirviente.

Seguramente no querría verlo, no después de su intercambio durante la cena la noche anterior. Maggie estaba furiosa cuando se fue; todos lo vieron y estuvieron comentándolo. En serio ¿qué le había impulsado a comportarse de ese modo? Si Maggie quería estar con Markham ¿por qué tenía él que interponerse?

La puerta se abrió y Simon se encontró mirando a la misma sirvienta que las otras veces. Le entregó su tarjeta y solicitó una entrevista con lady Hawkins. La mujer lo miró con cara de desaprobación pero lo dejó pasar. Y estiró los brazos esperando a que él le entregara sus cosas, de modo que Simon dejó los cuadros sobre una pequeña mesita y empezó a quitarse el abrigo.

Una tarjeta que estaba sobre la mesita llamó su atención. El nombre, que podía leerse incluso a aquella distancia, le hizo apretar los dientes.

—¿Se ha ido ya lord Markham?

—No, milord. La señora aún está con él. Si desea esperar en el salón.

—No será necesario. —Le entregó su abrigo y cogió los cuadros—. Los conozco a los dos. A lady Hawkins no le importará si les interrumpo.

Una mentira descarada donde las haya... aunque tampoco es que le importara.

Y puesto que había estado allí hacía solo unos días, sabía perfectamente a dónde tenía que ir. La criada fue tras él.

—Milord —exclamó, pero él caminaba deprisa, impulsado en parte por una desagradable presión que notaba en el pecho.

Unos segundos después, abrió la puerta de la salita sin llamar y entró. Maggie levantó la cabeza sorprendida y Markham se levantó y saludó a Simon con su taza de té en la mano.

—Bienvenido, Winchester. ¿Desea acompañarnos?

*N*o podía haber elegido un momento más inoportuno.

Maggie observó con interés y desazón cómo Simon entraba en la habitación con un montón de pequeños lienzos en las manos. Apenas hacía unos momentos que había empezado a desacreditar su propuesta ante lord Markham cuando el propio conde entró. No pensaría quedarse ¿verdad?

Lo observó con los párpados entornados. Piernas largas enfundadas en unos pantalones ceñidos de ante, botas altas y negras, hombros anchos enmarcados por un sobretodo azul zafiro. Estaba tan imponente y atractivo como siempre. Y, al igual que le pasaba cuando tenía dieciocho años, su estúpido corazón se deshizo ante la visión de aquel hombre. Se obligó a mirar hacia otro lado.

—No quisiera interrumpir —dijo Simon con suavidad.

—Tonterías —replicó Markham, y volvió a sentarse—. Estoy seguro de que le interesará nuestra conversación.

Y Simon, el muy bruto, no se lo pensó dos veces. Tras dejar los cuadros sobre la mesa, se puso cómodo.

—¿De veras? —Arqueó una ceja y dedicó a Maggie una mirada llena de sarcasmo—. Pues continúen. Estoy impaciente.

¿Acaso pensaba que estaba tratando de coquetear con Markham, o que permitía que él coqueteara con ella? Seguramente, puesto que creía que sus aposentos eran un desfile continuo de amantes bien dotados. Se puso derecha y no se molestó en disimular su disgusto.

—¿Desea tomar un té, lord Winchester? Ya que parece que tiene intención de quedarse.

—No, gracias, lady Hawkins. Aunque su ofrecimiento es muy generoso.

Por su tono se entendía que quería decir justo lo contrario, y a Maggie le dieron ganas de coger un plato y tirárselo a la cabeza.

—Justamente, la dama me estaba diciendo... —empezó a decir Markham.

—Milord —le interrumpió Maggie—, estoy segura de que lord Winchester tiene temas más interesantes que comentar que el aburrido asunto que nos ocupaba.

—Desde luego que no —intervino el aludido—. Por favor, Markham, continúen.

Markham miró a uno y a otro y se aclaró la garganta.

—Sí, bien, la dama me estaba hablando de su...

—Situación. Estábamos hablando de su propiedad —dijo ella en un barboteo.

Markham pestañeó confuso, pero por fortuna no desmintió sus palabras.

—Sí, bueno. Eso era.

Maggie se relajó al ver que Markham no la delataba. Simon se pondría furioso si se enteraba de que estaba tratando activamente de perjudicar su ridícula propuesta.

—Mi... propiedad. —Simon se quitó los guantes y se puso a tamborilear con los dedos en el brazo de su asiento, con expresión fría e incrédula—. Pues estoy impresionado. Para que nos entendamos, ¿de cuál de las cuatro propiedades que tengo a mi cargo estaban hablando?

«¿Cuatro?» La mente de Maggie trató de encontrar un nombre.

—Winchester Towers. Pero hablemos de otros asuntos. Me desagrada tratar temas serios en grupo.

—Pues eso sí que me extraña, porque según tengo entendido le gusta a usted hacer muchas cosas en grupo.

Maggie se quedó sin habla. Y entonces recordó el comentario que Winchester había hecho la noche antes y sintió que la ira le hervía en las venas y se hinchaba como una marea. «Yo solo juego cuando hay pocos jugadores. No me gusta ser uno de tantos.» Aquellos insultos eran injustificados y tediosos. Le daban ganas de contestarle, de herirle igual que él la estaba hiriendo a ella. Un deseo mezquino e infantil, sin duda, pero muy real. Solo su fuerza de voluntad —y la presencia de un estupefacto Markham— impidió que insultara a Simon como merecía.

Su propuesta fracasaría. Maggie se aseguraría de eso. Atar a una mujer al hombre que había abusado de ella, incluso si era por dinero, no estaba bien. Ella conocía a mujeres que habían sufrido cruelmente a manos de algún hombre y lo único que querían era olvidarse de todo. Tener que recibir un estipendio anual solo serviría para reabrir las heridas una y otra vez. Quizá se imponía una nueva caricatura de Vinochester, una en la que su personaje alcanzara nuevas cimas de bufonería. Sí, tal vez pensaba que la había vencido… pero no sería ella quien perdiera al final.

—Me gustan los grupos grandes —comentó Markham para llenar el silencio.

—A mí también —repuso Maggie, agradecida por la distracción.

Más tamborilear de dedos que delataban irritación.

—Tengo asuntos que discutir con la dama, Markham. ¿Ha concluido ya su visita?

Markham abrió la boca sorprendido. Simon tenía una posición más elevada, y tratar de discutir con él no serviría de nada. En cambio, a Maggie no le gustaba que nadie se presentara en su casa e incomodara a sus invitados.

—Se está excediendo, milord. Lord Markham puede quedarse si lo desea.

Simon puso cara seria.

—Bien, pues entonces charlemos todos juntos. No suelo hacer visitas sociales. —Y se acomodó más en la silla—. ¿Cómo está su esposa, Markham? Imagino que vendrá para el principio de la temporada. Quizá podrían venir los dos a cenar a mi casa en Barrett House. Estoy seguro de que le encantará saber a qué se ha dedicado en su ausencia.

8

$\mathcal{M}$arkham se escabulló rápidamente, para satisfacción de Simon.

—No creo que esto fuera necesario —espetó Maggie, al tiempo que dejaba su taza y el platito en la mesa.

—¿De verdad creía que me iba a quedar aquí sentado tan tranquilo viendo cómo flirteaban?

Ella abrió la boca perpleja.

—No estaba flirteando. Estábamos hablando de otros asuntos.

—Markham quiere acostarse con usted, Maggie. Y ayer noche yo no diría precisamente que usted no flirteaba.

—Los celos no le sientan nada bien, Winchester.

Él profirió un sonido desdeñoso.

—Poco celoso puedo estar. No es de mi incumbencia si se acuesta o no con Markham…, si bien le aconsejaría que pusiera el listón un poco más alto. Ese hombre no tiene fama de ser muy hábil en el lecho.

La piel cremosa de Maggie se tornó de un bonito rosado y Simon se sintió embobado. ¡Por las pelotas de san Bartolomé, qué guapa era! Cuando se ruborizaba, desaparecía todo rastro de cinismo y desconfianza y volvía a ver a la jovencita que él recordaba, una combinación embriagadora de juventud, inocencia y fortaleza mucho más allá de su edad. Una persona fuerte, obstinada y valiente. Todo lo que siempre había admirado en ella. El deseo le recorrió la columna y se abrió paso hasta sus entrañas. Dios, la deseaba, con toda su alma.

—Deje que adivine —dijo ella con tono cortante, arreglándose las faldas y evitando su mirada—. ¿Debo fijarme en alguien como usted, tal vez?

—Si es lo que desea. Sin duda disfrutaría mucho de sus artes de seducción. —Y no pudo evitar que su voz bajara a un tono ronco y suave—. Y le puedo garantizar que disfrutaría usted mucho del resultado.

La mirada de Maggie lo buscó y en sus ojos Simon vio que se sentía confusa, si bien él mismo no habría sabido explicarle el porqué de aquel comentario. Un hombre había estado flirteando con ella, y ahora él hacía lo mismo. Pero prefería pensar que el parecido acababa ahí. Es posible que otros hombres la desearan, por su belleza exótica o su reputación legendaria, pero él la conocía. Conocía la forma en que se mordía el labio cuando se sentía confundida. Conocía el sonido profundo de su risa cuando algo le hacía gracia. La postura obstinada de su mentón cuando discutía.

—Yo creo que no —replicó ella, aunque el timbre de su voz parecía decir lo contrario—. ¿Ha traído esos cuadros que quería mostrarme?

Él se aclaró la garganta.

—Sí, los he traído. Estos son los cuadros de pájaros de Lemarc que compré el otro día.

Y dicho esto, se puso en pie y se llevó la bandeja del té a otra mesa. Sacó los cuadros y los colocó delante de Maggie.

—¿Solo ocho? Pensé que eran diecinueve.

—Excelente memoria. Son diecinueve, y Quint tiene el resto. Puedo mandar que los traigan, si lo desea. Pero he pensado que podíamos empezar por estos.

Y se sentó deliberadamente en el sofá, junto a ella, rozando sus faldas con la rodilla.

—¿Qué piensa?

—Me gustan —respondió Maggie.

—No me refería a eso —dijo Simon riendo entre dientes—, pero me alegra que le gusten. Quint ha utilizado estos ocho para aventurar una posible localización del autor.

Notó que ella se ponía tensa.

—Es… algo notable —comentó con un extraño tono de voz.

—Lo es, desde luego. Hay uno que le ha causado no pocos problemas. Me pregunto si sabría decirme cuál.

—Oh. —Maggie levantó las manos en alto—. Me temo que no sé nada de pájaros. ¿Por qué no me dice lo que es y así acabamos antes?

A tan corta distancia, Simon podía estudiar cada rasgo. Unos iris verdes, claros y acerados, estaban clavados en su rostro. Los labios suaves y disgustados que llamaban a gritos a la boca y la lengua de un hombre. La nariz recta y delicada y la mandíbula agraciada. Era imposible no reparar en el pulso que latía con rapidez en la base de su garganta, o en el agitado subir y bajar de su pecho. Dios, estaba loco por ella. Y el hecho de saber que provocaba ese efecto en ella hizo que el deseo se cebara con su entrepierna.

Maggie entreabrió los labios, la punta rosada de su lengua asomó para humedecer la carne rolliza, y Simon notó que la sangre le hinchaba el pene con pulsaciones regulares y dulces. Tuvo que hacer un gran esfuerzo para no saltar sobre ella.

Un mechón negro y sedoso le caía sobre la sien. Sin pensar, él estiró el brazo para sujetar aquellos cabellos entre los dedos. Suaves como terciopelo. Lo que daría por tener aquella espesa mata de cabellos envolviéndolo mientras ella lo montaba.

Como si Maggie supiera por dónde discurrían sus pensamientos, el color tiñó de nuevo su piel clara de un rubor irresistible. Sin darse cuenta, Simon se inclinó sobre ella.

—Maggie, en nombre de todo cuanto considera sagrado, deténgame ahora mismo.

En lugar de fustigarlo con su lengua afilada, Maggie alzó el rostro, dando así su aprobación para que la besara con toda su alma.

Él no desaprovechó la ocasión y tomó su boca sin vacilar, con fiereza. Quería ser dulce, ir despacio, pero no podía. Llevaba toda la vida esperando para probarla. Y era incluso mejor de lo que había imaginado. Sus labios eran suaves, su aliento dulce y caliente, y Simon la besó más profundamente. Resultaba difícil creer que aquella era Maggie, rindiéndose ante él. Devolviéndole el beso con un fervor inesperado. Pero ahora que la tenía, ni todo el fuego del infierno podría apartarlo de ella.

Notó que Maggie temblaba y se dio cuenta de que sus manos tampoco parecían muy firmes. Y cuando su lengua tocó la de ella, sintió una sacudida de placer por todo el cuerpo. Era tan y tan dulce… con aquella boca suave y exuberante, y la lengua traviesa y resbaladiza. Su pene palpitaba, como no lo había hecho en mucho tiempo. Pero no podía dejar de besarla. Volvía a hacerlo una y otra vez, con un anhelo que la respuesta de ella aplacaba y exacerbaba a un tiempo.

La razón y el sentido común le decían que aquello no era buena idea. No tenía que haber iniciado aquel disparate. Estaban a media tarde, por el amor de Dios. Podían sorprenderlos en cualquier momento…, había sirvientes trajinando arriba y abajo, escuchando seguramente detrás de la puerta. ¿Es que había perdido su siempre despierta cabeza?

Pero que el cielo lo asistiera, no tenía bastante. Notaba el deseo en las entrañas, como un animal vivo y fiero que buscaba satisfacción. La empujó contra el respaldo del sofá para acercarse más. Malditas ropas. Habría renunciado a su considerable fortuna para sentir la piel desnuda de Maggie contra su cuerpo. Para ponerla debajo de él y deslizarse al interior de la zona mojada que tenía entre los muslos.

Le puso la mano sobre el pecho y acarició el pezón por encima de la tela. Maggie arqueó la espalda y un sonido gutural brotó de su garganta. Con una sensación de urgencia, Simon le bajó la parte superior del vestido y se abrió paso a través de las diferentes capas de tela hasta que el pequeño pecho asomó. Separó la boca de su labios e inclinó la cabeza para mirarla. Precioso. Un pezón duro y con la punta rosa rodeado por una aureola oscura, en adorable contraste con la piel blanca y cremosa. Simon no perdió el tiempo y pasó la lengua por aquel capullito, salivando y lamiendo antes de cogerlo entero con la boca. Oyó que ella aspiraba con fuerza y notó sus dedos enredándose en su pelo para que no apartara la cabeza.

Como si tuviera alguna posibilidad de retirarse.

Simon sabía que Maggie había tenido muchos amantes, pero en aquel momento no le importaba. Aquello no cambiaba nada, porque ninguno de aquellos hombres había esperado tanto para tenerla como él. Ninguno había soñado con ella tantas veces. Ninguno la deseaba de un modo tan intenso. De hecho, jamás había deseado a ninguna mujer con tanto delirio. Y ahora que la tenía, ahora que sentía su cuerpo suave y suplicante bajo sus manos, quería darle tanto placer que gritara su nombre. Solo el suyo.

Así que usó los dientes, arañando ligeramente, mordisqueando con suavidad, hasta que la tuvo gimoteando. Soltó los lazos que pudo, tirando de ellos, y entonces le bajó la ropa para conceder las mismas atenciones al otro pecho. Maggie gimió, pero él no se detuvo hasta que no empezó a retorcerse inquieta a su lado. Sus pezones estaban tiesos y anhelantes contra su lengua, y eran increíblemente dulces.

Se levantó de nuevo para reclamar su boca, para beber de ella... envolverse en ella. Sus pequeñas manos se deslizaron por su cuerpo, por el interior de la chaqueta, para aferrarse a él, mientras le devolvía el beso. Dios, necesitaba tocarla, y quería que ella le tocara a él.

Le levantó las faldas y deslizó los dedos por el muslo. Maggie se estremeció... no habría sabido decir si era por las sensaciones o porque tenía frío, aunque eso tampoco lo detuvo. Tenía intención de descubrir todos sus secretos, de descubrir qué la hacía estremecerse y sacudirse.

Un calor líquido lo recibió a la entrada de su cuerpo. «Por el fuego del infierno.» Era mejor de lo que habría osado esperar, y aquella prueba irrefutable de su deseo hizo que el estómago le diera un vuelco. Pero, aunque la necesidad de sumergirse en aquel paraíso húmedo era apremiante, se contuvo. No quería dejarse llevar todavía.

—Simon —susurró Maggie, apartándose de su boca cuando él deslizó un dedo al interior de aquel canal apretado.

Él se inclinó para mordisquearle la garganta, y bajó a besos hasta el hueco que hay entre las clavículas.

—¿Sí?

—Oh —profirió ella con un jadeo cuando añadió un segundo dedo.

Qué sensación. Una fina capa de sudor cubrió la frente de Simon mientras se imaginaba aquella seda ardiente oprimiendo su miembro. Trató de no descentrarse.

Simon notó que Maggie sujetaba con fuerza el cojín, como si temiera soltarlo. Aquello no le servía. Él prefería que sus amantes participaran activamente del sexo, no que se quedaran tumbadas y le dejaran hacer. Demonios, si quisiera pasividad en su compañera de lecho, se casaría.

Maggie tenía pasión. Lo había podido percibir en numerosas ocasiones, desde pequeños indicios en su juventud, hasta escaramuzas más recientes. Y quería tenerla. Ya.

—Levántate los pechos para mí —le ordenó, sin dejar de deslizar los dedos adentro y afuera—. Que se queden levantados.

Ella vaciló solo un momento, y se movió para levantarse los pechos con las manos sujetándolos por debajo. La visión de aquello casi le hace correrse en los pantalones como un crío. Y la recompensó lamiendo el pezón con la lengua plana para después tomarlo con los labios. Lo toqueteó, lo lamió, lo adoró dedicándole toda su atención; y entonces pasó al otro y volvió a empezar.

Ella no dejaba de jadear, con la cabeza echada hacia atrás y los ojos cerrados de placer. Simon no había visto nada más adorable en su vida. Cuando notó que por dentro las paredes se cerraban con fuerza, dejó la mano muy quieta.

—Oh, Dios —gimió ella, retorciéndose—. Simon, tienes... Oh, por favor, no pares.

Hubiera podido acabar en aquel momento, haber utilizado el pulgar sobre la pequeña protuberancia que coronaba su sexo para llevarla al límite. Pero necesitaba más. Necesitaba que se rindiera de forma incondicional ante él, poseerla en cuerpo y alma.

—Ven aquí —dijo recostándose contra el respaldo del sofá.

La sujetó por su estrecha cintura, la levantó y se la colocó sobre el regazo, a horcajadas.

Los cabellos de ébano desordenados, los ojos esmeraldas oscurecidos, los labios hinchados y rosados por efecto de su boca... Él le había dado ese aspecto, pensó con satisfacción.

—Tócame, Maggie. Pon tus manos sobre mí. Donde quieras. Donde tú quieras. Solo tócame.

*M*aggie sabía exactamente a qué se refería. No tenía mucha experiencia con los hombres, pero había un lugar donde todos querían que les tocaran y, por Dios, ella también estaba impaciente por tocarle ahí.

Pero ¿qué le estaba pasando? En el último cuarto de hora, había pasado de estar furiosa por la presencia de Simon a caer bajo su embrujo como Perséfone *après* las semillas de granada. Aunque la culpa no era del todo suya... era evidente que Simon tenía cierto talento. Ningún otro hombre había conseguido encender aquel fuego oscuro en su vientre. Ni había logrado que la piel le cosquilleara de aquel modo por el deseo. Había sido algo inesperado, y sin embargo era como si llevara toda la vida esperando aquello. Se sentía consumida, excitada. Y tenía intención de aceptar todo lo que pudiera pasar en aquel pequeño sofá.

Maggie deslizó la mano entre sus cuerpos y cubrió aquel bulto que tanto resaltaba contra el ante del pantalón. Simon aspiró con fuerza, mientras ella recorría aquel miembro con los dedos en toda su longitud.

—Maggie, por favor —suplicó entre dientes—. Ya no estoy para juegos.

Um. Aunque su cuerpo palpitaba y su corazón latía tan fuerte que la sangre rugía en sus oídos, Maggie decidió que se merecía que lo atormentara un poquito. Se echó un poco hacia atrás para sentarse sobre sus muslos. Desabrochó poco a poco los botones de los pantalones y dejó el pene al descubierto. Largo y rígido, con rizos rubios en la base, desde luego, mucho más impresionante que los otros dos que había visto. Con la yema del dedo, siguió la forma del glande.

Cuánto le habría gustado ver todo aquello bajo la luz grisácea del atardecer. Maggie había visto muchos bocetos de desnudos, de hombres y mujeres, e incluso había dibujado a algunos modelos desnudos en París. Los ángulos marcados de los hombres eran tan distintos de las formas redondeadas de la mujer. Los huesos marcados de la cadera, las costillas, las ondas de los músculos bajo la piel…, todo ello se combinaba para crear algo capaz de una gran fuerza y poderío. Le habría gustado ver cómo era Simon… desde la perspectiva de la artista, por supuesto.

Aun así, a veces una tiene que conformarse con lo que tiene y Maggie pasó la yema del dedo por la punta con fascinación y lo oyó gemir.

—Quiero llevarte a la cama, Maggie —gruñó—. Tenderte en la cama y desnudarte. Por favor. ¿Me dejarías?

«No», estuvo a punto de gritar ella de modo tajante y definitivo. Aquellos momentos robados en su salita eran una cosa. Llevarlo a sus habitaciones, desnudarse, admitirlo en su lecho, y a aquella hora nada menos, era algo muy distinto. Y no eran sus criados lo que le preocupaba, era su cordura.

En aquella pequeña estancia podía fingir que la pasión había superado a su razón. Podía fingir que Simon no la había herido años atrás. Que aquella fiebre que sentía por él no era más que un mal físico pasajero que tenía que curar.

Sin contestar, se inclinó hacia delante y le besó. Él devolvió el beso, tomó su boca como si la necesitara para vivir. Y le separó los labios con su lengua astuta y traviesa. Exigiendo. Impaciente. Maggie se fundió contra él con docilidad, ansiosa por tener sus atenciones. Sus dedos se enredaron en sus cabellos suaves, bajo el glorioso rugido de las sensaciones.

La boca de Simon se apartó y fue dándole besos por el cuello.

—Mujer obstinada y enloquecedora —dijo contra su piel—. Quiero tomarte como es debido, no aquí, como un mozo cualquiera…

Maggie se restregó sobre su miembro, meneando las caderas, acallando así sus palabras. Y el resultado fue una intensa sensación de placer.

—Simon, por favor. Ahora.

Simon gimió, escrutando su rostro. Le apartó las faldas para poder verla.

—Déjame entrar, Maggie. Déjame tomarte.

Ella vaciló, mientras las preguntas se sucedían atropelladas en su mente. ¿Simon quería...? El procedimiento no le era desconocido, desde luego, pero ella nunca... Bueno, ella nunca había estado encima. ¿Bastaría solo con...?

Sin previo aviso, él la sujetó por los hombros y desplazó los dos cuerpos, el suyo y el de ella, hasta que ella estuvo tumbada sobre la espalda y él encima, entre sus piernas. Sus ojos destellaban, y Maggie notó la punta roma contra la entrada a su cuerpo cuando se colocó en posición. Con un golpe suave, entró en ella y la llenó por completo.

Ella chilló y lo aferró por los hombros. Aunque no era virgen, no había hecho aquello muchas veces. No era exactamente que le hubiera dolido, es solo que la sensación la cogió por sorpresa.

Simon apoyó la frente en la de ella.

—Soy un canalla. He ido demasiado rápido. Pero no podía... Lo siento, Mags. Deja que lo arregle. —Salió en parte y se colocó en ángulo para volver a entrar—. ¿Los criados...?

Ella lanzó un jadeo, porque aquel pequeño movimiento le había resultado delicioso.

—No —jadeó, pues conocía a Tilda lo suficiente para saber que la criada no dejaría que nadie les molestara bajo ningún concepto—. Otra vez, Simon.

Él repitió.

—Te noto... —musitó— tan apretada. —De nuevo sacudió las caderas, para entrar más adentro—. Dios de los cielos.

Maggie no podía estar más de acuerdo. No sentía aquello como una invasión, sino más bien como una fusión. Como si el cuerpo de

Simon estuviera llevando al suyo a un lugar al que solo podían llegar juntos. Jamás habría podido imaginar una felicidad tan grande. ¿Cómo había podido vivir tanto tiempo sin sentir aquello?

El ritmo se aceleró, y sus respiraciones entrecortadas resonaban en la pequeña salita mientras la luz fantasmal de la tarde se filtraba por las ventanas. Simon la llenaba, la sensación de placer iba en aumento, hasta que ya no pudo dejar de gimotear y retorcerse bajo su cuerpo. Simon jugueteaba con sus pezones, los tocaba y mordisqueaba, los engullía con el calor exuberante de su boca. Y cuando creía que iba a morir de placer, Simon metió la mano bajo sus cuerpos y buscó la pequeña protuberancia que coronaba su sexo y acarició. Una, dos, tres veces, y Maggie estalló en una explosión de color y luz, apretando los músculos con euforia.

Cuando volvió a la realidad y trató de recuperar el aliento, notó que los movimientos de Simon se volvían erráticos. Y entonces echó la cabeza hacia atrás y dejó escapar un gruñido profundo y animal, estremeciéndose visiblemente. Lo sentía palpitar dentro de ella y se aferró a él, saboreando la intensidad de su orgasmo.

Maggie se sintió llena de alivio. Simon le había dado placer y ella se lo había dado a él.

No era frígida.

Lo abrazó, embriagada ante aquella certeza. Era extraño estar totalmente vestida y sentirse tan próxima a un hombre. Le dio un beso en la piel áspera del cuello, por encima de su pañuelo arruinado. Con el pecho aún subiendo y bajando, Simon empujó una última vez y el cuerpo de ella, mojado por su simiente y resbaladizo, no ofreció resistencia.

Su… simiente.

Oh.

Su esposo no había tratado de evitar el embarazo durante sus primeros acoplamientos, pero Jean-Louis sí. Por tanto, sabía lo que debe hacer un hombre cuando no pretende tener un hijo, y Simon no lo había hecho. Una bulliciosa combinación de emociones la invadió. Pánico, miedo, anhelo.

Y de nuevo miedo.

Ella no quería un hijo… ni siquiera uno con los ojos azules como un fiordo noruego que había visto en una ocasión en un cuadro. No, definitivamente no. Tener un hijo ilegítimo no haría sino confirmar lo que la alta sociedad decía de ella. Tendría que irse de allí, renunciar a su medio de vida, renunciar a Lemarc.

Y todas aquellas detestables mujeres, las que se reían a sus espaldas, habrían ganado.

Y como no podía ser de otro modo, surgió la pregunta: ¿por qué Simon no había tenido cuidado? Sin duda, tomaba las precauciones necesarias con su querida. «Porque no le importas. No te considera mejor que una furcia, como todos los demás.» Por dentro sintió que el frío la dominaba.

Le empujó por el hombro.

—Levántate, Simon.

Aquello lo sacó del aturdimiento postcoital.

—Oh, perdona. Peso demasiado, ¿verdad?

Se retiró y se recostó contra el respaldo del sofá. Maggie notó la sensación pegajosa y húmeda entre las piernas cuando se recompuso la ropa y se puso en pie. «Maldita sea.»

Volvió a meterse los pechos en el corsé. Evidentemente, ella sola no podía atarse las lazadas a la espalda, así que hubo de sujetarse la prenda sobre el pecho. Por el rabillo del ojo vio que Simon estaba tratando de abotonarse los pantalones. Seguro que tenía el pelo hecho un desastre, pero aquello ya no tenía arreglo. Pediría que le prepararan un baño en cuanto Simon se fuera… y eso no pasaría lo bastante pronto para su agrado.

Simon se puso en pie y se arregló las ropas. A pesar de los cabellos revueltos y la lazada maltrecha, se le veía extremadamente guapo.

—Vaya —dijo al ver que ella no decía nada—, ¿de modo que nada de palabras tiernas ni achuchones después del acto? No te lo puedo reprochar. Este sofá es de lo más incómodo para este tipo de cosas.

Aunque el tono de Simon era de chanza, Maggie controló la respuesta furiosa que ardía en su pecho.

—¿Por qué no has… salido?

Si tenía que guiarse por el calor que notaba en la piel, se había sonrojado, sin duda, pero no podían obviar aquella pregunta, por muy bochornoso que fuera el tema.

Él pestañeó.

—La verdad, me he olvidado. Me sentía… era todo tan perfecto que se me ha ido la cabeza. Pero no debes preocuparte. Yo…

—Sí, y si bien estoy segura de que un hijo bastardo aquí y allá no significa nada para ti, para mí lo cambia todo. ¿Por qué será que los hombres se comportan siempre como animales en… en…?

—Vigila lo que dices —le advirtió con una mirada más fría que el mar del Norte en febrero—. En estos momentos me siento particularmente indulgente, pero no te excedas, Maggie.

Pero ¿qué se había creído? Darle órdenes como si fuera su padre. O peor, su *marido*.

—¿O qué, Simon? ¿Qué me harás?

Simon se llevó las manos a las caderas.

—Me parece que ya has vivido lo bastante para saber qué ha pasado. Y tú has disfrutado tanto como yo. ¿Tengo que recordarte cómo me suplicabas?

No, no tenía que hacerlo. El recuerdo la atormentaría en sus pesadillas durante mucho tiempo. Y sus palabras no hacían más que demostrar que él no era distinto de los otros. Incluso después de lo que acababan de hacer, seguía creyendo lo que los demás decían, todos esos rumores perversos y esas mentiras.

Y eso *dolía*.

Aspiró entrecortadamente.

—No soy una de tus queridas a las que puedes arrojar unas monedas y despachar sin más. Das por sentado que si la gente me llama como me llama debo de tener montones de amantes. Pero nada más lejos de la realidad.

Simon cruzó los brazos sobre el pecho y frunció el ceño.

—Me disculpo por mi desconsideración. Ten por seguro que no volveré a cometer el mismo error.

—Por supuesto que no, porque lo que ha pasado hoy no volverá a repetirse.

—¿Y por qué no?

Porque había sido demasiado maravilloso. Demasiado bonito. Demasiado como todo lo que siempre había soñado.

«Es lo que podrías haber tenido si él te hubiera pedido en matrimonio hace diez años.»

Pero no lo hizo. Simon se fue, le había dado la espalda cuando más le necesitaba. Nunca le preguntó. En ningún momento la buscó para que le explicara lo que había sucedido aquella noche en los jardines Lockheed. La había dejado en manos de las fieras sin pensárselo dos veces, y ella se había pasado años llorando por las noches, preguntándose qué había hecho para merecer una vida como la que le había tocado.

Y entonces Hawkins murió, y Maggie consiguió la posesión más preciada que podía tener una mujer: la libertad.

No permitiría que nadie le arrebatara eso… ni siquiera Simon.

—Ha sido un error —dijo encogiendo el hombro con una indiferencia que no sentía.

La expresión de Simon cambió. Las facciones de su rostro aristocrático se endurecieron. Adoptaron un aire peligroso. Inconscientemente, Maggie dio un paso atrás cuando él se adelantó, pero enseguida se plantó. No permitiría que la intimidara, por Dios que no.

—¿Un error? —susurró él sombrío, acercándose con gesto amenazante—. ¿Los gemidos? ¿Los suspiros? ¿La forma en que te agarrabas con las piernas a mis caderas? ¿Todo eso ha sido un error, Maggie?

Ella abrió la boca para decir que sí, pero él no le dejó, siguió hablando.

—La humedad que notaba entre tus piernas no decía eso. Ni la forma en que me suplicabas que te tomara. —Ahora estaba muy cerca, tanto, que Maggie tuvo que inclinar la cabeza hacia atrás para poder mirarle—. Dices que no eres una furcia; pues bien, yo no soy ningún criajo inexperto al que puedas mascar y escupir como si tal cosa. Ni tampoco un viejo lascivo con ojos legañosos y la picha arrugada. Si así te quedas más tranquila, puedes creer lo que quieras, pero esto no ha sido ningún error.

Oh, aquello era intolerable.

—No volverá a pasar, Simon.

Simon apretó la mandíbula.

—Entonces quédate tranquila, no te obligaré a gozar de mis atenciones. Hay bastantes mujeres que estarán encantadas ante la idea de tenerme en su lecho.

—Como tu querida.

Le salió sin querer. Vio un destello en los ojos de Simon y temió que fuera de satisfacción.

—Vaya, casi pareces celosa, lady Hawkins.

La idea de que Simon hiciera con otra lo que ellos acababan de hacer la ponía enferma, pero antes muerta que dejar que lo supiera.

—En absoluto. Por mí todas esas mujeres pueden tenerte enterito.

Con los hombros rígidos, Simon retrocedió un paso e hizo una reverencia.

—No olvidaré sus palabras, señora.

—*B*uenas tardes, madre. Estás espléndida, como siempre.

Simon se inclinó para besar a su madre en la mejilla.

—Solo por ese comentario voy a pasar por alto que llegas tarde..., y estoy segura de que esa era tu intención.

La condesa, que seguía siendo hermosa, era una mujer alta con unas facciones muy similares a las de su hijo. Iba ataviada como casi siempre, con un vestido violeta de cuello alto. Dejó su labor de bordado, que solo cogía cuando estaba nerviosa.

Simon había ido a su casa desde la residencia de Maggie para cambiarse, y esa era la razón por la que había llegado tarde a su cita de la tarde con la condesa. Le sonrió.

—Nunca se te escapa nada, madre.

—Todavía no —replicó ella—. Por favor, siéntate. No quiero tener que forzar el cuello para hablarte. —Simon se sentó, y mientras su madre pidió que les trajeran un té. Cuando se quedaron a solas, dijo—: ¿Has estado hoy en el club?

—No. ¿Por qué?

—¡Es ese gandul de sir James! —barboteó su madre con las mejillas arreboladas—. Me enteré anoche. Lady Keller lo supo por lady Peterson, dice que sir James ha perdido todo su dinero. ¡Todo! Sybil está totalmente arruinada.

«Oh, señor.»

—Espera. —Simon se inclinó hacia delante—. Supongo que el dinero que aparté de su fideicomiso sigue ahí, ¿no es cierto?

—Te confieso que no lo sé, pero sospecho que ese inútil descubrió lo del fondo y la convenció para que se lo entregara. Lord Peterson vio a James borracho en la mesa de apuestas, en un local de juego, diciendo cosas sin sentido sobre unas inversiones fallidas. Estaba jugándose lo poco que les quedaba.

—Increíble —musitó Simon desplomándose sobre su asiento—. ¿Cómo puede ser tan estúpido? Aunque quizá Sybil no le dio su dinero. No puede ser tan necia.

Su madre meneó la cabeza.

—Cuando una mujer se enamora del hombre equivocado, está ciega a la indolencia, la estupidez o el despecho. Que es el motivo por el que las de nuestra clase social no deberían elegir nunca por ellas mismas.

—Cuando se casaron parecía un buen partido, aunque me hubiera gustado que lo investigáramos un poco más a fondo antes de permitirlo.

—No habría servido de nada. Sybil estaba decidida a casarse con él. Se habrían fugado a Escocia si hubiéramos tratado de detenerles.

Eso era cierto. Sybil se había enamorado locamente de sir James. En aquel entonces, Simon solo tenía dieciséis años y no entendía la importancia de su papel como cabeza de la familia, ni tenía la suficiente experiencia para saber cómo eran los hombres de la calaña de sir James. Solo hacía dos años que tenía su título, pero ni siquiera había acabado la escuela. Aun así, le habría gustado haber pedido consejo o haber hecho investigar a James, porque aquel hombre era un zoquete.

Y ahora Simon tendría que arreglar el entuerto. Otra vez.

—Iré a verlo esta tarde —le dijo a su madre—. No importa lo que haya pasado. No permitiré que Sybil pague por la estupidez de James.

La viuda dejó caer los hombros por el alivio.

—Gracias, Simon. Cuando vi que se gastaba la dote de Sybil en menos de tres años supe que ese hombre iba a dar problemas. —La bandeja con el té llegó en ese momento y la mujer estuvo entretenida sirviendo las tazas—. ¿Recuerdas aquella mina griega de oro en la que invirtió? Pues no sacaron ni una piedra y todos los trabajadores se han ido.

Simon meneó la cabeza.

—¿Y qué me dices de la flota de mercantes tomada por los piratas? ¿O la mina de carbón rusa abandonada?

—Mi favorito es el proyecto para criar monos en el que todos los ejemplares resultaron ser machos. —Los dos rieron, y la viuda se cubrió la boca con la mano—. Oh, no está bien reírse, Simon. Ese hombre no tiene ni pizca de sentido común y está arruinando el futuro de Sybil.

—Haré lo que pueda, madre. Sybil no acabará en la calle.

Ella cogió su taza.

—Tu padre estaría muy orgulloso de ti.

A Simon le gustaba pensar que era así. Había trabajado muy duro los últimos seis años para llevar el legado de la familia Barrett al Parlamento. Las tres propiedades que poseía eran prósperas y bien dirigidas. Cierto, no se había casado y aún no tenía descendencia, pero algún día lo haría. Solo que de momento no lo contemplaba.

La idea de tener hijos le hizo pensar en lo sucedido aquella tarde. Sí, se había comportado abominablemente. Tendría que haber salido y haber eyaculado donde fuera, menos donde lo había hecho, dentro de Maggie. Nunca lo olvidaba cuando estaba con Adrianna o con cualquiera de sus otras amantes. La querida de su padre había dado al séptimo conde dos hijos bastardos y Simon aún recordaba el día en que supo de su existencia. Y, si bien no era inusual entre la nobleza, en aquel momento la idea de tener dos medio hermanos le había hecho sentirse confundido y dolido. Simon tenía nueve años cuando se enteró, y a pesar de su juventud se prometió a sí mismo que jamás tendría hijos bastardos. Que él supiera, no los había tenido.

Por tanto, no había duda, ese día había obrado mal. Pero demonios… estaba tan enfrascado que lo último que tenía en la cabeza era salir. La sensación de estar dentro de Maggie era como el cielo. El placer lo sacudía desde el fondo de su alma y borraba todo lo demás.

«Por mí, todas esas mujeres pueden tenerte enterito.»

Era evidente que Maggie se había implicado mucho menos que él.

Tenía todo el derecho a sentirse furiosa, desde luego. Había sido un inconsciente. Seguro que sus otros amantes eran más considerados.

—Tienes una expresión muy extraña ahora mismo, hijo. ¿En qué piensas?

Simon miró a su madre y meneó la cabeza.

—En nada importante.

—A veces me preocupa que te hayas vuelto demasiado serio, Simon. —La mujer suspiró y Simon evitó hacer comentarios; En vez de eso, estiró el brazo para sustraer otro pedazo de *plum cake*—. ¿Por casualidad no te habrás topado con lady Hawkins desde que regresó de esa localidad olvidada de la mano de Dios a donde la arrastró Hawkins?

El pastel se convirtió en polvo en su boca. Imposible que su madre hiciera aquella pregunta por casualidad. Era evidente que había oído algún rumor o sobre su asistencia a la extravagante *soirée* de Maggie o la cena en casa de los Colton.

Tragó, obligando al pedazo de pastel a bajar por su garganta.

—Sí, en realidad sí.

La mujer dio un sorbo a su té y observó a su hijo por encima del borde de la taza con unos ojos azules idénticos a los de él.

—¿Y?

—Y parece que está bien. Hawkins la dejó bastante bien situada, y desde luego le gusta llamar la atención.

—Hawkins no la dejó bien situada —le corrigió su madre—. Una asignación más bien modesta, según he oído. El Estado se quedó con el resto.

Interesante. Simon no había prestado atención a los rumores cuando Hawkins murió, y aquella mujer vivía con un libertinaje y unos excesos que rivalizarían con los de un Borbón. ¿Cómo podía permitírselo?

—¿Fuiste amable con ella? —preguntó su madre, y Simon casi se echa a reír.

Si hubiera sido más amable, se habrían fundido en un charco de lujuria. Sin duda, había sido el encuentro más intenso y satisfactorio que había tenido con una mujer.

No le gustaba la forma en que su madre le estaba estudiando.

—¿Por qué iba a ser descortés?

La condesa suspiró.

—Porque es como suele mostrarse la gente, sobre todo en nuestro círculo. No lo pasó muy bien durante su presentación en sociedad, y dudo que su matrimonio con Hawkins haya sido mucho mejor. Y sé que tú la pretendías.

Una frase de lo más trivial para describir los sentimientos tan profundos que había albergado por Maggie. En aquel entonces Simon la seguía como un mendigo, suplicando una palabra, una mirada de ella. Dios, estuvo a punto de solicitar la presencia del padrino de Cranford, dispuesto a morir de un tiro por defender su honor.

«Qué joven e ingenuo era.»

Pero entonces Cranford le mostró una prueba, las cartas de Maggie en las que sugería lugares para sus encuentros. Cuánto anhelaba las atenciones de Cranford. Aquello casi lo destrozó. Y según Cranford había otros, otros hombres a quienes había concedido sus favores. Pero Simon había sido el premio más importante aquella temporada, pues ostentaba un título prestigioso y una riqueza mayor que la de ningún hombre soltero aquel año.

Para ella todo había sido un juego. Un juego encaminado a conseguir a un marido demasiado enamorado para darse cuenta de nada.

De modo que Simon se lamió las heridas, como habría hecho cualquier joven respetable de veintitrés años: el día de la apresurada boda de Maggie, él se había emborrachado a base de bien en uno de los burdeles más exclusivos de Londres. Se había quedado allí tres días, y pagó a las suficientes mujeres para que lo tuvieran entretenido todas las horas del día. Cuando se fue, madame Hartley, la propietaria, le dijo en broma que tendría que esculpir su picha en bronce como homenaje.

—Simon ¿me estás escuchando?

Él levantó la mirada.

—Por supuesto. Estábamos hablando de lady Hawkins. Y no la he evitado, si es lo que te preocupa.

—Me temo que la mayoría de las mujeres de más edad lo hacen. No en todas partes es bien recibida, como sin duda ya sabes, y en otro tiempo su madre fue una buena amiga. —Hizo una pausa—. Quizá tendría que haber salido en su defensa. Resulta difícil creer que quisiera conformarse con Cranford cuando te tenía a ti. De todos modos, me gustaría invitarla a cenar. ¿Podrías venir?

Simon consiguió contestar.

—Si es lo que quieres. Pero es posible que no acepte la invitación, madre.

No después de lo que había sucedido esa tarde.

—Tonterías. ¿Por qué no iba a aceptar?

Simon se encogió de hombros.

—Ya sabes lo temperamentales que pueden ser algunas mujeres. Bueno, tengo que ir a ver a sir James antes de que esto vaya a más.

—Se puso en pie y se inclinó para besar la mejilla de su madre—. Te enviaré una nota más tarde, cuando haya hablado con él.

—Excelente. Gracias, Simon. Te avisaré cuando sepa algo de lady Hawkins.

9

*M*aggie nunca había entrado en un burdel.

Aunque, para ser exactos, no estaba realmente en el burdel... o al menos no en una parte donde pudiera verla ninguno de los clientes. Había entrado por una puerta privada y había sido conducida enseguida al pequeño despacho de madame Hartley. Y resultó que el despacho tenía un conveniente agujero por donde se podía espiar la sala principal y Maggie lo utilizó sin dudarlo.

La opulencia del lugar la sorprendió. Cierto, aquel burdel era mejor que la mayoría, y servía a la élite, a los hombres acaudalados de la alta sociedad londinense. Tenía la impresión de que los servicios que ofrecía aquel lugar no eran baratos. Allí los hombres no iban a darse un revolcón rápido por un penique. No, era evidente que los caballeros que iban pasaban una cantidad de tiempo importante disfrutando de las mujeres, el juego y el alcohol. De otro modo, madame Hartley no se hubiera podido permitir las sillas de Hepplewhite, las opulentas alfombras de Aubusson, los cortinajes de seda. El retrato que presidía la chimenea parecía un Joshua Reynolds original, por el amor de Dios.

También había Lemarcs, una serie de bocetos eróticos que adornaban los dormitorios. Tras regresar a Londres, Maggie había pedido a la señora McGinnis que regalara aquellos dibujos deliciosamente lascivos a madame Hartley para dar publicidad a Lemarc. Y había funcionado; lo último que había sabido era que la madame rechazaba casi cada mes alguna oferta para comprarlos.

En la sala principal había cuatro hombres que charlaban relajadamente, cada uno con una bebida en la mano. Algunos tenían a jovencitas en el regazo. Era fascinante, aquella depravación tan civilizada. ¿Dónde estaban las jóvenes que bailaban desnudas, como las que se veían en París? Desde luego, en el piso de arriba podían darse todo tipo de comportamientos escandalosos. Una vez más, Maggie se maldijo por haber nacido mujer. De haber sido un hombre, habría podido saber con exactitud lo que sucedía en los aposentos privados.

«Sabes perfectamente lo que están haciendo —le susurró una voz en su cabeza—. Lo mismo que hiciste tú ayer por la tarde.»

—Por favor, déjeme ver —pidió la duquesa de Colton dándole un pellizco en el brazo.

—Ay —se quejó ella, y se apartó.

Julia no perdió el tiempo y al punto aplicó el ojo al pequeño agujerito.

—Mire, es lord Burke. Y sir Henry. Y el que tiene a la joven en el regazo es lord Andover. Oh, no me lo puedo creer. Es fascinante, ¿no es cierto? Señor, ¡le está metiendo la mano por el corpiño!

—¿Dónde? —exclamó Maggie y le dio un codazo a Julia—. Deprisa. Déjeme ver.

—Espere. —Julia rio al tiempo que se apartaba de la pequeña mirilla—. Oh, esto es tan divertido. Tendríamos que venir más a menudo.

Ahora que volvía a mirar, Maggie confirmó que, ciertamente, la mano de Andover se había metido en el corpiño de la joven. A ella no pareció importarle. De hecho, se bajó el tirante del vestido para que el hombre no tuviera obstáculos. Andover no perdió el tiempo y sacó el pecho rollizo y empezó a masajear, toqueteando y pellizcando el pezón mientras charlaba con los otros caballeros. La joven se echó hacia atrás contra él, con la cabeza apoyada en su hombro, mordiéndose el labio inferior entre los dientes como si tuviera que hacer un esfuerzo para no ponerse a gemir. Maggie sintió que sus pezones se ponían tiesos debajo del corpiño, que los pechos se le hinchaban. Era lo mismo que Simon le había hecho el día antes, y recordaba muy bien la sensación tan extraordinaria.

La joven se retorció sobre el regazo de Andover, restregando sus nalgas contra la entrepierna del hombre, y eso le valió un pellizco lo bastante fuerte para que lanzara un respingo. Sus párpados se cerraron, su pecho subía y bajaba con rapidez, pues estaba disfrutando claramente de aquel tormento.

Maggie, que no podía apartar la mirada, recordaba la sensación de haber estado sentada en el regazo de un hombre mientras acariciaba y mimaba sus pechos. Sin embargo, en su recuerdo el hombre que estaba debajo no era lord Andover. No, el hombre era más alto, más delgado, con el pelo de color arena y unos ojos azules y penetrantes. Maggie empezó a notar una sensación de dolor en su interior, una sensación de vacío que nunca antes había sentido. Era como si su cuerpo supiera lo que se estaba perdiendo. O más bien, a quién se estaba perdiendo.

Que Dios la asistiera.

En la salita, lord Andover llevó dos dedos a la boca de la joven. Ella la abrió con avidez y chupó. Maggie miraba hechizada y vio cómo los dedos salían cubiertos de saliva y descendían de nuevo hasta el pecho de la joven para deslizarse sobre la punta rosada y arrugada. La joven debió de gemir o quizá profirió algún otro sonido, porque él se rio y le susurró algo.

Madame Hartley apareció entonces. Se inclinó para decirle algo a Andover. Él asintió, ayudó a la joven a bajar del regazo y la acompañó a las escaleras. Todo fue muy deprisa. Maggie se sintió decepcionada, hasta que se dio cuenta de que la madame se dirigía hacia el despacho. Apenas acababa de bajar la tapa del agujerito cuando la madame abrió la puerta.

Los ojos de madame Hartley fueron directos a la mirilla y sus labios esbozaron una mueca cuando hizo una reverencia.

—Veo que las señoras han estado disfrutando del peculiar espectáculo de mi salita.

—Ha sido idea de lady Hawkins —espetó Julia con los ojos muy abiertos y una expresión de inocencia que nadie en su sano juicio se habría tragado.

Maggie contuvo una risa abochornada.

—Yo no… no tendríamos que…

La propietaria agitó una mano.

—No se disculpen, miladies, pero el caballero ya conoce las normas. Yo no regento esa clase de establecimiento. Esas cosas deben hacerse en las habitaciones del piso de arriba.

Maggie dedicó un momento a admirar el costoso vestido de madame Hartley. Diferentes capas de encaje adornaban su vestido de seda azul oscuro y los zafiros que llevaba al cuello debían de costar una fortuna. Y aquel pelo lustroso, bien peinado y arreglado… casi podía una imaginarla de camino a un palco en Drury Lane.

La madame miró a su alrededor.

—¿Ha venido Pearl también?

—Ha preferido esperar en el carruaje —explicó Julia—. Ha dicho que lo entendería.

La madame suspiró.

—Por supuesto. Aunque trato a mis chicas mejor que sus propias madres, un lugar como este puede ser un duro recordatorio de una vida que algunas prefieren olvidar. Y la vida de Pearl ha sido más dura que la de la mayoría. Lo que nos lleva al motivo por el que la mandé llamar a ella y, por extensión, a la dama. —Y señaló a Maggie con el gesto—. Pearl me ha hablado del trabajo que hace en otros establecimientos, los fondos para médicos y curas. La protección adicional para las chicas. Aquí nunca hemos necesitado de eso, puesto que yo sola me ocupo de proveer lo necesario para mis chicas y protegerlas. Al menos, así fue hasta anoche.

Maggie frunció el ceño, mientras un terrible presentimiento perturbaba su pecho.

—Entonces ¿ha pasado algo?

La madame cruzó las manos y dio un suspiro.

—Una de mis chicas fue herida de forma brutal. Hoy ha venido el médico y no solo la montaron con rudeza, también le han destrozado la cara. Un brazo roto. Moretones por todas partes. Es… —Tragó—. Es terrible.

Julia dio un respingo.

—¿Quién ha sido? ¿Quién ha hecho algo tan cobarde y ruin?

La propietaria asintió.

—Tengo una idea aproximada. Yo estaba fuera, fui a Hampstead para ayudar a mi hermana a dar a luz. De otro modo no lo hubiera permitido. Pero no deben preocuparse; tengo hombres a mi servicio que se ocupan de estas situaciones. Tarde o temprano ese hombre tendrá su merecido. Lo que me preocupa es ella.

—Por supuesto —dijo Maggie—. Pobrecita. Debe de estar sufriendo muchísimo.

—Lo está —confirmó la madame—. Tuvimos que sedarla para poder tratar sus heridas. Y ahora que el efecto ha pasado me temo que está... bueno, que se siente rota en otros sentidos además de físicamente. Mandé a buscar a Pearl por pura desesperación, pensando que quizá ella sepa cómo podemos ayudar a la joven. Quizá conozca algún lugar donde podamos mandarla para que se recupere. No veo cómo puedo ayudarla reteniéndola aquí.

Antes de que Maggie pudiera hablar, Julia contestó.

—Conozco el lugar perfecto. Por favor, ¿podría darme un papel? Escribiré una nota para avisar a las cocheras de la llegada de Pearl.

—¿A quién escribe? —preguntó Maggie.

—Ya lo verá.

*T*ras fracasar en su intento por localizar a sir James el día antes, Simon entró en *Brook's* y preguntó por el marido de su hermana.

El mayordomo le confirmó que sir James estaba comiendo. De modo que Simon se quitó su abrigo y entró.

Mientras pasaba por la sala para socios, saludó con el gesto a varios conocidos. Allí los miembros solían ser más jóvenes y rápidos que en *White's*, porque su mesa de juegos era legandaria, pero Simon no solía visitarlo. Él prefería la comida y las conversaciones políticas de *White's*.

La iluminación era débil en el comedor y tardó unos momentos en localizar a su cuñado. Pero enseguida vio a aquel fanfarrón regordete y medio calvo al fondo, rodeado por tres hombres más jóvenes. James parecía animado y gesticulaba con entusiasmo mientras los otros reían. ¿Les estaría hablando de su campo de naranjos de Londres, que sucumbió en su primera helada? ¿O sería sobre la colonia de abejas destruida por los ratones?

Que Dios salvara a aquel hombre de su estupidez.

—¿El señor desea una mesa? —preguntó un sirviente a su lado.

Simon meneó la cabeza.

—No, no me quedaré mucho.

Al cabo de unos segundos, estaba ante la mesa de James. Su cuñado levantó la vista con cara de sorpresa.

—Winchester, ¿por qué no nos…?

Simon miró con gesto autoritario a los tres acompañantes.

—Fuera. —Ellos lo miraron boquiabiertos, de modo que Simon insistió—. *Ahora.*

Y los hombres se retiraron apresuradamente, en un revuelo de cubiertos y servilletas que caían. Simon se instaló en la silla más próxima a James. Se recostó en el respaldo e hizo una señal a un camarero. El hombre se acercó a toda prisa y Simon le indicó la mesa con el gesto.

—Que retiren todo esto —dijo—. Y que traigan una botella de clarete.

—Sí, milord.

—Espera, Winchester. Yo…

—Hazte un favor a ti mismo y no digas nada, James.

Cuando la mesa estuvo despejada y les sirvieron el clarete, Simon dio un buen trago.

—Esperaba que hubieras tenido el sentido común para embarcarte en un mercante con destino a la India, James.

James levantó las manos y soltó una pequeña risa.

—La situación no es tan apurada como para eso. Solo es un pequeño traspiés en el camino. De hecho, tengo una idea…

—No —lo atajó Simon—. Sí que es así de apurada. ¿Es cierto? ¿De verdad lo has perdido todo?

Unas gotas de sudor aparecieron en la frente prodigiosa de James cuando se inclinó hacia él.

—He tenido mala suerte en algunas inversiones. Nada de lo que no me pueda recuperar. Solo necesito un poco de efectivo para mantenerme a flote mientras vuelvo a ponerme en pie.

—Definitivamente, no. No habrá más dinero, James.

El rostro de James enrojeció.

—¿Y qué pasa con Sybil? ¿Vas a permitir que tu hermana acabe en la calle?

—No, mi hermana siempre tendrá una casa. Con mi madre o incluso conmigo. En cambio, por lo que a mí se refiere, tú puedes dormir en cualquier cuneta. —Los ojos de James destellaron, pero Simon siguió hablando—. ¿Te ha cedido el fondo? ¿Has perdido el dinero que yo aparté para que estuviera protegida?

—Mi esposa y yo no tenemos secretos, Winchester. Me dio el dinero sin que yo se lo pidiera.

«Oh, sí, seguro que fue idea de Sybil.»

—¿Algún pagaré?

Simon apartó unas pelusas del mantel blanco de lino.

—Alguno.

Simon asintió. Era lo que esperaba. Miró a James con expresión severa.

—¿Y la casa?

James tragó, haciendo trabajar a los músculos de su cuello carnoso. Bajó la cabeza en señal de asentimiento.

Dios santo. Simon tuvo que hacer un gran esfuerzo para permanecer sentado y no dejarse llevar por la indignación. ¿Cómo podía ser tan condenadamente irresponsable? A petición de su madre, Simon había comprado la casa como regalo de bodas para su hermana y había cometido la torpeza de entregarle las escrituras a James. Pero ¿cómo iba él, ni nadie, a saber de la estupidez de su cuñado?

Respiró hondo y se terminó el vino. Se sirvió otro vaso. Controló el poderoso impulso de machacar a James a golpes.

Aquella era la última vez. Andar siempre sacando a James de sus apuros no era bueno. Aquel hombre tenía que aprender, y quizá la única forma sería dejar que lo perdiera todo y tuviera que vivir de un estipendio. No había otra salida. No estaba dispuesto a permitir que dispusiera a su antojo de la fortuna de los Winchester y la despilfarrara en las empresas más disparatadas y absurdas de Inglaterra.

—No podré salvar la casa —dijo por fin—. Puedo cubrir los pagarés, pero no salvaré la casa. Se te asignará una pequeña cantidad para que cubras los gastos más básicos y nada más.

—Sybil no lo tolerará.

—No tendrá elección. Es eso o la calle.

James le sonrió con satisfacción.

—No, no lo creo. No creo que te interese manchar tu bonita carrera política con un escándalo familiar, ¿verdad?

Simon bajó la voz y le habló con tono amenazador.

—¿Me estás amenazando?

—Qué palabra tan fea. Yo diría más bien que te estoy señalando los posibles beneficios para ambos. De hecho, podría serte muy útil. Ya circulan ciertos rumores sobre ti y lady Hawkins. Y yo podría desmentirlos si me incentivas.

Al oír el nombre de Maggie, Simon se puso tenso. James se dio cuenta y sonrió. Una fuerte resolución despertó en su pecho. No habría llegado a donde estaba si no hubiera aprendido a ocultar sus emociones, y no permitiría que fuera James quien las pusiera al descubierto. Se recostó contra la silla, con cara de aburrimiento.

—De las amenazas al soborno en una misma frase. Estoy impresionado, James. No, no habrá más fondos. Enviaré a alguien a que recoja los pagarés mañana. Será mejor que te apresures y le digas a mi hermana que empiece a recoger sus cosas.

Y agitó la mano indicando a su cuñado que se fuera.

James se levantó, arrojó su servilleta sobre la mesa y se fue indignado. Simon dio unos sorbos a su clarete y trató de serenarse. Aquello no iba bien. Tendría que hacer algo con James. Quizá cuando saldara las deudas podría...

—Winchester —oyó que decía alguien a su lado—. Hacía tiempo que no deleitaba al club con su presencia. Esta noche somos afortunados.

Simon levantó la cabeza y Cranford tomó asiento a su lado. Maldita sea.

—Buenas noches, Cranford.

En los pasados diez años habían mantenido una distancia saludable. Simon no quería remover sus recuerdos de Maggie y Cranford se dedicaba más al vicio que a la política. Si sus caminos se cruzaban en alguna velada o algún baile, lo liquidaban saludándose educadamente con la cabeza. ¿A qué venía aquello ahora? Cranford debía de tener algo en mente. De lo contrario no se habría parado a charlar con él.

El vizconde no había cambiado mucho. Solo tenía uno o dos años más que él, y no era un hombre grande, pero se conservaba en una forma física inmejorable. Corría el rumor de que practicaba el boxeo en su tiempo libre. Así pues, ¿se habría reconciliado con lady Hawkins después de su regreso a Londres? El vizconde no había asistido a la fiesta en casa de Maggie, pero eso no significaba nada. Cranford estaba casado y debían actuar con discreción. Aunque tenía la mandíbula apretada, trató de convencerse a sí mismo de que no le importaba. Maggie lo había dejado todo muy claro, no había razón para estar celoso.

«Por mí, todas esas mujeres pueden tenerte enterito.»

Aun así, la idea de que Cranford o Markham... o quien fuera... pudiera estar entre las piernas de Maggie, que entrara en ella y la hiciera suspirar y gritar... Su mano se cerró en un puño.

Se obligó a apartar aquella imagen de su cabeza. Por muchos hombres que tuviera en su vida, ella y Simon no habían terminado. Ni mucho menos. Así que podía fingir tanta indiferencia como quisiera, había visto su deseo, lo había sentido por todo su cuerpo. Ella deseaba lo que pasó tanto como él. Y tenía intención de volver a poseerla, por mucho que tardara en convencerla.

Cranford indicó al camarero que trajera otro vaso y el gesto llamó la atención de Simon.

—No le importa, ¿verdad, Winchester? —preguntó, y se sirvió un poco de clarete.

Simon esperaba, observaba. Había aprendido a dejar que los silencios se alargaran durante las negociaciones; así era más problable que los oponentes tuvieran algún desliz. Y si bien no sabía cuáles eran las intenciones de Cranford, desde luego eran oponentes.

Cranford se relajó, sosteniendo el vaso en la mano.

—¿Así que es cierto?

—¿De qué estamos hablando?

Trató de no manifestar ninguna emoción.

—De sir James. He oído que ha perdido una fortuna. Pero tampoco es ninguna sorpresa. En manos de según quien, el dinero se va como el agua.

Cranford no podía haberse parado a charlar con él solo para cruzar unos chismes sobre James.

—No veo que eso sea de su incumbencia, Cranford.

El vizconde le dedicó una leve sonrisa.

—Vamos, Winchester. Nunca ha habido secretos entre nosotros, ¿no es cierto? Siempre le he dado la información que tenía si era pertinente.

Simon, recordando las cartas de amor que Cranford le había mostrado hacía años, bajó la voz con sarcasmo.

—¿Ah, sí? Qué generoso. Entonces imagino que tendrá alguna información pertinente que darme esta noche.

—Pues sí. Me he enterado de su reciente asociación con lady Hawkins. —Cranford estudió el clarete de su vaso—. Y me preguntaba cómo afectará eso a la propuesta que está preparando. O a los votos con los que cuenta.

Bueno, bueno, así que era eso.

—No veo por qué tendría que afectarme en un sentido o en otro. La dama es una conocida mía, una de tantas.

—Desde luego, no me cabe duda. Pero quizá lady Hawkins es más que una simple conocida... si hay que dar crédito a los rumores.

—Rumores que sin duda estará usted ayudando a difundir.

Cranford alzó las manos con gesto inocente.

—Solo digo lo que he oído. Ciertos miembros de la Cámara de los Lores se preguntan cómo se verá esa relación suya de *conocidos* con una mujer de una moral tan deleznable. Sobre todo teniendo en cuenta la naturaleza de su propuesta.

Aquello le puso furioso.

—No dudo que mis adversarios estarán encantados de aprovechar cualquier debilidad mía... real o imaginaria.

—Oh, pero es que no son sus adversarios los que están manifestando su desagrado. Son sus aliados.

Cranford lo estudió con atención, esperando una reacción que Simon ocultó perversamente. Encogió un hombro.

—Que crean lo que quieran. De aquí a unos meses se verá.

—Por supuesto. Pero he pensado que debía avisarle antes de que cometa un terrible error. Como estuvo a punto de hacer hace años.

—Su benevolencia no deja de asombrarme, Cranford —dijo Simon muy seco.

El vizconde rio.

—Se hace lo que se puede. Bueno, así ¿ha cerrado por fin el grifo del dinero de los Winchester para sir James?

—Winchester.

Simon apartó la mirada de Cranford y vio a Quint junto a la mesa.

—Buenas noches, Quint.

Cranford se puso en pie al momento.

—Hola, Quint, tome esta silla. Yo ya he terminado. Muchas gracias por el clarete, Winchester.

Y se alejó al tiempo que Quint se instalaba.

—¿Qué quería? —preguntó Quint—. Cuando he entrado parecía

que estabas a punto de saltarle encima y estrangularlo con tus propias manos.

Simon se terminó el vino y se inclinó hacia delante para servirse otro.

—Cranford se ha pasado para advertirme que mi asociación con lady Hawkins podría perjudicarme en el Parlamento.

—He oído los rumores. Y es ridículo; en Londres, todos los caballeros solteros tienen una querida.

—Excepto tú.

—Oh, yo no quiero una querida. Demasiado trabajo.

—Sí, pero ese trabajo es el mejor —replicó Simon. Lo que le recordó que tendría que buscarse otra querida ahora que él y Adrianna habían roto. Había dado por finalizada su asociación con ella la noche que supo que se veía con otros hombres a sus espaldas. Lástima que no pudiera tener a la mujer a la que realmente quería en su lecho—. Y lady Hawkins no es mi querida. No es nada mío.

—Pues no dudo que no será porque no lo estés intentando.

Simmon hizo tamborilear los dedos sobre la mesa. No podía negarlo. Se pondría entre las piernas de Maggie todas las noches si ella le dejaba. Quizá con el tiempo…

Simon se puso en pie.

—Ven a jugar al *hazard* conmigo —le dijo.

Quint meneó la cabeza.

—Nunca ganas. No sabes calcular las probabilidades.

Simon le dio una palmada en el hombro a su amigo.

—Para eso te tengo a ti. Ven, necesito distraerme.

—¡Winchester!

Simon levantó la vista y vio a Colton, aún con el abrigo puesto, avanzando a grandes zancadas hacia ellos con expresión furiosa.

—Coge tus cosas —exclamó el duque cuando llegó a la mesa—. Tenemos que llegar a Covent Garden antes de que las cosas se descontrolen.

10

—¿*P*uedo verla? —preguntó Maggie cuando Julia terminó de garabatear su misteriosa nota.

—No creo que sea buena idea, milady. Puedo llevarla arriba sin que la vean, pero no puedo garantizarle el anonimato. No está bien que una dama ande paseando por aquí en plena noche. Tenemos nuestras capas y los antifaces —sugirió Julia, y señaló las ropas que ella y Maggie había utilizado para entrar allí.

—Es una buena idea, su excelencia, pero el disfraz no la ayudará a ocultar su identidad. Y me atrevo a decir que su esposo no estará muy contento si esto llega a saberse. Seguramente haría que me encerraran.

—Yo jamás lo permitiría —insistió Julia—. Colton puede ser algo impetuoso, pero siempre entra en razón cuando lo amordazo y le explico las cosas.

Maggie habría querido tener la seguridad de Julia. Pero sabía que las cosas no funcionan así. Y cuando su mirada se cruzó fugazmente con la de la madame, comprendió que ella también lo sabía. Los hombres podían hacer cuanto quisieran, las mujeres debían ser discretas.

—¿Ya ha recogido sus cosas? —preguntó Maggie.

—Lo poco que he podido, sí.

—¿Cuánto hace que trabaja aquí?

—Algo más de tres años, milady. Nunca me ha dado ningún problema. Aquí las normas son muy estrictas y mis chicas reciben un buen trato. Tengo una reputación que mantener y no me gustaría que esto se supiera. Sé que suena horrible…

—En absoluto —le aseguró Maggie—. Ha hecho bien en avisar a Pearl. Entre las tres le encontraremos un lugar donde pueda recuperarse. Y le buscaremos trabajo en una casa, si es posible.

La madame asintió.

—Le estaré siempre en deuda. Y a usted también, duquesa.

Un leve toque en la puerta las interrumpió. La madame fue a abrir envuelta en el elegante susurro de la seda. Abrió apenas una rendija y escuchó, y después musitó unas palabras en respuesta.

—Duquesa, condesa, discúlpenme un momento. Debo atender cierto asunto. —Hizo una reverencia— Por favor, pónganse cómodas. Hay jerez en el armario que está junto a la pared.

Con la desagradable imagen de una joven magullada en la cabeza, Maggie se acercó al armario para servirse una bebida.

—¿Quiere un jerez? —le preguntó a Julia.

—No, gracias.

Maggie oyó un débil sonido metálico y al volverse vio a la duquesa espiando por el agujero.

—Oh, no veo nada lascivo. Solo unos pocos dandis rellenitos.

Julia suspiró y se apartó de la pared.

Durante varios largos minutos, charlaron de asuntos sin importancia, mientras esperaban que madame Hartley regresara.

—Me ha soprendido usted, Maggie —dijo entonces Julia.

Maggie dio un sorbo a su jerez.

—¿Yo? ¿Y por qué dice tal cosa?

—No me negará que lo que hacen usted y Pearl no es una causa nada común.

A Maggie no le gustó la mirada astuta y cómplice que la duquesa le dedicó. Trató de quitarle importancia.

—¿No deberíamos todos tratar de ayudar a los menos favorecidos?

—Sí, pero eso puede hacerse de una forma mucho más… aceptable. La mayoría de las damas organizan cenas benéficas o forman parte del comité de alguna institución caritativa. Van de puerta en puerta pidiendo fondos para las causas que defienden. En cambio usted está metida de lleno. Rescatando a estas mujeres, asegurándose de que nadie se aprovecha de ellas. Lo que me lleva a pensar si no será algo… —y agitó la mano mientras trataba de encontrar la palabra adecuada— personal.

Maggie dio un sorbo a su jerez. No tenía muchas amigas, evitaba deliberadamente la proximidad con otras mujeres. Las mujeres eran demasiado intuitivas. Mientras que los hombres solo veían lo que querían, las fiestas desenfadadas y el champán gratis, las mujeres veían más allá y se hacían preguntas que ella no deseaba contestar.

Pero esa noche la duquesa la había acompañado. Pearl, consciente de los recursos que Julia tenía a su disposición y del lugar que ocupaba en la sociedad, lo había sugerido, y la mujer no había dudado ni un momento, había subido al carruaje con ellas sin pestañear. Así pues, aunque Maggie no deseaba sincerarse, le debía a su nueva amiga una cierta sinceridad.

—No es asunto mío, por supuesto…

—Es personal —contestó Maggie—. Sé lo que es quedar expuesta a la crueldad de otros. Tener que acarrear con algo que ni imaginabas ni merecías. Usted no estuvo durante mi presentación en sociedad, pero de no haber sido por Hawkins, es muy probable que me hubiera tenido que ganar la vida como ellas. Quizá no en un lugar como este, pero hubiera sido lo mismo. Por eso siento tanta simpatía por las mujeres que se ven obligadas a venderse para vivir.

—Oh, Maggie. Discúlpeme si la he obligado a revivir recuerdos tan desagradables. —El tono pausado de Julia era sincero—. Siempre había pensado que Cranford… que usted…

Maggie cerró las manos en puños apretados.

—No. Le puedo asegurar que no. Cranford iba a casarse con mi amiga, Amelia. Dijo que quería preguntarme algunas cosas sobre ella. Y yo no desconfié. ¿Por qué iba a hacerlo? Siempre me había parecido muy amable, divertido y simpático. Incluso habíamos bailado alguna vez. Pero resultó que no quería preguntarme nada sobre su prometida.

Dio por sentado que yo… —dio un trago muy poco femenino de jerez— que yo aceptaría de buen grado sus insinuaciones.

—Y no lo hizo —dijo Julia.

Era una afirmación, no una pregunta.

—Por supuesto que no. De hecho, tuve que huir de él. Conseguí soltarme, pero acabé algo desarreglada en el forcejeo. Y cuando tienes el vestido roto y el caballero en cuestión tiene una sonrisa de oreja a oreja, nadie cree que no lo buscaras. —Encogió el hombro—. Y el daño ya está hecho. Ese día nació la ramera medio irlandesa.

—Oh, querida —susurró Julia con expresión muy grave—. Y el muy zoquete nunca le ha preguntado ¿verdad? —musitó.

Maggie volvió hacia el aparador con la intención de servirse otro jerez. Normalmente no bebía mucho pero ¿por qué no? Por lo visto aquella era la semana de las primeras veces.

—¿Que no me preguntó quién, Cranford?

Oyeron que la puerta se abría y Maggie se volvió, esperando ver a madame Hartley.

Pero quien entró fue un furioso duque de Colton. Seguido por… Oh, no.

Detrás estaba un igualmente furioso conde de Winchester.

Maggie se negó a dejarse intimidar por aquella mirada azul y helada. No era su esposo, ni su padre. Ella no tenía que rendir cuentas a nadie, ni siquiera a un hombre que el día antes le había dado más placer del que había sentido en toda su vida. Cuadró los hombros, mientras el duque avanzaba directo hacia Julia.

—¡Tendría que darte unas azotainas, señora mía! —le dijo con desdén a su esposa.

Julia bufó.

—Menudo castigo. Y tranquilízate, por favor, Colton. Nadie nos ha visto entrar y no hemos salido de esta habitación. No hagas que me arrepienta de haberte mandado llamar.

Simon entró y se apoyó contra la pared, haciendo con su envergadura que la pequeña habitación resultara aún más sofocante. Cruzó los brazos sobre el pecho y los pies por los tobillos. Y si bien a ojos de alguien que no le conociera podía parecer relajado, Maggie sabía que no lo estaba. La posición de la mandíbula, los movimientos rápidos y eficientes, la luz que saltaba en las profundidades de su mirada... estaba furioso.

Madame Hartley entró discretamente detrás de los dos hombres y cerró la puerta.

—Señor duque, señor conde ¿puedo ofrecerles un vaso de oporto o de clarete?

—Vaya, ya que estamos ¿por qué no jugamos una o dos manos de *whist*? —dijo Colton casi a gritos—. ¿Es que habéis perdido todas el juicio? —aferró a Julia de la muñeca—. Vamos. Nos vamos.

—¡Espera! —exclamó la duquesa, soltándose—. No te he dicho por qué necesitaba que tú y Simon vinierais.

Maggie volvió los ojos con sorpresa hacia Simon, que a su vez tenía los fríos ojos azules clavados en ella. No podía apartar la mirada. Notaba un cosquilleo en la piel, una sensación de calor que se extendía lentamente por sus venas, igual que le había pasado el día antes. Pero mantuvo a raya aquel recuerdo, lo enterró bien adentro, en el mismo lugar donde guardaba todos los recuerdos que prefería no recuperar.

—Pues claro —espetó Colton con desprecio—. Estoy impaciente por oírte.

—Madame, por favor, explique a mi esposo y a lord Winchester lo que nos ha contado a nosotras.

Madame Hartley explicó lo sucedido a los dos hombres, ciñéndose a los hechos. Mientras la madame hablaba, Maggie observó el baile de emociones en el rostro de Simon. Pasaron de la ira a la curiosidad, al espanto, de nuevo a la ira... aunque por fortuna esta vez esa ira no iba dirigida contra ella.

La ira del duque también pareció cambiar de objetivo. Se pasó una mano por el pelo.

—Por Dios. ¿Quién ha sido? ¿Quién ha sido el canalla que ha hecho esto?

La madame meneó la cabeza.

—Preferiría no decirlo, señor duque.

—Lo sé. Pero yo preferiría que sí lo dijera, y los dos sabemos que siempre consigo lo que quiero. Me lo dirá antes de que me vaya.

—Me gustaría ver a la joven —dijo Simon en voz baja, las primeras palabras que decía desde que había entrado.

La madame frunció el ceño.

—Con el debido respeto, milord, no sé si es muy prudente. En estos momentos no está muy... bien. Y temo que la presencia de un hombre, incluso del señor conde, pueda alterarla demasiado.

—Me conoce usted, madame. Me atrevo a decir que no es el primer caso que veo, ni será el último. Si necesita ayuda, se la daré encantado, pero debe darme la oportunidad de sacarla de aquí. Seré cuidadoso, se lo prometo.

Aquellas palabras confundieron un tanto a Maggie, pero debía actuar con rapidez si no quería perder la oportunidad.

—Desearía ir con usted —añadió.

Simon volvió la cabeza y el hielo azul de sus ojos la dejó clavada en su sitio.

—Por encima de mi cadáver.

Maggie abrió la boca para discutirle, pero Julia la interrumpió.

—Es mejor que vaya él solo, Maggie. Simon será cuidadoso. De verdad, no le habría mandado a buscar si no pensara que podía ayudarnos.

Así pues, desde el principio el objetivo de Julia había sido buscar la presencia de Simon. No la del duque. ¿Qué había que ella no sabía sobre Simon? ¿Cómo podía ser él la persona más adecuada para tratar con una prostituta asustada y vapuleada?

Madame Hartley asintió.

—Muy bien. Aunque sé que conoce el camino, le acompañaré.

«Aunque sé que conoce el camino.»

No había ninguna razón para que aquellas palabras molestaran a Maggie, pero las sintió como si un alambre de espino le desgarrara el pecho. Por supuesto, Simon ya había estado allí. Cualquier hombre con unas pocas libras en el bolsillo lo haría. Pensó en la escena que había presenciado poco antes. ¿Qué clase de chica elegiría Simon?

Pero antes de que pudiera llevar su fantasía más allá, Simon siguió a madame Hartley hasta la puerta.

—Quédate aquí —dijo dándose la vuelta y mirándola directamente.

¿Por qué aquella necesidad de andar dándole órdenes? Maggie apretó los dientes, pero asintió con el gesto y vio su espalda ancha desaparecer por la puerta.

Simon se obligó a tragarse su ira mientras seguía a madame Hartley por las escaleras posteriores al piso de arriba. No dejaba de pensar en lo inconsciente, absurdo, descerebrado…

¿Es que a aquella mujer no le importaba su reputación?

Un burdel. Su posición ya rozaba los límites de la respetabilidad. ¿Cómo podía…?

Decidió zanjar aquella línea de pensamiento, respiró hondo. Debía mantener la calma para la tarea que tenía ante él. Maggie lo tenía bien pillado. Ninguna mujer había logrado nunca algo así, al menos no con tanta intensidad y rapidez.

Subieron otro tramo de escaleras, hasta el lugar donde las chicas se alojaban. Aquella era una parte de la casa que nunca había visto, y deseó no haber tenido que hacerlo. Colton encontraría al responsable de aquello, no tenía ninguna duda. Y mientras el duque se encargaba del castigo, él se ocuparía de que la joven recibiera las atenciones adecuadas. Tal vez nunca se recuperaría del todo, pero al menos podía mejorar.

Se detuvieron al llegar al final del pasillo.

—Esta es la habitación de Cora, milord. Le acompañaré. —Madame Hartley llamó con los nudillos—. Soy yo, Cora. Voy a entrar.

Se sacó un manojo de llaves de un bolsillo que llevaba en el interior de las faldas y abrió.

La habitación estaba oscura como boca de lobo. Con la poca luz que entraba desde el pasillo, Simon distinguió la silueta de una cama diminuta y un vestidor. Una figura menuda se escabulló a un rincón. Dios, Dios. Era la joven.

La madame abrió más la puerta, permitiendo que entrara más luz. Y lo que Simon vio entonces casi le hace caer de rodillas. Cora estaba encogida contra la pared, con la cara hinchada grotescamente, sujetando un cuchillo con la mano buena. El brazo roto estaba vendado con una sábana, y lo llevaba sujeto al pecho para que no se moviera. Llevaba puesta una bata que apenas si la cubría, y Simon veía cortes y moretones sobre la piel clara.

Pero eran los ojos lo que más le preocupaba. Vidriosos y brillantes, moviéndose inquietos, como los de una bestia salvaje a la que han acorralado.

—No te acerques —dijo en un suspiro—. No pienso volver a hacerlo.

—Cora, hemos venido a ayudarte —dijo la madame con suavidad—. Este es... —y lo miró con expresión de impotencia, con una pregunta muy clara en sus ojos. ¿Cómo debía presentarlo?

Su habla y su atuendo ya dirían por sí solos cuál era su posición, pero mejor suavizarlo un poco. Era imposible saber quién le había hecho aquello. Podían ser una serie de hombres con título. Y no quería que la palabra «conde» la alterara aún más.

Simon se adelantó y se acuclilló.

—Soy un amigo. He venido a ayudarte. Pero no podré hacerlo si te empeñas en utilizar...

Cora empezó a gimotear, con un sonido que le hizo estremecerse, y por un momento pensó que la había asustado. Se puso derecho y retrocedió, y entonces se dio cuenta de que la mirada de la joven no se apartaba de la madame. ¿Es posible que fuera ella quien la asustaba?

—No lo haré más —repitió Cora meneando la cabeza—. No puede obligarme.

Simon supo entonces que era la presencia de su patrona lo que la trastornaba. No se trataba de si la madame tenía intención de retenerla; la joven creía que la obligarían a soportar las atenciones de otro hombre.

—Madame —dijo Simon con calma—, permítame un momento a solas con ella.

La madame salió y en la habitación se hizo un silencio tenebroso. No había sillas, de modo que Simon se sentó en el borde de la cama. La respiración trabajosa de Cora llenaba aquel espacio tan reducido. Simon esperó. Necesitaba que Cora entendiera que no le iba a hacer daño.

Al cabo de unos momentos, cuando la joven se tranquilizó, Simon dijo:

—Tuve una niñera. Yo tenía seis años y estaba enamorado de ella. Y la seguía a todas partes si podía, como un perrito. Bien, pues un día, no podía encontrarla. Estuve buscándola por todas partes y al final la encontré en los establos. Un mozo la tenía sujeta y la estaba tratando de un modo muy brusco. Asomé la cabeza y vi que ella le decía que no, pero él era más fuerte. Y cuando corrí para pedir ayuda, me dijeron que no me preocupara, que cuando fuera mayor lo entendería.

Simon frunció el ceño, porque de pronto se dio cuenta de que nunca le había contado aquello a nadie. El recuerdo era intenso y le sorprendió ver que recordaba tantos detalles, los gruñidos, los gritos de ella, el color de sus enaguas. Dejó escapar el aire y continuó.

—Después de aquello la echaron, pero yo siempre quise saber lo que había pasado con ella. Y no lo supe hasta años después. Cuando terminé la universidad, contraté a unos hombres para que la buscaran. Después de ser repudiada por su familia, había ido de un lado a otro hasta que se quedó en Southwark. Tenía cicatrices en la cara y el cuerpo picado de viruelas. Su futuro entero había cambiado por algo que sucedió en los establos de mi casa, algo que hubiera podido evitarse si se hubiera obligado al culpable a responsabilizarse de sus actos.

Cora callaba, con expresión grave, pero no desconfiada. Aún tenía el cuchillo en la mano, pero ya no lo empuñaba con fuerza.

—Deja que te ayude —añadió Simon—. Puedo encargarme de que se te enseñe el trabajo de doncella, o si lo prefieres puedes trabajar en la cocina. Y no tendrías que preocuparte por tu seguridad. Nadie te tocará.

—¿Nadie? —preguntó en voz baja la joven.

—Nadie —repitió él.

—¿Y por qué iba el señor a ayudar a alguien como yo?

—Porque puedo. —Le tendió la mano—. Pero para poder ayudarte primero tengo que sacarte de aquí. ¿Puedes darme el cuchillo, Cora?

La joven se miró la mano, sorprendida, como si no se hubiera dado cuenta de que seguía sujetando el cuchillo. Lo dejó con cuidado sobre el suelo de madera. Simon se levantó y se acercó, con las manos en alto, para no asustarla.

—Ahora te cogeré en brazos y bajaremos. Te subiré a mi carruaje y te llevaré a mi casa, Barrett House. Allí mi ama de llaves se ocupará de que recibas la atención adecuada. Quiero que mi médico venga y te mire el brazo, y quizá te dará algo para el dolor. ¿Te parece bien?

Los ojos hinchados de Cora se llenaron de lágrimas cuando asintió.

—No quiero hacer esto más.

—Lo sé. Te prometo que no tendrás que volver a hacerlo.

*C*uando Simon y madame Hartley salieron, Colton se acercó hasta el armario.

—Espero que tenga algo más fuerte que jerez aquí.

—Estoy segura de que guarda tu reserva privada por aquí. Después de todo, fuiste su mejor cliente durante años.

No había resentimiento en la voz de Julia. Era evidente que estaba bromeando.

—Desde luego. —Y le sonrió—. No te lo voy a discutir, aunque ha pasado mucho tiempo.

—¿Y eso no os molesta? —preguntó Maggie, pues sentía curiosidad por la actitud de su amiga.

—Ni una pizca. En aquella época no estábamos casados. Fue hace años, antes de que Colton se fuera al Continente. Todos los hombres jóvenes se divierten antes de sentar cabeza. No significa nada.

—Pasamos muchas noches de diversión en este lugar —dijo el duque con añoranza, con lo que parecía un vaso de whisky en la mano. Rio—. Por supuesto, la estancia de tres días de Winchester aquí es legendaria, pero pasó, dejad que piense, hará ocho o nueve años. Ojalá hubiera podido verlo, pero yo acababa de partir hacia Francia. Así que supongo que tuvo que ser... en mayo o junio.

—Diez años, esposo mío. Partiste hacia Francia hace diez años. Pero ¿qué importa cuánto hace? —comentó la duquesa divertida.

Maggie frunció el ceño. Hacía diez años. En mayo o junio. Debió de ser por la época de su escándalo y posterior casamiento con Hawkins. Así que, mientras ella veía su vida arruinada de modo irrevocable, él... ¿lo celebraba con una orgía que habría hecho sentir celos a los romanos? ¿Durante tres días? Cerró los ojos y respiró hondo.

—Pero Quint me escribió. Me dijo que Winchester...

—Nick, cielo, cierra la boca —oyó Maggie que decía la duquesa, y cuando levantó la vista vio que tenía sus astutos ojos clavados en ella.

Colton le dedicó a Maggie una sonrisa de disculpa.

—Disculpe, señora. Mis comentarios han sido de mal gusto.

—Todo lo que haces es de mal gusto, demoniete —bromeó Julia—. Maggie, por favor, discúlpele. A veces pienso que a mi marido lo criaron unos lobos.

Eso la hizo sonreír, a pesar del dolor punzante que sentía en el pecho.

—No hay por qué disculparse. Pasó hace mucho tiempo y, la verdad, ¿por qué habría de importarme? —Y con el gesto señaló el vaso de Colton—. ¿Queda más de eso?

El duque arqueó una ceja.

—Mucho. ¿Le sirvo un poco?

Dios, sí.

—Por favor.

Tal vez el whisky borraría la amargura y la ira de su boca.

—Yo también quiero —terció Julia—. Creo que en estos momentos a todos nos iría bien beber algo fuerte.

Unos segundos después, Colton colocó un vaso de cristal en las manos de Maggie y luego le tendió otro a su esposa. Maggie vio que se inclinaba y le susurraba a la duquesa algo que la hizo sonrojarse. Era evidente que estaban muy enamorados y Maggie sintió una fuerte punzada de envidia. En su matrimonio nunca hubo sentimiento, no fue más que un acuerdo comercial sin otra cosa que responsabilidades y deberes. «¿Cómo sería vivir con alguien que adora el suelo que pisas?», pensó llevándose el vaso a los labios.

Como era de esperar, el primer trago quemaba como el fuego del infierno. Maggie jadeó y esperó a que el aire volviera a llenar sus pulmones. Tenía cierta experiencia con las bebidas fuertes, aunque no podía decir que tolerara nada bien aquella en particular.

Vagamente oyó que Julia tosía y el duque rio, así que supuso que la experiencia de la duquesa con la bebida no era muy distinta de la suya.

—Señor, ¿cómo pueden beber esta cosa tan espantosa los hombres? —dijo la duquesa con voz rasposa.

Cuando consiguió recuperar el aliento, Maggie notó una agradable sensación de calor en el estómago. Por dentro se relajó. Se distendió. Como el muelle de un reloj demasiado apretado, su cuerpo entero se… desplegó.

El segundo trago bajó más fluido.

Colton también alzó su vaso con gesto apreciativo.

—Apenas si ha pestañeado con el primer trago. Tiene toda mi admiración, señora.

—Será mi sangre irlandesa —dijo Maggie con una sonrisa perversa—. Al menos me sirve para algo.

Aún no se había terminado su medio vaso de whisky cuando la madame regresó. La mujer explicó que Simon pensaba llevarse a la joven a Barrett House y necesitaría transporte, puesto que había viajado hasta allí en el carruaje del duque. Maggie se ofreció enseguida a llevarles. Y no porque le apeteciera especialmente pasar un rato con Simon. De hecho habría preferido no volver a verlo en su vida, pero el bienestar de la joven tenía prioridad sobre cualquier sentimiento herido.

Además, tampoco era la primera vez que herían sus sentimientos.

Al poco, las dos mujeres se habían vuelto a poner sus capas y sus antifaces y se habían echado la capucha sobre la cabeza. El vestíbulo posterior estaba vacío, y el duque guio al pequeño grupo hasta las caballerizas.

Los dos carruajes esperaban y los caballos expulsaban nubes de aliento impaciente al aire gélido de la noche. Colton ayudó a subir a Maggie a su carruaje y cruzó unas palabras con el cochero; acto seguido, él y Julia subieron a su vehículo. Maggie se arrebujó contra el sillón, notando el cálido ladrillo bajo los pies, y vio alejarse el carruaje del duque.

Finalmente, Simon apareció, sin sombrero, y rodeando con su abrigo un bulto grande que llevaba en los brazos. Maggie se puso derecha al tiempo que el cochero bajaba del pescante y le abría la puerta. Simon maniobró admirablemente y subió sin siquiera tener que dejar a la joven en el suelo. Se instaló en un asiento, con la joven en el regazo, y la puerta se cerró. Maggie dio dos golpes en el techo y el coche echó a andar.

No podía ver el rostro de la joven bajo la pesada lana del abrigo de Simon.

—¿Está despierta? —susurró.

—Se ha desmayado, supongo que por el dolor.

—Quiero ayudar.

—No. La llevaré a mi casa en Barrett House y después te acompañaré a tu casa.

La tenue luz perfilaba la marcada línea de su mandíbula. Era evidente que en aquellos momentos su compañía le resultaba molesta, pero le daba igual. No pensaba quedarse al margen. Alzó el mentón, sin evitar los penetrantes ojos azules de Simon.

Al final, él dejó escapar un suspiro.

—Sé bien que no tengo que llevarte la contraria cuando pones esa cara. Ven a Barrett House si es lo que deseas. Puedes ayudar una vez que la joven esté instalada. Ya he mandado a buscar a mi médico.

Un millar de preguntas pugnaban por salir de su boca, pero Simon se volvió hacia la ventanilla como si ella no estuviera allí. Maggie se calló sus palabras impacientes, se obligó a esperar. Antes de que amaneciera, tendría sus respuestas, tanto sobre la joven como sobre la razón de que él se implicara.

*N*o esperaba encontrarla dormida.

Simon había mantenido una distancia respetuosa durante toda la noche mientras Maggie, su ama de llaves y su médico se ocupaban de las heridas de Cora. Cuando terminaron, Simon habló extensamente con el médico sobre los cuidados que necesitaría la joven. Por suerte, el ayudante de madame Hartley le había enderezado con habilidad el brazo dislocado, y el doctor Gilchrist creía que recuperaría su uso normal sin otra secuela que una ligera rigidez cuando hiciera mal tiempo. Sin embargo, le preocupaban las hemorragias internas. Había indicado a Maggie y al ama de llaves que estuvieran atentas a determinados síntomas.

Cuando el médico se fue, Simon volvió a su estudio para tomarse un brandy.

Necesitaba conservar la calma. Maggie estaba allí. En la casa. Solo de pensarlo se le empinaba. Dios, la quería en su lecho. Quería ver su pelo color de tinta desplegado sobre los almohadones, sus miembros pálidos y cremosos adornando sus sábanas. La imagen le hizo sentirse inquieto y excitado, la piel le cosquilleaba.

Lo cual era del todo inapropiado, teniendo en cuenta el motivo por el que estaba en la casa. No estaba bien que pensara en ella en aquellos términos, que imaginara las diferentes formas en que deseaba darle placer a pesar de todo lo que había sucedido aquella noche. Y tuvo que recordarse que no estaba allí por él.

Así pues, se quedó en su estudio, bebiendo. Como un cobarde, pero mejor evitarla que hacer algo de lo que pudiera arrepentirse.

«Como tirarme a sus pies y suplicarle que me deje meterme entre sus piernas una vez más.»

El tiempo pasaba, y Simon esperaba que en cualquier momento Maggie entraría como una exhalación en el estudio y lo asaetaría a preguntas, todas las que había querido hacerle durante el trayecto desde el burdel de madame Hartley. Pero no lo hizo. Y pensó si no se habría ido. Si se habría escabullido sin decir nada. No sería raro en ella. De hecho, había pocas cosas que Maggie no pudiera hacer. Aquella mujer era dura como el acero.

Por eso, cuando la encontró dormida en una silla junto al lecho de Cora, pasada la una, fue una sorpresa.

Se quedó mirándola, sin atreverse apenas a respirar por miedo a despertarla. Vista de aquel modo resultaba tan adorable. El contraste de las pestañas negras contra la piel clara. Los labios rosados y carnosos entreabiertos. Los mechones de pelo que enmarcaban su rostro como pinceladas de medianoche, los pechos subiendo y bajando acompasadamente.

Con un sobresalto, notó que había alguien a su lado.

—Disculpe que le moleste, milord —susurró la señora Timmons, su ama de llaves—. He pedido que preparen la habitación amarilla para la señora. —Ladeó la cabeza en dirección a Maggie—. Antes no ha querido dejar sola a la joven. Y se durmió poco después que ella.

Ya lo imaginaba, pero asintió de todos modos.

—Gracias, señora Timmons. Me ocuparé de que lady Hawkins vaya a su habitación.

—Muy bien, milord. He pedido a una de las doncellas que se quede para velar a la joven. Si su estado cambiara se le informará inmediatamente.

—Gracias, lo agradeceré. Buenas noches.

Simon lanzó una mirada a Maggie, y en su pecho notó una sensación de calidez que no había experimentado nunca. No había querido dejar sola a Cora, cuando la mayoría de damas ni siquiera se habrían dignado mirarla, no digamos ya hablar con ella. Fuera cual fuese su impresión original sobre el motivo por el que ella y Julia habían acudido esa noche al burdel de madame Hartley, estaba claro que habían ido a ayudar. Pero ¿por qué demonios iba a mandar la madame a buscar a dos damas de alcurnia? Julia era como un libro abierto para él; Simon la conocía hacía tiempo, conocía todos sus secretos. Y si bien tenía muchos, ninguno de ellos incluía una cruzada como aquella. En cambio, Maggie era un misterio. ¿Qué interés tenía ella en aquel asunto?

Una cosa estaba clara: era muy distinta de todas las mujeres que conocía. Y eso le gustaba. Siempre le había gustado. Desde el día en que la conoció, le había gustado su carácter, su apasionamiento. Y su negativa a acobardarse ante los embites de la alta sociedad era de admirar. Antes incluso del escándalo, cuando los demás se reían de su sangre irlandesa, de su padre poeta, o de su aspecto, tan distinto al de las jóvenes inglesas, Maggie ya plantaba siempre cara con la cabeza bien alta.

Simon lo sabía porque él estuvo allí. Por causa de la amistad de su madre con la madre de Maggie, se le indicó que sacara a bailar a la joven una vez cada noche durante aquella temporada. Al principio se lo tomó a broma, pero Maggie le pareció tan atractiva que no fue capaz de mantenerse alejado de ella. Además de belleza, tenía ingenio. Y esa era una cualidad que a su edad pocas mujeres poseían y que Simon apreciaba especialmente. Maggie le hacía reír. Mejor aún, le hacía pensar.

La cuestión era qué hacer con ella ahora.

Se inclinó, deslizó las manos bajo su figura y la cogió en brazos con tanta delicadeza como pudo. Ella apenas se movió, se limitó a echarle los brazos al cuello y apoyó la cabeza contra su cuello con un suspiro. Como si hubieran hecho aquello mil veces.

De pronto, deseó que fuera así.

Pero no debía permitirse aquellos pensamientos, no cuando la tenía tan cerca que sentía sus curvas suaves y femeninas contra su cuerpo. Fue con tiento hasta las escaleras y subió muy poco a poco. Y si bien se hubiera podido atribuir la lentitud de sus movimientos al temor a despertarla, lo cierto es que no deseaba separarse de ella.

Simon entró en la habitación amarilla. Era la antigua *suite* de su madre. Nunca había tenido a una mujer alojada allí; normalmente los invitados se quedaban en el otro lado de la casa. No dejaba de ser curioso que la señora Timmons la hubiera elegido, pero no le importó. Quería a Maggie allí. Cerca de él.

La dejó sobre la colcha. Ella rodó y se apoyó contra la almohada, pero su respiración seguía siendo regular. Simon se quedó allí, tratando de decidir. Podía dejarla vestida, pero las ropas femeninas no eran especialmente cómodas. Y necesitaría ayuda para quitárselas.

«Una ayuda que estás más que dispuesto a ofrecerle.»

Podía mirarlo por el lado práctico. No sería la primera vez que ayudaba a una mujer a desvestirse. «Tú hazlo y te vas.»

La idea casi lo hizo reír.

Se moría por desvestirla, pero sus motivos no eran del todo puros. Un dolor familiar despertó en su entrepierna cuando recordó su encuentro en la salita de la casa de Maggie la tarde anterior. La calidez con la que su cuerpo se aferraba a él. La fuerza con la que lo sujetaba, sus uñas clavándose en su piel a través de la ropa. Y cuando ella llegó al clímax... Fue lo máximo, no olvidaría la expresión de su rostro mientras viviera. Como si fuera un regalo raro y precioso.

Se sacudió a sí mismo. No era muy caballeroso que se quedara allí mirándola como un viejo verde. Y seguramente no se despertaría si le quitaba la ropa. Pantuflas. Podía quitarle las pantuflas. Se inclinó con eficiencia, se las quitó y las dejó en el suelo.

Quizá tendría que aflojarle los lazos que sujetaban el vestido. Difícilmente podría quitárselo sin su cooperación, desde luego, pero al menos podía ayudarle a estar un poco más cómoda. Sin moverla, sus dedos tiraron de las cintas y, conforme la tela de los dos lados se iba separando, pudo ver los seductores destellos de la ropa interior. Sus manos aminoraron el paso. ¿Y si...?

Pero ¿qué demonios le pasaba? Tenía treinta y cuatro años, no catorce. Y era un caballero. ¿Es que había perdido la cabeza? Se obligó a soltar las cintas y cubrió su cuerpo aún vestido con las ropa de cama. Fue hasta la puerta que comunicaba con la habitación de al lado, y decidió no pensar más en Maggie.

11

La puerta de la habitación de al lado se cerró con suavidad y Maggie respiró tranquila por primera vez en el último cuarto de hora. Su corazón golpeaba con fuerza contra su pecho, tanto que le sorprendía que Simon no lo hubiera notado. Pero el instinto de supervivencia la había impulsado a guardar silencio.

La había tratado con tanta delicadeza, casi con… ternura. Se había esmerado especialmente para no despertarla y ella le había seguido el juego. Además, ¿qué hubiera podido decir si hubiera visto que estaba despierta? «Tócame, Simon. Bésame. Demuéstrame que lo que pasó ayer no fue una casualidad.»

No había sido fácil. Aquel contacto ligero como una pluma había excitado su cuerpo, cada roce, cada impresión de sus dedos le dolía. Casi se pone a ronronear, como un gatito buscando atenciones. Y cuando empezó a soltar las cintas del vestido, pensó que se iba a derretir.

Se sentía los pechos llenos de deseo, el sexo mojado, y casi no podía respirar. El lugar donde se concentraba el placer, el pequeño capullito que Simon había acariciado para llevarla al clímax el día antes, palpitaba al ritmo de su corazón. Simon la había despertado en todos los sentidos, y le iba a costar dormirse.

Se tumbó sobre la espalda con la esperanza de aliviar aquel anhelo, abrió los ojos y trató de concentrarse en cuanto la rodeaba. El bonito papel amarillo de las paredes. El movimiento de las llamas en la chimenea. Reconoció el cuadro que presidía la chimenea, *Village Politicians*, de Wilkie. Muy apropiado para Barrett House, pensó, considerando el legado político de los duques de Winchester.

Sin embargo, ni siquiera el soberbio cuadro de inspiración holandesa pudo distraerla. Su cuerpo le pedía una satisfacción.

Aquella puerta, ¿sería de la habitación de Simon? Había salido por ella hacía no mucho, así que solo podía suponer que seguía allí. ¿Qué estaría haciendo? ¿Se estaba relajando? ¿Desvistiendo? ¿O, Dios la ayudara, bañándose?

Imaginar su figura alta y esbelta mojada y desnuda, con el agua deslizándose por sus extremidades, no alivió su anhelo. Se puso una mano entre las piernas, por encima de la ropa, con la esperanza de acallar las llamas del deseo que ardían allí... y el contacto la hizo jadear. «Decididamente, es peor», notó con desespero, y apartó la mano enseguida.

¿Por qué había tenido que tomarse aquel whisky en la casa de madame Hartley? De no haberlo hecho, no se habría quedado dormida junto al lecho de Cora. Ella pasaba las noches en vela con frecuencia. Se quedaba pintando hasta altas horas de la madrugada, por no hablar de las fiestas de la ramera medio irlandesa, que solían prolongarse hasta el amanecer. Y si no se hubiera quedado dormida, seguramente ahora estaría en su casa, y no retorciéndose bajo el embite de aquella tentación deliciosamente perversa.

Antes de darse cuenta, sus pies estaban sobre el duro suelo. Su vestido colgaba desgarbado, cayendo casi de sus hombros, porque Simon había aflojado las cintas que lo sujetaban. Quizá podía pedirle que acabara el trabajo. No, no... qué locura. Una locura imperdonable. ¿No podía... podía? ¿Qué iba a decir?

«Con suerte, nada.»

Lo que debía hacer, lo que cualquier mujer en su sano juicio haría, pensó mientras se acercaba a la puerta, era pedir que volviera a anudarle las cintas y mandara traer su carruaje. Sin embargo, cuando sus dedos sujetaron el picaporte de la puerta, sabía muy bien que no era eso lo que haría.

Maggie abrió la puerta sin hacer ruido y asomó la cabeza a lo que resultó ser un dormitorio. El suave resplandor de las llamas llegaba a los diferentes rincones de la inmensa habitación e iluminaba un mobiliario masculino y grande. Era exactamente la clase de habitación que esperaba...

Un suave gruñido llamó su atención y sus ojos se desviaron al instante al inmenso lecho con dosel.

Maggie se quedó boquiabierta. Simon estaba desnudo como cuando vino al mundo, echado sobre la colcha, y se estaba... tocando. Su pene, más concretamente. Lo tenía cogido, y subía y bajaba la mano, mientras los músculos de su brazo se tensaban. Con los ojos cerrados, las facciones relajadas por el placer, mientras la mano marcaba un ritmo regular, subiendo de la base a la punta.

Señor de los cielos, qué hermoso era.

Maggie observó fascinada, incapaz de apartar la mirada. No tenía ni un gramo de más en el cuerpo. Vientre plano, hombros anchos, muslos contundentes y musculosos que se tensaban y sacudían por la tensión. Un vello dorado salpicaba su pecho, antebrazos y piernas. Era increíble. De haber tenido sus carboncillos a mano hubiera plasmado la esencia de aquel acto puramente egoísta e hipnótico sobre el papel.

El deseo que había sentido sola en la otra habitación palideció en comparación con el infierno que en aquellos momentos se desató en su interior. El pecho de Simon empezó a subir y bajar con rápidas sacudidas, cada vez más tenso, mientras su mano seguía trabajando. De arriba abajo, y vuelta a empezar. Con más fuerza, ahora, más deprisa. Maggie se mordió el labio para contener un gemido. Clavó los dedos de los pies en la moqueta para no correr hacia él. Nunca en toda su vida había deseado tanto tocar a nadie. Sus brazos y sus piernas casi se sacudían por el esfuerzo de quedarse quieta.

La mano que Simon tenía libre fue a apoyarse sobre el vientre, y empezó a descender. No se detuvo donde Maggie esperaba. No, sus largas piernas se movieron, se abrieron y Simon estiró el brazo para sujetar las dos bolsas de debajo. Un gemido brotó de sus labios. Maggie sintió que las rodillas le flaqueaban y tuvo que agarrarse al marco de la puerta para sostenerse.

Algún sonido debió de llegar al otro lado de la habitación, porque Simon abrió sus ojos azules y brillantes de golpe y la atravesó con ellos. Sus manos se detuvieron. Maggie siguió aferrando la madera, sin saber muy bien qué decir. ¿Cómo podía explicar un comportamiento tan descarado y poco femenino?

El fuego siseaba y chisporroteaba en la chimenea mientras Maggie trataba de abrirse paso a través del cieno que entorpecía sus pensamientos y de decir algo coherente. Una ceja altanera y rubia se arqueó. No había ira ni vergüenza en la expresión de Simon, solo curiosidad. Sin embargo, sus ojos la incitaban perversamente, como si la estuviera desafiando a acercarse.

—Por mí no pares —exhaló con voz ahogada. «Oh, Dios.» ¿De verdad había dicho ella eso?

Las comisuras de la boca de Simon se crisparon. Su mano abandonó las pesas que tenía bajo el miembro erecto y con el dedo le indicó que se acercara. Ella meneó la cabeza con ímpetu. Si se acercaba, sabe Dios lo que haría.

—Ven aquí, Maggie.

Y como si Simon hubiera tirado de una cuerda, sus pies empezaron a moverse en respuesta a sus palabras roncas. Cuanto más se acercaba, más detalles veía. Las elevaciones, los ángulos y huecos en aquel cuerpo deleitable. La fina capa de sudor que cubría la piel. La pequeña cicatriz del abdomen musculoso. Cuando llegó a los pies de la cama, se aferró al poste de madera que tenía más cerca.

—No sabía que tenía público —dijo él. La mano empezó a moverse otra vez, y los ojos de Maggie se desviaron hacia la zona por debajo del ombligo. Pasó la palma sobre el capuchón, sujetó el miembro y volvió a menearlo unas veces—. Estás tan guapa cuando te excitas, tan sofocada. ¿Habías visto masturbarse alguna vez a un hombre?

—No —susurró ella.

—Es evidente que te ha gustado la actuación. Dime lo que te han dado ganas de hacer mientras me veías.

No se le ocurrió que podía mentir.

—Quiero lamerte.

La mano se detuvo y Simon aspiró.

—¿Dónde? —preguntó con voz ronca.

Sus ojos se encontraron.

—Por todas partes.

Él soltó el miembro, que cayó rígido y orgulloso contra su vientre, y se puso los brazos bajo la cabeza, con el cuerpo extendido ante ella en toda su gloria masculina, excitado, tenso. Maggie tenía la boca seca. Simon esperó, sin prisas. Desafiándola claramente a que viera por sí misma lo que podía hacer. «Cielo santo.»

¿Podía hacerlo?

¿Podía no hacerlo?

No es que fuera ninguna ingenua. Había perdido la virginidad hacía años. Pero un placer como el que Simon le había mostrado el día antes era algo nuevo para ella. De hecho, de no haberlo experimentado por sí misma, jamás lo habría creído posible. Y, como si se tratara del pastel de limón de Tilda, quería más.

Con el corazón acelerado, empezó a subir a la cama, pero él le dijo:

—El vestido. Quiero quitártelo.

Apoyando los dos pies en el suelo, Maggie se volvió para darle la espalda. Oyó que él se incorporaba, notó el calor que emanaba de su cuerpo desnudo a su espalda y contuvo el aliento. Los dedos de Simon volaron sobre las cintas.

—Ya está.

Maggie sacó los brazos de las mangas y dejó que el vestido cayera en un charco de seda sobre el suelo. Antes de que tuviera tiempo de apartarse, él le soltó el corsé y bajó las tiras de sus hombros. La sujetó por las caderas y la hizo girar, y buscó el cordón de sus enaguas. Le quitó esta prenda tan deprisa como las otras y volvió a tumbarse en la cama, dejándola solo con una ligera camisola.

Simon volvió a apoyar los brazos debajo de la cabeza, casi como si estuviera tratando de no tocarla.

—¿Puedes quitártela tú? Así yo puedo mirar.

Maggie se mordió el labio. Nunca se había quitado la ropa delante de un hombre. Siempre la desvestían sus doncellas, incluso cuando estuvo casada. Pero no se mostró tímida con Simon. Quizá hubiera tenido que hacerlo, pero de todos modos ya la había visto casi desnuda y ¿qué podían significar para él unos pechos más? Los artistas masculinos los habían representado desde los tiempos en que usaban unos simples palillos para dibujar sobre la tierra. Y ella había visto suficientes obras de arte para saber que los había de diferentes formas y tamaños. Los suyos seguro que no eran únicos.

Sujetándose el borde de la camisola, se la pasó por encima de la cabeza y arrojó la prenda al suelo.

Los ojos de Simon, con los párpados medio entornados, se pasearon por su cuerpo desnudo. Por dentro, Maggie sintió que se derretía bajo aquella mirada apreciativa y ardiente.

—Jesús, eres aún más hermosa de lo que imaginaba —dijo en un susurro.

—Podría decir lo mismo de ti.

—Enséñame —sonó más como una súplica que como una orden.

Ella subió a la inmensa cama y se inclinó para aplicar los labios contra la cara interna de la rodilla. Los músculos de la pierna de Simon se sacudieron. Animada, Maggie fue dando besos por el muslo. El calor salado de la piel, el leve roce del vello… Maggie se sintió embriagada por su olor y su sabor mientras señalaba su camino con los dientes y la lengua y los jadeos precipitados de él resonaban por la silenciosa habitación.

Le dio un mordisquito en la cadera y él aspiró con fuerza. Si bien la experiencia de Maggie era limitada, los grabados y las ilustraciones subidos de tono que circulaban por Londres le habían proporcionado algo parecido a una educación carnal. Los bocetos que Lemarc había creado para madame Hartley mostraban a parejas enfrascadas en todo tipo de actividades y posturas con las que Maggie jamás había soñado. En su momento, las había desdeñado como simple producto de su imaginación. Pero ahora... ahora ansiaba explorar. Descubrir. Complacer.

Pasó la punta de la lengua sobre la parte superior del pene engrosado. Simon sacudió las caderas.

—Oh, Dios —gimió—. Otra vez.

Ella obedeció, pero esta vez empezó por la base y subió todo lo largo que era. Cuando llegó al extremo, lo cogió con los labios y chupó con fuerza, llevándose el grueso miembro al interior de la boca. Simon levantó la cabeza y el torso del colchón, y volvió a dejarse caer con un sonido sordo. Sin dejar de renegar, tensando los músculos.

Recordando el movimiento de la mano cuando lo estaba mirando, Maggie hizo lo mismo con la boca lo mejor que pudo. Si otra cosa no, seguro que le gustaba un poco...

—Dios —dijo él aspirando con fuerza—. Si haces eso voy a acabar bien pronto.

Maggie quería sonreír, pero no podía, claro, así que se puso con más empeño en aquel terciopelo duro y suave que se deslizaba entre sus labios y contra su lengua. Saber que podía proporcionarle ese placer, que era ella la que tenía el control, le daba cierta sensación de poder. Jamás habría imaginado nada igual por los grabados eróticos. Pero resultaba embriagador. Su boca subía y bajaba sobre el miembro, y mientras, la sensación punzante que notaba entre las piernas era cada vez más intensa.

Y entonces recordó otra cosa que le había visto hacer poco antes. Su mano se deslizó entre sus piernas, hasta las dos bolsas que tenía debajo, y empezó a apretar y a masajear con suavidad.

—Oh, demonios. No puedo... —Sus caderas empezaron a dar empujones fuertes y rápidos contra la boca de Maggie mientras sus manos se aferraban a la colcha—. Voy a... no puedo. ¡Dios, Maggie! —Y esto último lo dijo casi gritando, que es cuando Maggie notó la primera descarga de líquido pastoso y espeso en su lengua.

El cuerpo de Simon se sacudió mientras se corría en la boca de Maggie, y ella aguantó como pudo, apretando con la boca. Él jadeaba, se sacudía, dejando su simiente en su garganta. Finalmente, cuando dejó de estremecerse, ella se apartó y le dio un beso en el vientre. Le había dado placer. Incluso le había hecho perder el control. Estaba casi mareada de tan feliz como se sentía, ebria de poder.

—Ven aquí —jadeó Simon.

Sus grandes manos la sujetaron por las axilas y la levantó hasta colocarla a su lado. Sus miradas se encontraron. Los ojos azules de Simon eran dulces y estaban cuajados de una ternura que Maggie sintió hasta las puntas de los dedos de los pies.

Le apartó los cabellos del rostro y sujetó aquella espesa mata a un lado.

—¿Sabes —le preguntó con voz suave— en qué estaba pensando antes mientras me masturbaba?

Ella meneó la cabeza.

—Te estaba imaginando haciéndome justo lo que me has hecho. Y la realidad, mi dulce amiga, ha superado todo lo que hubiera podido imaginar. —La sujetó por la nuca y le hizo bajar la cabeza hasta su boca—. Bésame. Deja que te pruebe.

Sus bocas se encontraron y él le abrió enseguida los labios con la lengua y se coló dentro. Ella lo besó con intensidad, con violencia, alimentando la chispa que había entre ellos.

Al cabo de un momento, la hizo tenderse sobre la espalda.

—Ahora debo corresponder el favor.

Simon se puso entre las piernas de Maggie, consciente de que jamás había sentido una necesidad tan acuciante de complacer a una mujer.

Dio unos pequeños besos en la piel cremosa de la cara interna de los muslos. Podía oler su excitación, veía el brillo del deseo en la vulva. Deseo por él. Aquella imagen habría hecho caer a cualquier hombre de rodillas.

Se detuvo un instante solo para mirarla. Piel clara, con venillas azules que se veían bajo la superficie. Un pegote de vello negro le cubría el pubis. Y las piernas se abrían ante él, llamándolo. Resultaba increíblemente erótico.

—Eres preciosa —susurró.

Con la punta de la lengua siguió los bordes externos de la vulva que protegía la entrada.

—¡Simon! —exclamó ella saltando levemente, y él la sujetó por las nalgas para que no se moviera.

Aquella reticencia le sorprendía. Seguro que alguno de sus amantes le habría hecho aquello antes.

—Relájate, Maggie. Deja que te dé placer.

Y entonces lamió desde la base de la abertura hasta el pequeño capullito del extremo, sin reparar casi en el chillido asustado de ella. ¿Cómo podía fijarse en nada más teniéndola desnuda ante él, con su sexo tan mojado e hinchado e innegablemente delicioso? El sabor dulzón de su excitación estalló en su lengua y a punto estuvo de gemir. Nunca se cansaría de aquello. Si pudiera elegir cómo quería morir, moriría haciendo aquello.

Maggie profirió un sonido inarticulado cuando Simon se concentró en el capullito, el pequeño cúmulo de nervios donde se concentra el placer de una mujer. Simon jugó y la atormentó, utilizando su boca, su lengua, sus manos e incluso sus dientes para hacerla enloquecer, atento a sus gemidos y sus gritos para saber qué era lo que más le gustaba.

Y mientras él le hacía aquellas cosas, ella lo aferraba por la cabeza, enredando los dedos en su pelo. A los pocos segundos sus muslos empezaron a temblar y su cuerpo se puso tenso. Simon le metió un dedo dentro y consiguió el efecto deseado. Maggie dejó escapar un grito ronco, sacudiéndose toda ella, mientras por dentro sus músculos se cerraban. Le encantaba que no se guardara nada, que le mostrara aquella reacción tan sincera y entusiasta, probablemente la más sincera y entusiasta que había visto nunca. De hecho, le gustaba tanto que su erección se debatía contra la ropa de cama reclamando su atención.

Cuando Maggie dejó de estremecerse, Simon la cubrió con su

cuerpo. Era exquisita, con su piel sofocada, el pelo negro y revuelto, y la expresión somnolienta y satisfecha. Le apartó el pelo de la cara.

—Lo que has hecho es perverso —dijo jadeante.

—Querida mía, lo que te he hecho no es nada comparado con lo que me queda por hacerte. —Se inclinó para chupar el hueco tras su oreja y movió las caderas para llevar su pene hinchado contra su piel—. La próxima vez me echaré sobre la espalda y tú te pondrás encima, con los pies en mi cabeza. Y así los dos podremos darnos placer con la boca simultáneamente.

Ella aspiró y arqueó la espalda, claramente conforme con el plan. Él sonrió y le pasó la mano por el pecho.

—Te gusta la idea ¿verdad? ¿Quieres que te diga qué más quiero hacerte?

Y lo masajeó con fuerza, con el pezón suave entre los dedos.

—Simon —suspiró ella, parpadeando hasta cerrar los ojos.

—O mejor te lo enseño.

Descendió hasta sus pechos y rodeó aquellas exuberantes elevaciones con las manos. Tan adorables y redondos. Pezones perfectos que sabían a terciopelo. Bajó la cabeza y rodeó la punta con la lengua. Ella arqueó la espalda, empujando contra su boca, así que tomó la perla y chupó con fuerza.

Simon siguió lamiendo las puntas tiesas de sus pechos, mientras Maggie se aferraba a él. Cuando la tuvo retorciéndose bajo sus manos, profiriendo leves maullidos, se puso encima y entró en ella. El cuerpo de Maggie se cerró sobre él, cálido y fuerte, y él cerró los ojos de pura felicidad.

—Jesús —se oyó decir con voz rasposa mientras trataba de no perder el control. Necesitaba prolongarlo un poco.

Ella le rodeó la cintura con las piernas, apretando para animarlo, y el instinto se adueñó de él. El deseo y la necesidad lo dominaron, una fuerza que no pudo resistir… igual que la mujer que tenía bajo su cuerpo. Empujó con empeño, una y otra vez, haciendo fuerza con las caderas, oyendo el palmoteo de sus cuerpos al juntarse. Maggie le clavaba las uñas en la espalda, sus dulces jadeos llenaban su mente. No podía parar, no podía ir más despacio.

De pronto, Maggie se puso tensa, contuvo la respiración. Él gimió.

—Dios, sí. Siente ese placer, Mags.

Maggie dejó escapar un grito y los músculos sedosos de su interior lo exprimieron. Simon sintió que la presión iba en aumento en la base de su espalda, se extendía por sus pelotas y consiguió retirarse a tiempo para correrse sobre las sábanas. El semen siguió saliendo, en oleadas sucesivas de euforia que lo dejaron seco. Cuando por fin terminó, se desplomó sobre el lecho, sorprendido por la intensidad y la rudeza con que la había tomado.

Cerró los ojos y la acercó a su lado. Y trató de recuperar el aliento junto con la cordura. ¿Había sido así alguna vez con alguna de las otras mujeres? Porque él no lo recordaba. Unos dedos femeninos se deslizaron sobre su pecho, curiosos y tranquilizadores, y por una vez Simon permaneció en silencio. No estaba seguro de que le saliera la voz, y no quería que ella supiera que se sentía tan tocado. Las emociones que lo embargaban no tenían precedente. Aquella mujer se había colado en su interior y lo había vuelto del revés, y ahora no estaba muy seguro de lo que tenía que hacer.

—Tendría que volver a mis aposentos —dijo ella, haciendo ademán de levantarse.

—No te atrevas a levantarte de esta cama. —Cerró el brazo con fuerza en torno a su cuerpo y la acercó más a sí—. Aún no he terminado contigo.

—¿Ah, no? —y le pasó su pie suave sobre las espinillas.

—No. Solo necesito un momento para recuperar las fuerzas. —Y el sentido.

—Um. Entonces, si me levanto y me voy, estarás demasiado débil para seguirme.

Él cambió de posición para mirarla.

—Te seguiría al fin del mundo, Maggie. Esta vez no te alejarás de mí.

Y lo decía en serio. Ya la había perdido una vez; no la dejaría escapar. No importa lo que hubiera sucedido en el pasado, la quería, y aquella noche era prueba más que suficiente de lo satisfactorias que podían ser las cosas entre ellos.

Maggie se mordió el labio y sus mejillas se tornaron de un rosado claro. Simon no habría sabido decir si sus palabras la complacían o la abochornaban.

—¿Qué le dijiste a Cora? ¿Cómo te ganaste su confianza y conseguiste que colaborara?

Simon se relajó ante aquel cambio de tema. No tenía por qué desnudar su alma ante ella en su primera noche juntos. La primera de muchas, esperaba.

—Le prometí que aquí estaría a salvo, que nadie la obligaría a hacer nada en contra de su voluntad.

—¿Y ella te creyó?

Simon le acarició la espalda y bajó la mano para sujetar una de las nalgas.

—Puedo ser muy persuasivo. ¿Todavía no lo has entendido?

Ella le dedicó una sonrisa sarcástica, señaló con el gesto al otro dormitorio.

—Teniendo en cuenta dónde estamos y lo que acaba de pasar, tengo muy presente tu capacidad de persuasión.

—Vaya, como si no fueras tú quien ha entrado en mis aposentos para empezar —bromeó—. Diría que fuiste tú quien me sedujo, señora mía.

Esta vez el color que tiñó las mejillas de Maggie fue más intenso.

—Es muy poco caballeroso que me lo recuerdes.

Simon hizo rodar sus dos cuerpos para colocarse encima de ella.

—Cariño, eso es algo que jamás te permitiré olvidar.

Y la besó con dulzura antes de que tuviera ocasión de contestar. Y siguió besándola, hasta que Maggie gimió y le suplicó que volviera a tomarla.

Cuando los dos quedaron saciados, Maggie se acurrucó a su lado, con el brazo sobre su pecho, derramando su aliento rítmicamente sobre su piel. Simon jamás se había sentido tan satisfecho. ¿Qué importancia podía tener el pasado si ahora la tenía en su lecho? Los otros hombres, los escándalos, las mentiras... todo estaba olvidado. Lo único que importaba era el ahora. Y esa noche había encontrado todo lo que siempre había querido.

—Ahora eres mía —susurró contra la espesa mata de sus cabellos.

Y mientras se dormía, con Maggie en los brazos, estuvo pensando en todas las travesuras que quería hacerle a Maggie por la mañana.

Sin embargo, al amanecer ya se había ido.

—Milord, un tal señor Hollister desea verle.

Simon suspiró y dejó los cubiertos con cuidado apoyados en el plato. Había bajado temprano con la intención de comer algo rápido para poder hacer una visita a Maggie a primera hora. Tenía montones de preguntas rondando por la cabeza, empezando con el motivo por el que se había escabullido de su cama de madrugada. Por Stillman sabía que Maggie había mandado llamar a una doncella hacia las cuatro y media para que la ayudara a vestirse y se había ido en su carruaje después de pasar a ver un momento a Cora.

El hecho de que no se hubiera quedado le había dejado un amargo sabor de boca, una amargura que no suavizó el delicioso café de la mañana.

Y ahora se presentaba el detective. Simon seguía decidido a encontrar a Lemarc, por supuesto, pero en aquellos momentos tenía demasiadas cosas en la mente para entretenerse a escuchar el informe de Hollister.

—Dile que vuelva esta tarde, Stillman.

Su mayordomo hizo una reverencia y se fue, y Simon cogió su taza para dar un reconfortante trago. Los diarios se amontonaban en la mesa, sin leer. Había estado mirando las páginas, sin ver nada, tratando de encontrar un sentido a todo aquello. La noche antes, Maggie se había colado en su habitación a escondidas y se había ido de igual modo en el momento en que se quedó dormido. ¿Es que se arrepentía de lo que habían hecho?

No, se dijo. Seguro que no. Quizá es que, por una vez en sus veintitantos años de vida, había demostrado cierta preocupación por su reputación. Los sirvientes siempre hablan y seguramente Maggie no quería arriesgarse a que la descubrieran en su lecho. Distendió los hombros, tratando de aliviar parte de la tensión que se había instalado en esa zona en las pasadas horas. Sí, sería eso.

Lo que Maggie no entendía es que quería casarse con ella. Los rubís de los Winchester seguían esperando en su estudio, aquel conjunto exquisito que había pertenecido a su familia durante cinco generaciones. Todas las condesas de Winchester los habían lucido en el día de su boda, y Maggie no sería una excepción a pesar de su pasado.

Stillman regresó con expresión desdichada.

—Milord, disculpe, pero el señor Hollister insiste en verle.

Simon se pasó la mano por su mandíbula recién afeitada. ¿Qué podía haber tan condenadamente importante? Después de todo, había leído una nota de Hollister hacía apenas tres días. ¿Había descubierto la identidad de Lemarc en ese intervalo? No parecía probable. Aun así, si despachaba aquel asunto con rapidez, podría dedicarse a cosas más importantes. Se puso en pie.

—Bien. Que pase al estudio.

Simon entró en su estudio cuando Stillman y Hollister se acercaban por el pasillo. Fue hasta su mesa y no se molestó en disimular su impaciencia cuando se tiró con desgana en su asiento.

—Y bien, señor Hollister. Aquí me tiene, dígame, cuáles son esas noticias tan importantes.

E hizo tamborilear los dedos en el reposabrazos.

Hollister entró e hizo una reverencia. Su expresión habitualmente seria y reservada reflejaba un evidente orgullo.

—Lo he encontrado, milord. O más bien, *la* he encontrado.

Simon se quedó helado.

—¿La? —Y con el gesto le indicó que tomara asiento.

—Sí, milord —contestó Hollister sentándose en la silla que quedaba frente a la mesa—. Hemos estado siguiendo al chico de los recados de McGinnis. Se llama Henrik. Sus padres llegaron hace tres años desde Prusia y el chico empezó a trabajar para McGinnis alrededor de un año después de que abriera. Su tarea habitual consiste en entregar paquetes, cuadros y demás por la ciudad. Y a veces va a buscar material. Y entonces vimos que iba a una abadía en Knightrider Street. Llegó con las manos vacías y salió con unos paquetes envueltos en papel marrón que parecían lienzos y grabados.

»Así que durante unos días también estuvimos vigilando la abadía. Un día vimos que entraba una mujer con algunos paquetes similares. Y salía sin nada. Mi hombre la siguió hasta su casa en Charles Street.

Simon frunció el ceño, porque los pensamientos empezaban a atropellarse en su cabeza dolorida. ¿Charles Street? No. No podía ser. ¿Cómo? ¿Por qué? Y de pronto todo cuadraba, las piezas encajaron en su sitio y Simon se quedó de piedra. Dios. El paisaje. ¿Cómo no lo había visto? No era necesario que Hollister siguiera con su informe, pero la sorpresa lo había dejado sin habla y no pudo decirle que parara.

—A partir de ahí conseguimos un nombre e hicimos ciertas indagaciones. Resulta que esta mujer y McGinnis se conocieron en una pequeña localidad de Norfolk llamada Little Walsingham. Estaba casada con un hombre acaudalado que la palmó hace casi dos años. —Hollister se aclaró la garganta y siguió hablando—. El hombre le dejó una pequeña cantidad y suponemos que la viuda dio una parte a McGinnis para que abriera el negocio. Tengo un amigo en el banco y me confirma que McGinnis ha estado ingresando dinero en los últimos dos años, presumiblemente por piezas que se venden bajo el nombre de Lemarc. Una bonita cantidad, si se me permite decirlo.

—Deje que lo adivine —comentó Simon con la mandíbula apretada—. Lady Hawkins.

Hollister pestañeó.

—Bueno, pues sí, milord. Excelente. El señor puede que incluso conozca…

Simon golpeó la mesa con la palma, y el tintero y la pluma se sacudieron. Hollister palideció, pero no dijo nada, y se limitó a mirar cómo Simon echaba humo en silencio. Oh, había sido tan monumentalmente estúpido. Maggie se había estado riendo de él. Notó un nudo caliente y furioso en la garganta. Lord Vinochester. Maldita sea. Le daban ganas de golpear algo. A alguien. Lo que fuera.

Maggie lo había estado humillando mientras él bebía los vientos por ella. Otra vez. Dios, ¿es que nunca aprendería?

La caja de terciopelo donde guardaba los rubís de los Winchester descansaba burlona en una esquina de su mesa. Tenía treinta y cuatro años, pero no parecía mucho más despierto que cuando tenía veintitrés. Su padre, un parangón de inteligencia y fortaleza, estaría muy decepcionado. «La gente siempre esperará que tengas un comportamiento honorable.»

Los ojos de Simon se clavaron en Hollister, que seguía en su silla.

—¿Está seguro?

—Totalmente, milord. Tengo pruebas, si el señor necesita verlas.

Hollister señaló con el gesto una cartera de cuero marrón que estaba en el suelo.

No, no necesitaba pruebas. En el fondo, sabía que lo que Hollister afirmaba era cierto. El cuadro que había visto en la salita de la casa de Maggie, su conocimiento de la técnica… Oh, debía de haberse reído a base de bien con todo aquello. Tuvo que hacer un gran esfuerzo para permanecer sentado y no salir en estampida de la casa para ir a exigir respuestas.

—No, no será necesario —se obligó a decir—. Buen trabajo, Hollister. Envíeme una factura, y no olvide incluir cien libras como recompensa.

El investigador sonrió feliz.

—Muchas gracias, milord. Y si alguna vez necesita alguna otra cosa, solo tiene que mandarme llamar.

—Lo haré. Gracias, Hollister.

Simon esperó a que el detective se fuera y entonces él mismo se dirigió a toda prisa a la puerta.

—¡Stillman! —llamó.

El mayordomo llegó desde donde sea que los mayordomos se metían durante el día.

—¿Milord?

—El faetón. Ahora.

Y volvió como una exhalación a su estudio. Tenía que coger una cosa antes de conocer al famoso Lemarc.

*H*asta ese momento, había sido un día extraordinario.

En su estudio, Maggie se había puesto a trabajar en los paisajes para Ackermann, y no había dejado de sonreír como una tonta. Era difícil recordar un momento en que hubiera sido más productiva. Se sentía relajada y descansada, a pesar de lo poco que había dormido. Las mejillas se le encendieron, por motivos evidentes. Bueno, había estado en la cama, pero desde luego no había descansado.

Simon se había dormido el primero, con aquel rostro patricio tan bello y juvenil. Estuvo observándolo mucho rato, contenta de poder admirarlo. Los labios entreabiertos, el pecho que subía y bajaba. Las pestañas rubias rozando sus pómulos angulosos. La fina capa de vello que se extendía por su mandíbula. Qué íntimo poder ver y tocar aquellos pelos afilados cuando brotan en el rostro de un hombre. Qué doméstico.

Maggie deseaba con todo su ser permanecer en la calidez de aquel lecho, junto a él, mientras su piernas desnudas se rozaban en aquel duermevela postcoital. Pero no era real. Aquella sensación de satisfacción era una ilusión. Simon no sabía nada de ella. En realidad, seguía creyendo todas las falsedades hirientes que se rumoreaban. Y por muy tierno y dulce que hubiera sido esa noche, no podía borrar el dolor de lo que sucedió el año de su presentación en sociedad.

De modo que se obligó a apartarse de los brazos de Simon, se levantó y volvió a casa. Mejor así. Más seguro. No podía permitirse sentir ternura o afecto por él, no ahora. Nunca.

«Demasiado tarde», susurró una voz en su interior. Y se sentía el corazón tan henchido de emociones que temió que fuera cierto.

Volvió a su trabajo, el único solaz que tenía en su vida tumultuosa, decidida a olvidar. No importa lo caótico que fuera todo a su alrededor, siempre le quedaba el arte. Era su forma de llevar alegría y belleza a un mundo duro, violento y a veces cruel.

La luz de la mañana apenas si había empezado a iluminar el cielo cuando llamaron a la puerta.

—¿Sí?

Estiró los dedos para aliviar la rigidez.

Tilda apareció.

—Milady, el conde ha vuelto y desea verla.

—¿Ahora?

Oh, Señor. No esperaba verlo tan pronto. ¿Tal vez venía para contarle las novedades sobre Cora? ¿O quería hablar de lo sucedido entre ellos? Tuvo un mal presentimiento.

—Por favor, hazlo pasar, Tilda. Yo bajo enseguida.

La criada asintió y se retiró. Maggie dedicó unos minutos a ponerse presentable. Se lavó las manos. Se quitó el delantal y lo colgó. Se pasó las manos por la cara y se pellizcó las mejillas. Y entonces sacó unos guantes blancos e inmaculados de uno de los cajones de la mesa y se los puso para ocultar las manchas de pintura de sus dedos. Aquella rutina la tranquilizó, le permitió concentrarse en algo distinto a la inquietud que notaba en el estómago. No se arrepentía de lo sucedido la noche antes, en absoluto, pero no deseaba ver a Simon tan pronto.

Lo encontró en la salita, junto a la ventana, con las manos sujetas a la espalda. El solo hecho de ver sus cabellos de color arena y los hombros anchos le hizo vacilar.

—Buenos días.

Simon se volvió y Maggie vio enseguida que algo estaba muy mal. Sus ojos azules y brillantes siempre tenían un destello de inteligencia o picardía. Pero en aquel momento parecían apagados. Simon parecía… perdido. Furioso.

Maggie frunció el ceño y se acercó.

—¿Estás enfermo? Tienes…

—Tenía que haberlo imaginado. —Caminó hasta la pared y señaló un cuadro—. El cuadro, el paisaje. Tenía que haberme dado cuenta. Tenía que haber sido capaz de reconocer tu mano en él.

Maggie pestañeó.

—No lo entiendo. ¿A qué te refieres? ¿Qué le pasa al cuadro?

Pensaba que quería hablar de lo sucedido entre ellos. ¿Y en vez de eso venía para hablar de sus cuadros?

Él le indicó que se acercara con el dedo. Maggie sintió un miedo terrible en el pecho, pero se obligó a acercarse. Su corazón resonaba con fuerza en sus oídos.

—Aquí. —Y con un dedo largo y elegante tocó un diminuto pájaro que andaba por unas aguas superficiales junto al mar—. Un chorlito con plumaje de invierno.

—Sí. Correcto. Los veía con frecuencia en Little Walsingham.

—Es evidente.

Simon fue hasta una mesita auxiliar. Cogió un pequeño cuadro y se lo mostró. Un calco exacto de aquel chorlito. Oh, no. Los cuadros de pájaros… había utilizado el mismo esbozo a lápiz en los dos…

Las piezas encajaron. El aire abandonó sus pulmones y sintió que su visión se oscurecía. Apoyó una mano en la pared para sostenerse. Señor, ¿es que se iba a desmayar?

—Qué honor conocerle por fin, Lemarc.

12

A Maggie no se le pasó por alto el tono despectivo de su voz.

—¿Cómo…? —preguntó con voz notablemente fuerte, considerando lo débil que se sentía—. ¿Cómo lo has descubierto?

—Contraté a un detective. Estuvo siguiendo al chico de los recados de McGinnis.

—La abadía.

Cerró los ojos. Maldita sea. Y ella que pensaba que había sido tan lista.

—Sí, la abadía. De verdad, Maggie, hubiera esperado que fueras más cuidadosa. Pero claro, a ti la respetabilidad no te preocupa mucho ¿verdad? —Tenía la mandíbula apretada y los hombros rígidos, y parecía temblar de ira—. No me puedo creer que me hayas vuelto a engañar. Cómo te debes de haber reído estas semanas. ¡Vinochester! ¡Por Dios! —Y arrojó el cuadro sobre la mesa, donde aterrizó con un sonido seco—. ¡Te pedí que me ayudaras a encontrarte a ti misma!

Ella pestañeó, pero no se acobardó ante su ira manifiesta. No había tiempo para sentimientos heridos ni para nudos de remordimiento en el pecho. No, tenía que solucionar aquello. Simon estaba en posición de hacerle mucho daño, política y socialmente… tanto en la forma de lady Hawkins como en su faceta de Lemarc. La parte personal no le preocupaba especialmente, ya hacía años que había perdido la esperanza en ese frente. Pero no estaba dispuesta a permitir que nada amenazara su modo de vida o, Dios no lo quisiera, lo destruyera.

—¿Qué piensas hacer? —le preguntó muy tranquila.

Él se dio la vuelta y frunció el ceño.

—¿Que qué voy a hacer? ¿Es eso lo que tienes que decir? Ni disculpas, ni explicaciones. —Y de sus labios brotó un sonido áspero y seco—. Por supuesto. Tú nunca das explicaciones.

—Puedes creer lo que quieras. Es lo que hacen todos. A nadie le interesa la verdad. Pero necesito saber cuáles son tus...

—A mí sí, Maggie. Me interesa mucho la verdad. Y me gustaría mucho saber por qué me has convertido en el hazmerreír de Londres. ¿No tuviste bastante con humillarme hace diez años? ¿Tenías que volver a aparecer en mi vida y hacer lo mismo?

¿Humillarle... hace diez años? Maggie abrió la boca sorprendida.

—¿De qué estás hablando? Hace diez años *tú* me diste la espalda cuando hubo aquel escándalo. ¿En qué sentido crees tú que eso es humillarte?

—Oh, por favor, Cranford me lo dijo. Me habló de él y de los otros.

Las palabras le dolieron a Maggie como un puñetazo. No era ninguna sorpresa, pero oír aquello en voz alta le dolió más de lo que esperaba. Sobre todo porque era Simon quien lo decía, la única persona que hubiera debido saber que no era cierto. Ya no era solo el hecho de que cuando aquello pasó ellos eran amigos, le acababa de entregar una parte de sí misma, se había abierto a él como no había hecho nunca con nadie. Y allí estaba, apenas unas horas después, pensando lo peor de ella. ¿Qué debía hacer para ganárselo? ¿Cómo lograr que la creyera?

La respuesta era evidente: nunca la creería. Era igual que los demás, que todas aquellas personas perversas y ávidas que se hacían llamar caballeros y damas y a quienes nada les gustaba más que un buen chisme a costa de otro.

Maggie notó que los ojos le escocían y apretó los puños. Nada de lágrimas. No por él. Por ninguno de ellos.

Endureció su corazón y enderezó los hombros levantando un muro de fría decisión ante ella. Lo mismo que hacía cada vez que alguna dama la ofendía en la calle. Cada vez que algún necio le hacía proposiciones en alguna de sus fiestas. Cuando las invitaciones a los eventos sociales más importantes no llegaban. Su testarudez irlandesa, hubiera dicho su padre. Pues sí, y por una vez se alegró de tenerla. No les dejaría ganar. Ella reiría última, señalaría lo ridículo que era su mundo mientras se guardaba su dinero en el bolsillo. Le había costado muchísimo trabajo conseguir su éxito e independencia, y no pensaba renunciar a ellos.

Simon seguía mirándola furioso, con el cuerpo en actitud ofensiva, la mandíbula rígida, como si estuviera listo para el combate. Era evidente que quería hacerla enfadar. Sí, es lo mismo que querían todos: insultar a la ramera medio irlandesa para que perdiera los papeles y se comportara como una puta cualquiera buscando clientes en pleno Covent Garden. Ni hablar.

Así que contuvo su ira, la enterró muy adentro y lo miró con expresión serena. Una parte de ella le decía incluso que guardara silencio. Después de todo, hacía ya tiempo que sabía lo inútil que es intentar hacer cambiar a una persona de opinión una vez se decide. Y la verdad tampoco cambiaría nada. Solo Becca conocía los hechos, su hermana; ella era la única persona a quien Maggie había contado lo sucedido.

Pero, por otro lado, quería decirlo, necesitaba revelar la verdad, aunque solo fuera para ver la cara que ponía Simon.

Arqueó una ceja, interpretando lo mejor que pudo el papel de duquesa viuda y soberbia.

—No sé qué te dijeron, ni sé de qué cartas hablas. Hace diez años, no estuve con ningún hombre.

—He visto las cartas que enviaste a Cranford con mis propios ojos. He visto la prueba.

¿Lord Cranford tenía cartas… suyas? La idea era absurda. Jamás le había escrito ni una palabra a aquel hombre, no hablemos ya de una carta.

—Jamás escribía cartas a ningún hombre y desde luego nunca escribí a Cranford. No sé qué te mostraron, pero no era mío. Era virgen cuando me casé con Hawkins.

Simon pestañeó y Maggie vio las dudas aparecer en sus penetrantes ojos azules.

—No lo entiendo. Te vieron a solas con Cranford. Con las ropas desarregladas. Cranford dijo a todo el mundo que...

—¿Que, gracias a mi sangre irlandesa, me iba a levantar las faldas delante de cualquiera? —dijo Maggie, terminando la frase por él.

Un músculo se movió en la mandíbula de Simon, pero asintió.

—Y en Londres todo el mundo lo creyó, incluido tú.

Fue hacia la ventana. En la calle, dos niñas caminaban hacia el parque cogidas del brazo, seguidas a una distancia prudencial por sus doncellas. Las niñas reían, disfrutando de un día sin preocupaciones en su existencia protegida. Y Maggie sintió una punzada de envidia. ¿Cómo sería tener toda la vida por delante, sin la tara del odio y los prejuicios?

—¿Me estás diciendo que Cranford mintió? ¿Y por qué iba a hacer tal cosa?

Maggie mantuvo la vista clavada en la gélida y gris mañana londinense.

—No lo sé. Me resistí a sus avances, y muy vigorosamente debo decir, así que imagino que herí su orgullo masculino.

—Espera. Cranford... ¿se lo inventó todo? ¿Para conseguir qué, tu ruina? No tiene sentido. ¿Y qué clase de avances por su parte pudieron hacer que te vieran en el estado en que te vieron?

Ella dio la espalda a la ventana y lo miró. Él la miraba con intensidad, con un ceño en su bonito rostro.

—Estoy segura de que puedes imaginarlo, Simon.

Simon se puso rígido, sus fosas nasales se hincharon.

—Por Dios. ¿Por qué, Maggie? ¿Por qué no se lo dijiste a todo el mundo?

—Nadie me hubiera creído. Ni siquiera mi madre me creyó. Ya sabes lo que parece siempre cuando pasa algo así. Todos aceptan la palabra del caballero.

—Yo te hubiera creído, Maggie. Yo. Te hubiera escuchado y hubiera intentado ayudarte. Tendrías que haber acudido a mí con la verdad.

¿Es que no lo entendía? No tendría que haber sido necesario. Ese era el problema. Él debería haber sabido que ella no habría sido capaz de algo tan ruín.

Aquella temporada Simon había sido su apoyo en medio de los cotilleos y las sonrisas burlonas. Ella nunca encajó, con su aspecto irlandés y su pelo oscuro tan distinto de la palidez superior de las jovencitas inglesas. Pero cuando estaba junto a Simon, su pedigrí menos que impecable no importaba. Una sonrisa suya y podía soportar todo lo demás. Era una jovencita tonta enamorada del hombre más atractivo de la ciudad, y el sentimiento parecía mutuo. Sí, Cranford había mentido; pero Simon ni siquiera le dio la oportunidad de explicarse.

—Ya veo —dijo él con voz neutra. Casi parecía dolido—. Así que Cranford arruina tu reputación, pero no confías en mí lo bastante para confesarme la verdad y en vez de eso prefieres casarte con Hawkins. ¿Podrías explicarme entonces por qué soy yo el que se ha convertido en un borracho en tus caricaturas? ¿Qué hice para merecerlo?

Maggie no podía explicarle sus verdaderos motivos, no, no lo haría. No podía hablarle de su corazón roto y sus esperanzas de un futuro juntos aniquiladas. Sonaba terrible... melodramático. «No hay furia como la de una mujer rechazada», como en la obra de Congreve. No, ella prefería reservarse su historia para otro momento en que pudiera servir de algo.

—¿Es por la propuesta que voy a presentar? ¿Es un intento de desacreditarme públicamente?

Maggie se sintió sorprendida, aliviada. Cielos, ¿por qué no se le habría ocurrido antes? Sí, que pensara que sus caricaturas tenían un origen político y no personal. Y se agarró a aquello.

—No me gusta tu propuesta. Perjudicará a las mujeres a las que quieres proteger.

—Eso no es motivo para convertirme en el hazmerreír de todo Londres, Maggie.

—Tal vez, pero tendrías que estarme agradecida. La popularidad de las caricaturas te asegurará que todos recuerden el nombre de Winchester durante muchos años.

Él la miró con los ojos muy abiertos.

—Sí, pero por los motivos equivocados. Has tomado el nombre de una familia venerable y lo has convertido en sinónimo de ebriedad e irresponsabilidad. ¿En qué sentido podría tener que agradecerte algo así?

Ella encogió un hombro.

—Quizá con el tiempo lo verás de modo diferente.

—Lo dudo. Y, la verdad, te veo sorprendentemente tranquila. Considerando que ahora conozco tu secreto, hubiera esperado que estuvieras más preocupada. Me pregunto qué dirán todos cuando conozcan la identidad de Lemarc.

«Cuando conozcan» había dicho, no «si conocieran». Maggie notó un nudo en el estómago, pero trató de no dejarlo traslucir.

—¿Es eso lo que quieres hacer? ¿Desenmascarar a Lemarc? No creo que a nadie le importe, y dudo que tu posición en el Parlamento pueda beneficiarse si te vinculan a un personaje tan escandaloso.

Simon cruzó los brazos sobre el pecho, y al hacerlo la lana de su levita se tensó sobre sus hombros y sus bíceps bellamente torneados. Maggie recordaba haber recorrido aquellos músculos con los dedos la noche anterior, tratando de memorizar su torso proporcionado para poder dibujarlo más adelante. Aquel recuerdo agridulce le dolió ahora en el corazón.

—Creo que estarán demasiado ocupados discutiendo cómo es posible que Lemarc sea una mujer —replicó él—, ¡y además una dama! ¿Estás dispuesta a afrontar las consecuencias que eso puede tener para tu reputación? ¿Para tu futuro?

—Como si te preocupara mucho mi futuro —se mofó ella.

Sus labios esbozaron una leve sonrisa y se volvió hacia la pared, mostrándole su perfil. Durante un largo momento, no dijo nada.

—Siempre me ha preocupado tu reputación —dijo por fin—. Y si hubiera sabido, si ni tan siquiera hubiera sospechado lo que Cranford había hecho, habría intervenido. Habría evitado que te casaras con Hawkins. Habría retado a Cranford. Habría...

Dejó la frase sin acabar, y Maggie la terminó por él.

—¿Acudido en mi rescate? —y al ver que no respondía, añadió—: Es demasiado tarde, Simon. No podemos cambiar lo que pasó. Ya está hecho. Y al final conseguí algo importante. Me ha costado años, pero ahora tengo mi libertad. Y no renunciaré a ella. Ni por ti ni por nadie.

—Sí, ya me ha quedado muy clara cuál es tu opinión sobre mi participación en el asunto, entonces y ahora.

El tictac regular del reloj de la repisa resonaba en medio del silencio. La vista de Simon seguía clavada en la pared. Maggie no sabía qué decir. En parte, le habría gustado confesar hasta qué punto lo necesitaba cuando sucedió todo diez años antes, pero ¿qué sentido tenía eso ahora? Simon estaba furioso con ella por diferentes motivos, y tal vez fuera lo mejor.

—¿Qué vas a hacer ahora que sabes lo de Lemarc?

—¿Es lo único que te preocupa, que descubra tu secreto?

—En estos momentos, sí.

—Cuando lo decida, te lo haré saber.

Y, con la mandíbula tan apretada que Maggie pensó que se le iba a partir, abandonó la habitación.

El Black Queen era un local cochambroso, mucho más que los otros tres que habían visitado esa noche. Simon entró en la sala principal de aquel antro de juego y dejó que sus ojos se acostumbraran a la escasa luz. La atmósfera estaba cargada de humo, y resultaba tan difícil ver como respirar. Sin embargo, teniendo en cuenta la clase de cliente que frecuentaba aquellos tugurios, quizá era mejor así.

Había hombres por las mesas, con la desesperación pegada a su persona como un perfume dulzón, mientras las jovencitas que había trabajando andaban arriba y abajo esperando que alguien las invitara.

Aquel no era uno de los locales medio respetables que servían a los aristócratas; no, en aquel lugar uno se arriesgaba a que le clavaran un puñal en las costillas si los dados caían en la posición equivocada. Y era justamente el tipo de garito donde Simon esperaba encontrar a Cranford. Aunque claro, lo mismo podía decirse de la docena de locales que habían visitado en las últimas dos noches.

Colton había estado siguiendo la pista de Cranford desde que rescataron a Cora en el burdel de madame Hartley, porque la madame sospechaba que él era el atacante. Sin embargo, el duque no era conocido por su discreción, y seguramente Cranford supo lo que pretendían incluso antes de que empezaran a buscar. El vizconde había desaparecido. Pero Simon, que conocía la afición de Cranford por el juego, pensó que podían empezar buscando por los garitos más deshonrosos.

—Bueno, ¿por dónde empezamos? —preguntó Colton a su lado.

—¿Por qué no busco yo al propietario esta vez? Tú puedes buscar entre los clientes.

—¿Estás seguro? Fitz dice que este sitio lo regenta O'Shea y que es su antro favorito.

—Sí, volveré en unos minutos.

Antes de que pudiera moverse, una mano lo agarró por el hombro.

—Winchester. —Era Colton—. Ya llevas, cuánto, ¿treinta y cuatro horas sin dormir? Sé que quieres encontrarlo pero…

Simon se puso tenso. No, no quería encontrar a Cranford. *Necesitaba* encontrarlo. Necesitaba partirle la cara. O la nariz. Seguramente las dos cosas. Ninguna retribución sería suficiente. Había arruinado la vida de Maggie. Dios, y la suya también. Sin aquellas cartas, Simon habría pedido la mano de Maggie. Habría…

—Muy bien. —Colton levantó las manos en señal de rendición—. Ya veo que no vas a cambiar de opinión. Solo quería sugerir que descansaras un poco. Estás empezando a asustarme.

Simon no quería dormir. Cada vez que cerraba los ojos veía el dolor en el rostro de Maggie, un dolor que difícilmente podía fingir.

«Nadie me hubiera creído. Todos aceptan la palabra del caballero.» Y eso después de que Cranford la agrediera, el muy cerdo. Qué asustada debió de sentirse, qué desolada al saber que no había hecho nada para merecer aquello. La ira se enrocó en su estómago, la misma que le había impulsado a seguir adelante desde que salió de casa de Maggie hacía dos días.

—Dormiré cuando le haya disparado una bala al corazón a Cranford.

Simon se acercó al hombre que vigilaba la sala. Casi todos los garitos funcionaban igual: los propietarios permanecían al margen, lejos de la acción, mientras dejaban a algún hombre de confianza vigilando las salas de juego. Por eso Simon ya sabía que aquel hombre no era el responsable, pero podía ayudarle a encontrarlo.

—Necesito ver a tu jefe.

Los ojos astutos y oscuros del hombre siguieron escrutando la sala.

—Está ocupado.

—Contando el dinero, imagino. —Simon se acercó más, con actitud amenazadora—. Necesito información, y si no consigo lo que busco, volveré cada noche con las fuerzas del orden para clausuraros el garito hasta que lo consiga.

El matón suspiró y levantó la vista a una pasarela en el piso de arriba. Sus manos hicieron unas rápidas señales y esperó. Finalmente asintió.

—Por la puerta de atrás. Diles que Piper te ha dicho que puedes subir.

Simon siguió las indicaciones sin dudar y al poco estaba subiendo una estrecha escalera que llevaba al piso de arriba. Un hombre fornido esperaba en lo alto.

—Sígueme —dijo, y guio a Simon por una serie de corredores. Se detuvo ante una vieja puerta de madera y la abrió—. Por ahí.

Simon cruzó el umbral y se detuvo. Un grupo de hombres de aspecto rudo estaban jugando a las cartas en torno a una mesa redonda y pequeña tapizada con bayeta. Todos levantaron la cabeza para mirarle.

—Bueno, bueno, bueno. —El hombre más fornido dejó sus cartas sobre la mesa y cogió su puro—. Un conde y un duque en mi local la misma noche. —Le dio una palmada en el hombro a su vecino—. Parece que estoy prosperando, chicos.

Todos sonrieron con gesto burlón, pero miraban a Simon con desconfianza.

—El señor O'Shea, supongo.

La boca del hombre se crispó y se repantigó en el asiento.

—O'Shea, a secas. En esta parte de Londres no nos gustan los títulos. Me dicen que busca cierta información. Aunque es difícil imaginar qué puede querer un conde de un sitio como el *Black Queen*. Si no es que busca algún negocio ilegal.

Simon meneó la cabeza.

—Estoy buscando a alguien. Y me preguntaba si usted sabría decirme dónde puedo encontrarle.

O'Shea sonrió.

—¿Y qué le hace pensar que yo le puedo ayudar a encontrar a uno de sus amigos finolis?

—Ese hombre no es mi amigo. Tiene un título, pero sus gustos son más bien… bajos. Se ha corrido la voz de que yo y mis amigos le buscamos y sospecho que se está ocultando en algún lugar de Londres. Quizá en esta parte.

—¿Quién es? —preguntó O'Shea y expulsó un anillo de humo.

—El vizconde Cranford.

Simon notó el destello de reconocimiento antes de que O'Shea pudiera disimularlo.

—No sé. Quizá me suena. —Se rascó con gesto ocioso el cuello—. ¿Cuánto vale la información para el señor?

Tierras, dinero, poder. Simon habría dado lo que fuera, todo cuanto estuviera en su mano, por conocer la respuesta… aunque eso no pensaba decírselo a O'Shea, por supuesto.

—¿Qué quiere?

O'Shea sonrió.

—Primero tomemos una copa. —Señaló a uno de los hombres que había en la mesa—. Trae la botella que tengo en el cajón de debajo de mi mesa, ¿quieres? Y un vaso limpio para su eminencia.

El hombre se puso en pie y O'Shea señaló al asiento libre.

—Siéntese, lord Winchester.

Simon se acercó y se sentó en la silla. Y en ese momento los otros hombres que había a la mesa se levantaron y se dispersaron, y lo dejaron solo con O'Shea.

James O'Shea era un matón, pero también un hábil hombre de negocios. Era el dueño de la mayoría de los locales de juego, burdeles y bares de ginebra del este de Londres. Se rumoreaba que había golpeado a un hombre hasta matarlo porque olvidó pagar su bebida. Y a pesar de eso, Simon no estaba preocupado. Él había negociado proyectos de ley, tratados de paz, contratos con queridas… Podía manejar a O'Shea. La clave estaba en conservar la calma y dejar que la otra parte revelara algún punto débil primero.

Pusieron un vaso ante cada uno y dejaron la botella ante O'Shea.

—Bien —dijo el hombre, y dicho esto, destapó aquella botella sin distintivos y sirvió una pequeña cantidad de un líquido marrón claro en cada vaso. Simon supuso que se trataba de whisky, aunque despedía un olor extraño y áspero que le hizo arrugar la nariz—. Le diré lo que sé. Cuando haya tomado un trago conmigo.

Simon cogió el vaso. Sin más preámbulos, se lo llevó a la boca y se bebió aquello de un trago. En cuanto el alcohol llegó al fondo de su garganta, se dio cuenta de su error. «Virgen santa…» Nunca había probado nada igual. Era como si se acabara de tragar un ascua ardiendo. Sintió que el aire abandonaba sus pulmones y se quemaba por dentro, y trató de respirar mientras los ojos se le llenaban de lágrimas. Oyó vagamente que O'Shea reía entre dientes y apuraba su vaso.

Tras lo que le parecieron minutos, aunque en realidad solo fueron unos segundos, Simon consiguió respirar. Trató de aparentar normalidad, aunque las llamas lo estaban quemando por dentro.

O'Shea sonrió, dejando al descubierto su boca de dientes amarillentos e irregulares.

—Es para mi uso personal. Destilado por mi hermano en Dublín.

—Imagino que su propósito era matarle a usted.

O'Shea se rió, con un sonido atronador y profundo.

—Me aseguraré de decirle eso. Y ahora, su lord Cranford. Yo también tengo interés por encontrarle. —Estiró el brazo y volvió a llenar los vasos, cosa que hizo que el estómago de Simon rugiera como protesta—. Me debe una importante cantidad de dinero y no suelo olvidarme de los hombres que me deben tanto.

—¿Y? —preguntó Simon cuando vio que el hombre no seguía hablando.

—Termínese usted la bebida y le diré más cosas.

Un juego. O'Shea estaba convirtiendo aquello en un juego para ver hasta qué punto deseaba la información. Simon cogió su vaso, molesto, decidido a conseguir respuestas al precio que fuera. o'Shea también levantó su vaso y brindó.

—*Sláinte*.

A la mañana siguiente, Simon avanzó por el pasillo de la casa de Colton con movimientos cuidadosos y medidos. Lo que fuera con tal de no mover la cabeza más de lo necesario. Un martillo le hubiera dolido menos que lo que sentía en aquellos momentos dentro de su cabeza. Al menos esperaba no vomitar en el suelo de mármol.

Un mayordomo le abrió la puerta del comedor, apartando la vista de la indigna imagen de un conde con resaca. Simon encontró a Julia sola, sentada a una pequeña mesa, con una taza de porcelana en la mano.

—Buenos días, Simon, por favor, siéntate. ¿Quieres comer algo?

El estómago de Simon dio un vuelco.

—No, gracias —consiguió decir, y entonces fue al otro extremo de la habitación y se sentó.

—Agradezco que Colton me dejara dormir aquí ayer noche, aunque no entiendo por qué no me llevó a mi casa.

—Estaba preocupado por ti, zoquete. Ni siquiera te tenías en pie. Y ahora yo también estoy preocupada. Todos estamos preocupados por ti. Y pienso averiguar qué está pasando.

Simon se pasó una mano por la cara.

—No tengo tiempo para cháchara, Jules. Tengo que ir a casa a cambiarme. He dormido con la ropa puesta. No hacía algo así desde la universidad.

—Dejando aparte tu aspecto espantoso, creo que podrías dedicarme unos minutos. Y no creo que tengas tanta prisa por tu apariencia. No, creo que se trata más bien de tu interés por encontrar a Cranford. Veo que te sorprendo. ¿De verdad creías que no me iba a enterar de lo que Colton y tú os llevabais entre manos?

—Sí —confesó él demasiado mareado para mentir—. ¿Qué te ha dicho?

—Me lo ha contado todo, incluyendo la información que conseguiste anoche a costa de ahogarte prácticamente en whisky barato.

Simon se puso rígido y rebuscó en su mente turbia. ¿Qué había dicho O'Shea? Que Cranford le debía una importante cantidad de dinero. Y que mantenía una casa de la que su esposa no sabía nada. La casa estaba en… ¿Holborn? ¿Bloomsbury? Maldita sea, no se acordaba.

—¿Cómo sabe Colton lo que me dijeron?

—O'Shea se lo dijo. Colton y Fitzpatrick ya han estado en el apartamento de Cranford. Ya no está allí. Lo dejó hace semanas. Pero no te preocupes, piensan registrar toda la ciudad hasta que lo encuentren. Y aparte de eso, poco más se puede hacer. Ahora quiero que hablemos de lo que piensas hacer con Maggie.

Simon se puso tenso.

—¿Con Maggie?

—No te hagas el tonto. ¿Sabías que ha huido a París?

No, no lo sabía. Se frotó la nuca, pensando. ¿Por qué se iba a ir a

París? Recordó su última conversación y pestañeó. Estaba tan enfadado y dolido que había hecho creer erróneamente a Maggie que desvelaría su identidad como Lemarc. ¿De verdad lo había creído? La idea hizo que se sintiera peor.

—Cuando nos hayamos ocupado de Cranford, buscaré a Maggie.

—«Y me disculparé.»

—Simon, nunca ha habido secretos entre nosotros.

Él arqueó una ceja, y eso la hizo reír entre dientes.

—Vale. *Normalmente* no hay secretos entre nosotros. ¿Mejor así?

—No mucho. ¿Y lo decías por?

—Quiero saber qué ha pasado con Maggie. ¿Qué ha hecho que huya a París y que tú estés dispuesto a matarte por encontrar a Cranford?

Simon conocía bien aquel brillo decidido en su mirada. Julia no cejaría en su empeño, y quizá a él le iría bien poder hablar con alguien.

—Imagino que Colton te ha contado cómo fue el escándalo con Maggie, que Cranford mintió y me mostró unas cartas falsas que me hicieron creer que el *affaire* fue consensuado.

—Sí, y Maggie me ha contado algo también. Al menos su versión de lo que pasó.

Simon la miró boquiabierto.

—¿Maggie te lo ha contado? ¿Cuándo? ¿Por qué no me lo habías dicho?

Julia le miró con expresión de suficiencia…, algo digno de ver, puesto que él la superaba con creces en altura, incluso sentado.

—Cuando estábamos en casa de madame Hartley. Y yo no traicionaría su confianza de ese modo. De haber querido que lo supieras, te lo habría contado ella.

—¿También te ha dicho que ella es Lemarc? ¿Que ella es la responsable de las caricaturas de Vinochester?

Julia pestañeó. Abrió la boca, la cerró.

—No, no me lo dijo. Yo… nunca se me habría ocurrido. Ni en un millón de años.

Simon lanzó un bufido.

—A mí tampoco. Pero ahí lo tienes.

—¿Cuándo te lo ha dicho?

Él meneó la cabeza.

—No ha sido ella. Contraté a un detective. Y lo averiguó.

—Dios. Esa mujer es… bueno, su trabajo es impresionante. Los dibujos con tiza debían de ser suyos. Es un genio.

«Sí, un genio inteligente, hermoso e irritante.»

—Y deja que adivine —siguió diciendo Julia—. Te pusiste furioso y ella no se disculpó.

—Al principio. Pero hay más.

Y entonces Simon le contó la historia, empezando por Maggie, que no confió en él lo suficiente para contarle lo que realmente sucedió durante el escándalo, la creación de Lemarc para desacreditarlo políticamente y para terminar, la amenaza de él de desvelar su verdadera identidad.

—Oh, Simon. —Los ojos azules de Julia se llenaron de compasión—. ¿Es que no lo ves? ¿Estás tan ciego que ni siquiera se te ha ocurrido pensarlo?

—¿Que no veo el qué?

—Cuando eras pequeño ¿no hiciste nunca nada para llamar la atención de alguna jovencita? Tirarle del pelo o ponerle un gusano en el zapato. —Y debió de quedarse mirándola con cara de perplejidad, porque Julia añadió—: Bueno, seguramente nunca te hizo falta. La cuestión es que Maggie quería que te fijaras en ella.

—¿Convirtiéndome en una figura ridícula? Oh, vamos, Jules.

—Es evidente que le partiste el corazón. Razón de más para elegirte como objetivo. Tendrías que sentirte halagado.

Aquello se parecía bastante a lo que Maggie le había dicho cuando la obligó a confrontarse con los hechos. No había dicho nada de corazones partidos, claro, pero dio a entender que tendría que estarle agradecido por haberlo inmortalizado en la forma de caricatura. Simon se restregó en mentón, le dio vueltas a la idea.

—Y no olvidemos que esos dibujos han multiplicado tu popularidad por diez. Vinochester no ha perjudicado a tu reputación... al contrario. El personaje te ha consolidado como uno de los políticos más importantes del momento. Te ha hecho un gran favor.

—Pues a mí no me lo parece.

—Porque eres orgulloso. Y en parte también por lo que sientes por ella.

—Tendría que haber confiado en mí. Cuando estalló el escándalo. Si en aquel momento hubiera acudido a mí...

No pudo terminar la frase. Pero tampoco hizo falta. Si había una persona capaz de saber lo que sentía era Julia.

—Lo sé —dijo su amiga con suavidad—. Y es evidente que no tenía que haberte convencido para que no retaras a Cranford. Tendré que pedirle perdón por el papel que yo misma desempeñé en todo esto... —Hizo una pausa para dar un suspiro—. Lo que pasó durante su presentación en sociedad me da escalofríos. Era tan joven. Y entiendo que creyeras a Cranford y sus cartas falsas, pero deberías haber hablado con ella. Al menos tendrías que haberle dado la oportunidad de defenderse.

—¿Me estás diciendo que me merezco lo de Vinochester?

—No. Sí. —Levantó las manos en alto—. No lo sé. Lo que digo es que está claro que le importas. Y está claro que tú la amas. Así que ¿qué piensas hacer al respecto?

Amar. ¿Amaba él a Maggie? ¿Cómo se puede amar a una mujer a la que no entiendes ni conocees?

—Necesito un café.

Se levantó, fue hasta el aparador y se sirvió una taza. Tras dar un trago reparador, decidió no darle más vueltas. Las emociones que Maggie despertaba en él eran una maraña demasiado intensa para ponerle nombre. Y no tenía ni idea de lo que ella sentía por él. Volvió a su asiento.

—No podré volver a mirarla hasta que me haya encargado de Cranford.

Julia frunció el ceño.

—¿Estás dispuesto a apartarte de ella una segunda vez?

—No —repuso él con una brusquedad que los sorprendió a los dos—. Solo necesito...

—¿Tiempo? Me temo que no lo tienes. Ahora mismo, Maggie va de camino a París y no tiene intención de volver. Me han dicho que ha dado instrucciones para que cierren la casa de Londres. Quién sabe el tiempo que se quedará en Francia o a dónde irá. ¿Puedes permitirte dejar que se escabulla? Porque cuanto más tiempo piense que la has dejado marchar, más dolida estará cuando finalmente la encuentres.

Simon decidió explicarlo sin tapujos para que Julia lo entendiera.

—Necesito hacer sufrir a Cranford, Jules.

Ella resopló, un gesto que Simon reconocía como de una irritación extrema.

—Estás convirtiendo esto en algo personal, eres tú y tu necesidad de vengarte, Simon. Y aquí no se trata de ti, se trata de Maggie. Por lo poco que sé, diría que ella se ha reconciliado con el pasado. Lo que ha conseguido es asombroso. Te retrató en esos dibujos porque le hiciste daño. Mucho daño. Y ahora vuelves a hacerlo.

Finalmente, Simon lo entendió. Como si un rayo de sol hubiera penetrado un cielo oscuro, de pronto supo que Julia tenía razón. Tenía que concentrarse en Maggie. Lo importante era encontrarla y dejar atrás el pasado. Porque la idea de perderla para siempre le hacía sentir un nudo de pánico en el pecho.

—Ve a buscarla, Simon. Se siente dolida, y tú eres el único que puede cambiar eso.

13

No mucho después, París

—*Ma chère*, relájate. Me estás poniendo nervioso.

Maggie miró al otro lado de la pequeña mesa, a su mentor y buen amigo Lucien Barreau, con su pelo castaño artísticamente desordenado y sus facciones delicadas. Maggie solía bromear y decir que parecía más poeta que pintor. Tenían más o menos la misma edad —Lucien era un año mayor—, pero él llevaba pintando toda la vida. Sin duda, era el artista más dotado, generoso y entendido que había conocido.

Y en aquel momento la estaba mirando con una expresión ceñuda en su hermoso rostro.

—Perdóname —ofreció ella débilmente.

Se llevó una delicada taza a los labios y dio un sorbo al oloroso y cálido té parisino.

—Maggie —dijo Lucien con suavidad. Sus ojos marrones eran compasivos pero decididos—. Basta ya, *s'il vous plâit*. Llevas aquí casi tres semanas, y tanto lloriquear… no lo soporto. No es propio de ti.

Ella le dedicó una mirada altiva, la que reservaba para quienes la criticaban.

—Yo no *lloriqueo*.

Lucien dejó escapar un suspiro pesado y algo postizo y siguió con la lectura de su periódico. Ella se recostó en la silla de metal, sorprendentemente cómoda, y observó la escasa actividad de la calle por la ventana.

Lucien se había mudado hacia poco fuera de las murallas de la ciudad, al pueblecito de la colina de Montmartre. Maggie sospechaba que era para tener una mayor privacidad, además de para distanciarse del creciente conservadurismo e inquietud que se había adueñando de la población civil en París en los últimos años. Se alegró de ver que, con los años, Lucien empezaba a valorar las cosas más sencillas y alegres y dejaba a un lado las causas políticas. Con sus molinos de viento y sus viñedos, Montmartre era una alternativa tranquila al caos de su vida anterior.

El café, situado en el interior de una casa de huéspedes a unas manzanas del edificio donde Lucien tenía su residencia, tenía el mismo estilo que los que se veían por todas partes en Francia: una hilera de mesas, algunos cómodos sofás y espejos con marco dorado decorando las paredes. Como decía Lucien a menudo, los franceses eran como jovencitas caprichosas... querían estar siempre rodeados de cosas bonitas.

Buena parte del gentío de la mañana se había dispersado y en el local solo quedaban unos pocos clientes. Maggie seguía mirando pensativa por la ventana. Se inclinó hacia delante y expulsó el aire, y la diminuta nube de vaho formó una O perfecta en el cristal frío. Estiró el brazo y trazó un intrincado dibujo con el pulgar.

—Vi que ayer recibiste una carta de la señora McGinnis. ¿Cómo están las cosas por Londres? —preguntó Lucien con indiferencia por encima de su ejemplar de *Le Constitutionnel*.

La propietaria de la tienda le había escrito para informarle de las ventas, ofertas y de los cotilleos que circulaban por Londres en los círculos artísticos. Sin embargo, en aquellos momentos Maggie no deseaba pensar en Lemarc... ni en Londres.

—Igual que siempre. La señora McGinnis empieza a impacientarse por saber cuándo entregaré mis próximas piezas.

—No has trabajado gran cosa desde que llegaste. ¿No crees que ya sería hora de que te pongas?

Maggie le sacó la lengua y eso lo hizo reír. Pero tenía razón, por supuesto. La vida no se paraba por un corazón destrozado… eso lo había aprendido hacía muchos años. Y por eso hizo algo que para ella era tan natural como respirar: sacó su cuaderno de bocetos y su lápiz de la bolsa y se puso a dibujar. La señora McGinnis no estaba preocupada porque sí. Casi había terminado el plazo para entregar los dibujos a Ackermann. Maggie no podía seguir permitiendo que los problemas la apartaran de su rutina.

Al poco, Maggie estaba inmersa en los movimientos de su mano y en los trazos que aparecían sobre el papel. La mañana siguió su curso, la campanilla de la puerta de la entrada sonaba de vez en cuando. Se oían voces parloteando, pero Maggie no prestaba atención. Lucien la conocía demasiado bien para decir nada, y ella siguió plasmando una idea tras otra sobre el papel.

Cuando tuvo el boceto como lo que quería, dejó sus instrumentos.

—¿Qué vamos a hacer hoy? —preguntó a Lucien, estirando los dedos para desentumecerlos—. ¿Otro museo?

Él dobló su periódico.

—Yo he de ir a la ciudad. Esta tarde Henri tiene ensayo y desea que le dé mi opinión sobre su interpretación. ¿Quieres acompañarme?

—Podría ser divertido. Dijiste que tengo que ver la nueva obra de Géricault.

—Oh, *oui*. *La balsa de la Medusa*. Causará furor en el Salón de París de este año. —La mirada de Lucien casi brillaba, como sucedía con frecuencia cuando hablaban de arte en mayúsculas—. No debes abandonar París sin haberla visto.

—¿Y quién ha dicho que voy a dejar París?

Lucien puso los ojos en blanco.

—Los ingleses sois tan impetuosos. Una discusión con tu amante y huyes. No me quejo, porque eso te ha traído a mi lado. Pero llegará un momento en que lo añorarás lo bastante para volver o él vendrá a París a buscarte.

—Te equivocas —le discutió Maggie—. No pasará ninguna de las dos cosas. Tenía motivos perfectamente aceptables para abandonar Londres... y no todos tenían que ver con un hombre.

—No lo dudo, *ma chère*.

El diario temblaba ligeramente, y Maggie sospechaba que Lucien se estaba riendo.

Dio un bufido y cruzó los brazos.

—Y no es mi amante.

Un ladrido divertido llegó desde detrás del papel. Maggie miró a su amigo con expresión furibunda pero contuvo la lengua. Sí, estaban aquel encuentro en su salita —no volvería a mirar aquel sofá con los mismos ojos— y la noche en Barrett House. Una noche mágica en Barrett House que la marcaría para siempre. El fuego que había visto en los ojos de Simon cuando la vio desnuda por primera vez. Su aliento caliente y acelerado contra su oreja, el delicioso peso de su cuerpo cuando entró en ella. El gemido bajo cuando encontró su placer. No, nunca, nunca olvidaría aquella noche.

Pero no habría más noches mágicas para ella y Simon. Una sensación de pesar aleteó en su corazón y trató de contenerla con la voluntad.

Había hecho lo correcto al abandonar Londres. París era como un bálsamo para el alma herida de un artista. Allí podía distanciarse de las ataduras de la alta sociedad inglesa, ocultarse en la casa de Lucien y concentrarse en su arte. En Francia se sentía más Lemarc que lady Hawkins. Todo un respiro.

Pero ya era hora de que dejara de compadecerse, por Lucien y por sí misma.

Aun así, no tenía intención de volver a Inglaterra. Podía quedarse en París tanto como le apeteciera. Simon seguiría con su laureada carrera política, sin la traba de que lo relacionaran con la ramera medio irlandesa y/o Lemarc. Marcus y Rebecca se irían al campo y su madre seguiría teniendo su asignación. Los trabajos de Lemarc se seguirían vendiendo en la tienda de la señora McGinnis. De hecho, no se le ocurría ninguna buena razón para volver a Londres en un futuro próximo. Tal vez dedicaría unos años a viajar por el Continente, como soñaba con hacer en otro tiempo.

Su mirada volvió a Lucien, que seguía sospechosamente callado detrás del diario. Las palabras que le había dicho le dolían en su orgullo. «Simon no es mi amante», repitió para sus adentros. Aunque podía haberlo sido, de ser otras las circunstancias. Le habría gustado mucho aprender más travesuras de la mano de Simon. O más bien, las manos.

La idea le hizo sonreír, pero su alegría se desvaneció en cuanto recordó su última conversación. No había sido una discusión... o al menos no en el sentido en que Lucien insinuaba. Simon pareció... decepcionado. Por no hablar de lo dolido que se había sentido por su falsedad. No había querido atenerse a razones, aceptar sus explicaciones, y eso no era culpa suya. Era tan testarudo.

Cierto es que ella tampoco se había esforzado especialmente por ayudarle a entender. Maggie cogió el lápiz de la mesa y lo agitó entre los dedos. ¿Para qué? Nadie la escuchaba nunca. Y Simon no iba a ser una excepción. Después de todo, había aceptado las mentiras de Cranford. Ni siquiera se había molestado en tratar de encontrar una explicación a aquel escándalo. Sí, Cranford había aportado pruebas, pero eran falsas, todas falsas. ¿No podía al menos haber albergado alguna pequeña duda?

Que el demonio se los llevara a todos: Simon, Cranford y la alta sociedad londinense. Estaba cansada de intentar encajar en un mundo donde nadie creía en ella ni tenía ningún interés por la verdad. Por Dios, no era ninguna pánfila propensa a dejarse llevar por la histeria. Había soportado el escándalo, un corazón roto, un matrimonio forzado, la muerte de su padre, el rápido declive de su madre, que la alta sociedad en pleno cuchicheara sobre ella...

No pensaba esconderse ni quedarse lamiéndose las heridas, abrumada por todo lo que había sucedido. Lucien tenía razón. Aquello no era propio de ella. Lo que significaba una cosa.

—Te acompañaré a la ciudad —le dijo a Lucien—. Quiero saber mirar si mi antigua casa en *l'avenue* Gabriel está disponible.

—¿Te refieres al domicilio que dijiste que era demasiado grande para una sencilla viuda inglesa?

—El mismo. Y si bien la casa es demasiado grande para una sencilla viuda inglesa, es perfecta para la irreverente ramera medio irlandesa. Es hora de dar una fiesta.

Lucien bajó el periódico muy despacio para sonreírle.

—Por fin. Bienvenida, *ma chère.*

Ni siquiera el hecho de estar en otro país evitó los cotilleos. En realidad fue al revés. Vivir entre extranjeros convertía a los ingleses en un grupo muy cerrado, y cualquier noticia de los de casa se difundía con rapidez. Por tanto, Simon supo de Maggie en cuanto se mudó a la bulliciosa casa de la avenida Gabriel.

Cuando se enteró, sintió un alivio enorme. Ya llevaba dos semanas en Francia, y a pesar de sus esfuerzos no había conseguido localizarla. Y empezó a considerar los peores desenlaces posibles: que se hubiera caído por la borda durante la travesía en barco. Que la hubiera secuestrado una banda de ladrones. Que la información que tenía estuviera equivocada y no hubiera ido a París.

Le preocupaba que los temores de Julia se hubieran hecho realidad y hubiera perdido a Maggie para siempre.

Por tanto, cuando supo dónde estaba, su primer impulso fue correr hacia allí, disculparse y besarla con frenesí. Quint había tardado un cuarto de hora en convencerlo de que no lo hiciera.

—La señora no recibe visitas, Winchester. Me han negado la entrada y dudo que vaya a mostrarse más hospitalaria contigo —fueron las palabras de Quint cuando regresó—. No, después de comportarte como lo hiciste. El mejor plan de ataque sería aparecer en algún momento en que no pueda escapar y obligarla a escucharte. He oído que va a dar un baile de disfraces dentro de diez días. Iremos, y entonces podrás explicarte.

Así pues, durante más de una semana, Simon se dedicó a andar arriba y abajo en sus aposentos de la planta superior en el Hôtel Meurice como un león enjaulado, sin hacer otra cosa que pensar en Maggie. Julia había puesto la semilla, pero ahora Simon sabía que aquello era un hecho. No se había casado por Maggie. Durante todos esos años había intentado convencerse de que era porque prefería estar solo, pero lo cierto es que no había encontrado a nadie como ella. Nadie que le hiciera sentir tan vivo cuando entraba en la sala. Que lo tuviera en vilo y no tuviera miedo de plantarle cara. Una mujer que lo había pillado masturbándose y no había huido horrorizada.

No pensaba renunciar a ella. No más mentiras, no más desconfianza. Convencería a Maggie, utilizaría todo su encanto y capacidad de persuasión hasta que aceptara lo inevitable.

Y, en aquellos momentos, estaba junto con la mitad de París apretujado en la sala de baile de la casa de Maggie. Hordas de invitados pululaban por allí ataviados con atrevidos disfraces. Había sátiros y diosas, piratas y cortesanos. Un ejército de madames de Pompadour y de Enriques VIII. Quint había decidido disfrazarse de uno de sus héroes, Francis Bacon, aunque seguramente nadie reconocería el disfraz. Una elección poco práctica, sobre todo viendo los tacones, la peluca y la gorguera, pero cuando Quint tomaba una decisión era prácticamente imposible hacerle cambiar de opinión.

Aunque aún no había visto a la anfitriona, sabía de qué iba disfrazada. Había pagado generosamente por la información para asegurarse de que su atuendo complementara el de ella. Esperaba que Maggie apreciaría el esfuerzo, y más teniendo en cuenta que casi se le congelan las pelotas cuando iba de camino hacia allá.

El sitio era espectacular. Desde luego, Maggie se había superado. El interior del salón había sido transformado en un exuberante oasis egipcio, con palmeras y otras plantas más pequeñas aquí y allá, acompañadas por columnas doradas revestidas con telas rojas. Un tapiz con un paisaje desértico —dunas de arena bajo un ardiente sol naranja— cubría la pared de un lado, y Simon se preguntó si lo habría pintado ella. Se habían dispuesto pequeñas zonas con divanes, almohadones y alfombras para que los invitados pudieran relajarse y observar a los que bailaban.

Los mayordomos también iban disfrazados, con el torso desnudo y un antifaz negro que les daba la apariencia de chacales. El antifaz les cubría la parte superior de la cara y tenía orejas largas y puntiagudas que apuntaban al techo, pero dejaban descubiertas la nariz y la boca. Unas cintas doradas rodeaban la parte superior de sus brazos y de sus cuellos colgaban pectorales de oro y ónice que descansaban contra la piel desnuda del pecho. Unas faldas de color negro y dorado les cubrían hasta la mitad del muslo. ¿Dónde demonios había contratado Maggie a aquellos tipos?

A pesar de la marea de disfraces y máscaras, no le costó mucho localizarla. Estaba en el extremo más alejado de la sala, rodeada de invitados. En su mayoría hombres. Lo cual tampoco era tan raro, viendo el traje endeble y casi transparente que llevaba. La tela se cruzaba apretada sobre sus pechos y los levantaba, y sobre la cabeza llevaba una cinta de oro de la que colgaban pequeñas cuerdas de perlas de oro que caían sobre sus cabellos negros. Unos zapatos dorados adornaban sus pies, y las cintas que los sujetaban se cruzaban sobre sus tobillos. Tenía una copa de champán en una mano y un cetro curvo en la otra.

Cleopatra, exótica tentación de los tiempos antiguos. Simon sintió calor en el vientre, y el deseo y el alivio que se superponían cada vez con más fuerza, hasta que no fue capaz de pensar en otra cosa que no fuera llegar a ella.

Dio un paso en aquella dirección, pero la mano de Quint lo retuvo.

—Paciencia, Winchester. Deja que reciba a sus invitados. No nos interesa que nos echen antes de la cena.

—No nos echará, pero tienes razón. Esperaré a que se haya tomado una o dos copas de champán.

Quint rio.

—Jamás pensé que llegaría un día en que tus habilidades para manejarte con una mujer dependerían de que estuviera bebida.

Simon le lanzó una mirada severa.

—No quiero que esté bebida. Quiero que sea flexible.

—Oh, ¿y ya está?

—Winchester.

Simon se volvió al oír su nombre. Ante él había un hombre con un antifaz negro. Pero a Simon no le costó reconocer aquel mohín suficiente de su boca.

—Markham. No esperaba verlo aquí.

Se volvió para incluir a su amigo Quint en la conversación y vio que había desaparecido.

—Londres es mortalmente aburrido en esta época del año —dijo Markham—. Y se me ocurrió venirme para ver qué se traían entre manos nuestros hermanos franceses. Imagine mi sorpresa cuando he visto esto.

No tenía ninguna duda de que Markham había seguido a Maggie hasta París. En otro tiempo se hubiera sentido celoso, pero ya no le importaban los hombres que hubiera podido tener en su pasado. O que tuviera en su presente. Simon volvería a tenerla. Tendría su sonrisa. Tendría su ingenio y su lengua acerada. Y desde luego, también tendría su cuerpo exuberante moviéndose bajo el suyo.

Unas fuertes palmadas interrumpieron su conversación y Maggie avanzó hasta el centro de la sala. Pidió la atención de los presentes y todos callaron.

—*Mesdames et messieurs* —dijo con voz fuerte—, damas y caballeros, bienvenidos. En consonancia con el tema de esta velada, seguidamente verán las maravillas del Antiguo Egipto.

Se oyó entonces el sonido bajo y rítmico de un tambor. Dos mayordomos vestidos de chacal aparecieron en el otro lado de la sala sujetando las barras de una litera. Cómodamente instalada en la litera había una mujer ataviada de modo muy similar a la Cleopatra de Maggie. Cabellos oscuros que caían sobre los hombros, una diadema dorada rodeando su cabeza. Cuando llegaron al centro de la sala, los hombres colocaron la litera en el suelo y la mujer bajó, dejando que su vaporoso vestido blanco cayera sobre sus piernas hasta los tobillos. El escote era absurdamente bajo y Simon habría jurado que le habían pintado de rojo los pezones. La mujer se quedó totalmente inmóvil, después de levantar sus brazos desnudos como una estatua. Apareció una segunda litera, la misma procesión lenta, y su ocupante se unió a la mujer de la primera y adoptó una postura ligeramente distinta.

Llegaron después una tercera litera, y una cuarta, y luego una quinta, hasta que sumaron un total de cinco mujeres, todas ellas con idénticos vestidos y expresión grave. Cuando los mayordomos se retiraron, el ritmo de los tambores se hizo más rápido y a él se sumó el tintineo de unas campanillas. Los torsos de las bailarinas empezaron a ondularse, mientras sus manos se movían con sacudidas rápidas y efectivas. Simon miró de reojo a Markham, que parecía embobado por la representación. Por la cara que ponía no le hubiera sorprendido ver un hilillo de baba en la comisura de su boca.

Y no es que a él no le gustara la representación. Desde luego, nunca había visto un baile tan desinhibido. Tan… carnal. Las mujeres movían las caderas y bamboleaban los pechos en una descripción descarada del acto sexual. A Simon le recordó lo que había pasado en Barrett House, cuando Maggie estaba a horcajadas sobre él, desnuda, cubierta de sudor, haciendo que su miembro entrara y saliera de su cuerpo. Aquella representación sí que había valido la pena.

Las bailarinas iniciaron un frenesí de movimientos coordinados de las manos, a los que enseguida sumaron los pies. No llevaban calzado, de modo que sus delicados dedos susurraban sobre la madera gastada del suelo mientras avanzaban adelante y atrás. Al cabo de unos minutos, la música siguió *in crescendo* y las mujeres empezaron a girar y girar en círculo haciendo que sus vestidos volaran en torno a sus piernas desnudas por encima de las rodillas, para regocijo de la multitud. Y finalmente, cada una se detuvo adoptando una pose determinada, y el público estalló en aplausos. Simon rio y aplaudió tan fuerte como el que más. Solo a Maggie se le podía haber ocurrido algo tan descarado.

El lento sonido del tambor empezó a sonar de nuevo y las mujeres se dirigieron a la salida lentamente, al mismo paso. Cuando desaparecieron, los invitados empezaron a reír y charlar entre ellos, maravillándose sin duda por la actuación.

—Nunca había visto nada igual —le dijo Markham—. Bueno, me siento revigorizado. Me voy a buscar a alguna jovencita. Siempre es más fácil en un baile de disfraces. ¿Usted qué piensa hacer?

—Prefiero esperar aquí.

Su idea era no quitarle a Maggie el ojo de encima.

—Oh, veo que ya tiene el ojo puesto en alguien, ¿me equivoco? Entonces será mejor que me dé prisa. Si me disculpa.

El hombre se alejó a toda prisa, con la capa negra ondeando a su espalda y Simon lanzó un suspiro de alivio.

Sí, ya tenía el ojo puesto en alguien. Alguien sorprendente, enloquecedora y hermosa.

— *C*leopatra —susurró Lucien al oído de Maggie—, Marco Antonio no te ha quitado los ojos de encima en toda la noche. ¿Por casualidad no conocerás al caballero, *ma chère*?

Era el primer momento que tenían para charlar desde que habían abierto las puertas hacía más de dos horas. A juzgar por el entusiasmo de los presentes, el baile estaba siendo un éxito. Maggie dio un sorbo a su champán y miró a Lucien.

—¿Marco Antonio? ¿Dónde?

—Allí, al fondo, entre la palmera y Juana de Arco.

Maggie se volvió en la dirección que le indicaba y su mirada se encontró con unos penetrantes ojos azules del color del Mediterráneo. Aspiró con fuerza. Simon. Llevaba un antifaz dorado, pero lo habría reconocido en cualquier parte, y aquella mirada intensa le hizo cosquillear todo el cuerpo. Por Dios ¿qué estaba haciendo allí?

Deliberadamente, se volvió hacia otro lado.

—No es nadie importante —le dijo a Lucien—. Solo es alguien a quien conocí. —«Y amé. Y adoré con mi boca.» Aquel pensamiento no deseado le provocó un cosquilleo en el vientre.

—No sé por qué te empeñas en mentirme.

—¿Maggie está mintiendo sobre algo? —preguntó Henri, el amante de muchos años de Lucien, que en ese momento se unió al grupo—. ¿Tiene que ver con el hecho de que no vas disfrazado, Luc? Ya te dije que se iba a sentir decepcionada.

Henri, uno de los actores teatrales más populares de París, iba disfrazado de Hamlet, su personaje favorito, y en cambio Lucien se había negado a vestirse de nadie que no fuera él mismo. Decía odiar los bailes de disfraces, que no eran más que una simpleza de aristócratas. De veras, a veces su mentor podía ser tan estirado.

—No, tiene que ver con la forma en que Marco Antonio mira a nuestra bella Cleopatra.

Henri siguió la mirada de Lucien y procedió a echarle a Simon un buen vistazo. Y cuando terminó, frunció los labios y se inclinó para susurrarle unas rápidas palabras en francés a su amante. Maggie no pudo entender lo que decía, pero vio que Lucien reía y le decía a Henri que parara.

—¿Qué te ha dicho?

Los labios de Lucien se crisparon.

—Que Marco Antonio tiene unas bonitas piernas. —Agitó la mano con gesto ausente—. Y otras tonterías similares. Entonces ¿es él? ¿Es tu amante inglés, que por fin ha entrado en razón y ha venido para llevarte en la noche?

—Ni por asomo —mintió ella—. Mi amante inglés es más alto. Y más guapo.

—*C'est impossible* —le dijo Henri en un aparte a Lucien.

Pero Lucien no hizo caso del comentario y no apartó su mirada perspicaz de Maggie.

—*Non,* estoy seguro de que es él. La pregunta es ¿qué vas a hacer al respecto?

—Estamos a punto de averiguarlo —anunció Henri—. Los romanos nos atacan.

Por el rabillo del ojo, Maggie vio que Simon avanzaba hacia ellos entre la multitud. Una túnica blanca le caía por encima de las rodillas, con un cinturón que colgaba algo suelto sobre su cintura y una toga echada sobre los hombros, sujeta por los extremos con una fíbula de plata. La ropa le sentaba bien, se le veía alto y esbelto, tan atractivo como cualquier estatua romana que hubiera dibujado, con la cantidad precisa de poderío y arrogancia. Su corazón latía con violencia bajo las costillas.

Para su disgusto, Lucien y Henri desaparecieron y la dejaron solita en la abarrotada sala. Pensó en huir, pero seguramente Simon la atraparía. Mejor enfrentarse a él allí, rodeada de cientos de personas.

—Cleopatra —dijo Simon a modo de saludo, hizo una reverencia y se puso el puño sobre el pecho como habría hecho un romano.

Vaya, así que iban a interpretar su papel.

—Antonio. Y yo aquí sin mi áspid.

Él se incorporó y la miró con gesto pensativo.

—Eres demasiado obstinada para morir por propia mano.

—Pero Marco Antonio se mató primero. ¿Quieres que lo comprobemos?

Los labios de Simon se contrajeron.

—Cuánto te he añorado, mi querida Cleopatra.

—¿En serio? Pues debo decir que me sorprende. Hubiera jurado que no querías volver a verme.

—Te equivocas. ¿Quieres dar un paseo conmigo?

La idea de quedarse a solas con él le hizo sentir una fuerte presión en el pecho. Pánico, decidió.

—¿Por qué? Si tienes algo que decirme, puedes decírmelo aquí.

Una ceja rubia se levantó desafiante.

—¿Tienes miedo?

—¿De tropezar con tu túnica? Desde luego. Y las bromitas no son propias de ti.

Empezaban a atraer las miradas y varios de los invitados que tenían más cerca escuchaban la conversación sin molestarse en disimular. Simon se dio cuenta; la tomó de la mano y la arrastró con él.

—Ven conmigo, reina guerrera. Vamos a explorar los jardines.

Donde podían muy bien congelarse. Ella plantó los pies con fuerza.

—No, sígueme.

Maggie lo llevó hacia el salón de la parte de atrás y por el camino cogió una copa de champán de una bandeja y se bebió de un trago el líquido dulce y burbujeante. No tenía ni idea de lo que podía querer, pero ¿acaso no había dicho suficiente durante su última conversación? Que la había añorado. Casi se echa a reír. Incluso si era cierto, eso no era razón para seguirla hasta Francia.

Si había ido hasta allí pensando que se disculparía por lo de Lemarc, se iba a llevar un buen chasco. Tenía tantas posibilidades de que se disculpara por su arte como de que se presentara en el Club Almack's un miércoles por la tarde.

Lucien se interpuso en su camino, con la preocupación grabada en su rostro infantilmente hermoso.

—¿Va todo bien? ¿Me necesitas? —le preguntó en francés.

—Estoy bien. Será solo un momento —contestó ella en inglés, y siguió andando.

A su espalda, Simon y Lucien cruzaron unas palabras que no logró entender. Sin duda Lucien le estaba advirtiendo que no la molestara, algo muy típico de él. Lucien tenía pocos amigos, pero los protegía con empeño. No tenía nada que hacer frente al poderoso conde de Winchester, que podía salir impune de cualquier cosa, salvo del asesinato. Y aun así, le conmovió ver que a Lucien le importaba lo bastante para intentarlo.

Simon la alcanzó cuando estaba a punto de entrar en la sala de música.

—¿Has visto la exposición? —le preguntó.

—No, he estado ocupado.

—Entonces ven. Tienes que ver los objetos que he alquilado para la ocasión.

Entraron en la sala, que se había transformado en un museo en miniatura de arte egipcio. Las mesas formaban un semicírculo y detrás se habían colocado unas pantallas pintadas con motivos y paisajes egipcios. En las mesas se exponían las esculturas que Lucien había conseguido a través de su red de coleccionistas expresamente para aquel baile. Cuando desempaquetaron aquello, Maggie se había reído como una loca: imposible organizar una exposición más apropiada para una mujer con su reputación.

Una pequeña cantidad de invitados, en su mayoría hombres, deambulaban por la sala. Algunas mujeres reían por lo bajo y señalaban, visiblemente incómodas por la temática de las piezas. Maggie notó que Simon las reconocía cuando se acercaron a la primera mesa.

—Son... —empezó a decir—. Um, estatuas de la fertilidad. Tendría que haberlo imaginado.

—Muy bien. La mayoría son variaciones de Min —dijo, señalando la estatua de piedra de un hombre negro con un pene erecto en una mano y un látigo en la otra—. El dios egipcio de la fertilidad.

No muy lejos tenían treinta tallas de madera y piedra, cada una con un falo grande y orgulloso que los egipcios creían que llevaban la virilidad. Simon no dijo nada, se limitó a pasar lentamente de una mesa a otra, observando cada pieza. Se sentiría decepcionado, por supuesto. Y seguro que aprovecharía la ocasión para castigarla por aquel manifiesto desprecio de la propiedad y la decencia. Lo que Simon no parecía entender es que no tenía intención de ser como el resto de la sociedad. No podía hacerlo. Renunciar a Lemarc y dedicarse a coser junto al fuego, mientras esperaba a que su marido regresara de alguna de sus juergas nocturnas. Impensable.

Hubo un tiempo en que soñaba con ser la esposa de un hombre bien relacionado y con una sustanciosa fortuna; pero ahora sabía que en el mundo había mucho más. No renunciaría a la libertad de poder hacer lo que quisiera.

—¿Y esta? —Simon señaló la talla de madera de una figura que era mitad cocodrilo, mitad hipopótamo, con un vientre enorme e hinchado que sobresalía bajo los pechos desnudos.

—Taweret. Diosa del nacimiento y la fertilidad. —Lo observó un momento, buscando alguna reacción, pero no fue capaz de saber qué estaba pensando—. La talla está muy bien conservada. Aún se puede ver el patrón de las escamas de la cola.

—¿Por qué me has traído aquí? —preguntó, sin apartar los ojos de las mesas en ningún momento—. ¿Querías violentarme, lady Hawkins, o tal vez despertar mis instintos más bajos?

14

$\mathcal{M}$aggie no pudo evitarlo y abrió la boca sorprendida.

—¿Tus… instintos más bajos? —balbuceó—. No seas ridículo. Solo he pensado que debías verlos.

—Lástima.

No parecía horrorizado. Ni irritado. Y eso la molestó sobremanera. Parecía… divertido.

Mientras ella meditaba sobre lo poco alterado que lo veía, él la tomó de la mano y la arrastró detrás de las pantallas, a la zona más recogida y oscura de la sala.

—Simon, ¿a dónde vamos?

—Ahora te toca a ti seguirme —dijo, y la llevó a un rincón donde un pianoforte descansaba juntando polvo.

No le veía con claridad en aquella semipenumbra, y sus otros sentidos se agudizaron para compensar. El roce de sus faldas contra su pierna. Su olor tan familiar, cítrico con un toque de tabaco. Estaban tan cerca que casi se tocaban, y Maggie se sentía totalmente inmersa en aquella presencia abrumadora. Sintió que la boca se le secaba.

Había revivido aquella noche en Barrett House tantas veces en su cabeza que recordaba casi cada detalle. Cada movimiento de su mano. Cada caricia de sus labios. Como si su cuerpo fuera un lienzo, y con pinceladas magistrales y toques atrevidos, Simon hubiera creado algo que no existía antes. Algo cuyo potencial solo él había sabido captar con su mirada de maestro. La había transformado.

Pero sería un error permitir que el deseo le enturbiara la razón, por muy extraordinario que fuera lo que había sucedido entre ellos. Había demasiado en juego.

¿Es que pensaba seducirla en aquel rincón? Porque, si era eso, debía disuadirlo enseguida.

—¿Por qué has venido a París? —le preguntó soltándose de su mano—. ¿Para informarme en detalle de cómo planeas arruinar a Lemarc?

Los dedos de Simon le sujetaron un mechón suelto por detrás de la oreja y aquel leve contacto la hizo estremecerse.

—No más mentiras entre nosotros. Te mereces que sea sincero contigo y espero que tú hagas otro tanto. Estaba furioso cuando me enteré, pero en ningún momento he considerado la posibilidad de descubrir a Lemarc.

Maggie conocía bien ese sentimiento. La ira seguía ardiendo en sus venas cuando recordaba aquel último intercambio.

—Ahora entiendo por qué creaste a Vinochester y me ridiculizaste —siguió diciendo—. Y estoy dispuesto a olvidarlo todo para que podamos avanzar. Te he perdonado.

¿De verdad había...? Un zumbido de incredulidad resonaba en sus oídos.

—¿Que *tú* me has perdonado? Tú... engreído insufrible.

Si él tendría que estar de rodillas, suplicándole perdón y renegando de sus palabras y sus actos crueles. Cierto, como conde que era seguramente nunca había sentido la necesidad disculparse ante nadie, pero eso no significaba que no tuviera que hacerlo. La decepción ardía en su pecho y le hizo pronunciar palabras cortantes mientras le daba con el dedo en el pecho.

—Pues no sé si importa mucho que tú me hayas perdonado, Simon, porque yo no te he perdonado a ti. Y dudo que nunca lo haga. Vuelve a Inglaterra. Aquí estás perdiendo el tiempo.

Él le sujetó la mano contra el pecho, con las cejas fruncidas en señal de confusión.

—Ya te he dicho que Cranford me engañó con las cartas. Y créeme, en cuanto lo encuentre le pienso exigir una explicación. Pero tú me has hecho pagar una y otra vez mis pecados con esas caricaturas. ¿No podemos superar esto y seguir adelante?

¿Cómo podía hacerle entender el daño tan grande que le había hecho a lo largo de los años? En el mejor de los casos, seguía pensando siempre lo peor de ella. Cranford era solo una gota en el mar de cosas que pesaban entre ellos.

—No sé ni por dónde empezar. No puedo olvidar todo lo que ha pasado y dudo que jamás pueda perdonarte.

Él meneó la cabeza.

—No te creo. La mujer que estuvo en mi cama en Barrett House era de todo menos rencorosa y amarga. Quiero que seas sincera conmigo, Maggie —le dijo con un tono demasiado razonable—. Y desde que nos conocemos he tenido muy poco de eso. ¿No crees que merezco conocer la verdad?

—¿Sincera? —susurró ella, y soltó la mano con violencia—. Tú no quieres que sea sincera. De haber querido eso me habrías buscado cuando hubo el escándalo para averiguar qué había pasado. Y en cambio, te enclaustraste en el local de madame Hartley durante casi una semana para beber y pasarlo bien.

El rostro de Simon se puso flácido por la sorpresa.

—¿Cómo demonios sabes tú…?

—Maggie —dijo una voz afable interrumpiéndolos, y una mano se apoyó en su hombro. Al darse la vuelta, vio a Lucien a su lado—. Vosotros dos —dijo el amigo mirando a uno y a otro—, estáis llamando demasiado la atención. Quizás tendríais que retiraros a algún lugar más discreto de la casa, *non?*

Cerca de las pantallas, varias caras se habían vuelto de modo muy poco discreto hacia el fondo de la habitación. Demonios. Bueno, al menos los invitados no podrían quejarse por falta de entretenimiento.

—No será necesario —repuso Maggie—. Ya hemos terminado. Lord Winchester ya se iba.

No había ido nada bien.

Simon se pasó una mano por la mandíbula y observó cómo Lucien escoltaba a Maggie hacia las luces y el bullicio del baile. Se obligó a tragarse la frustración, dejó escapar un suspiro. Esa noche se había equivocado, desde luego. Quizá tendría que haber discutido con Quint el enfoque que debía dar al asunto antes de presentarse en la fiesta. Bueno, ahora ya daba igual. Tendría que reparar el daño... pero primero debía averiguar qué era lo que la había hecho ponerse tan furiosa.

¿Y cómo se había enterado de su infame estancia en el burdel de madame Hartley hacía años? ¿Colton? ¿Julia?

Se reincorporó a la fiesta. Tendría tiempo de sobras para pensar mientras la vigilaba. No le gustaba la idea de que estuviera allí sola, sin protección. Algunos de los invitados masculinos se habían mostrado excesivamente solícitos y no dejaban de rondarla. No, no le gustaba.

Encontró a Quint en cuanto entró en la sala. En ese momento sonaba un vals y las parejas abarrotaban la zona de baile, y algunos aprovechaban la ocasión para hacer más que bailar. Un Nerón regordete miraba con expresión lasciva a Boudica, con la mano apoyada firmemente en sus nalgas.

—¿De regreso de tu derrota en Accio, Marco Antonio? —dijo Quint con voz arrastrada antes de llevarse la taza de té a los labios.

—En absoluto. Solo ha sido un pequeño revés.

—Pues no es eso lo que yo he oído. La mitad de los presentes se están riendo por lo bajo. —Quint volvió a dejar la taza vacía en el platito y se lo entregó a un camarero chacal que pasaba en ese momento—. Bueno, ¿y cuál es tu plan de ataque?

—No estoy seguro. No esperaba que se mostrara tan...

No acababa de encontrar las palabras para describirlo, tanta ira, tanta amargura, tanto odio. ¿Cómo enfrentarse a una montaña tan grande de resentimiento en una mujer?

—Ya me lo imaginaba. Dios sabe que poca luz puedo aportar yo sobre la manera en que funciona la mente de una mujer. Todas quieren que las cortejen. Que les hablen. Es… desconcertante.

Cortejar. Um.

—¿Piensas quedarte? —preguntó Quint.

—Sí.

—Te preocupa que esté sola en mitad de este jolgorio —dedujo su amigo—. No se te puede reprochar. Bueno, me voy a buscar a la bellísima Margaret Cavendish, a la que vi antes. Te veré por la mañana.

—Espera ¿quién?

Quint suspiró, horrorizado, sin duda. Y si bien Simon no era ningún tonto, no había muchos que pudieran rivalizar con la rapidez y la agudeza mental de Quint.

—Duquesa de Newcastle durante el reinado de Carlos II. Poeta, autora teatral, etcétera. A ver si te paras a leer algún libro de vez en cuando.

El vizconde se alejó y desapareció en un mar de plumas de avestruz y tricornios.

Simon volvió su atención a Maggie. Estaba en el extremo más alejado de la habitación, cerca de las puertas abiertas de la terraza, rodeada por un pequeño círculo de invitados. Si había que guiarse por sus caras, Maggie los había encandilado con su risa. No podía culparlos. La energía que transmitía fue una de las primeras cosas que le atrajeron de ella.

Simon bebió su champán y observó a los hombres que la rodeaban. No era exactamente que ella los incitara, pero participaba lo suficiente para que cada uno de ellos tuviera un poquito de esperanza. Miradas sostenidas, sonrisas de complicidad, un leve contacto de la mano… Maggie se aseguraba de dedicar la debida atención a cada hombre del grupo. Simon notó una leve presión en el pecho, pero no eran solo celos. No, era algo mucho más complejo. Se sentía un tanto posesivo, como si necesitara subirse a una silla y anunciar a todo el mundo que aquella mujer era suya.

Un hombre vestido como don Quijote sujetó la puerta abierta de la terraza y Maggie dio un paso para salir. Simon se puso rígido. ¿De verdad era tan descarada para permitir que un hombre la escoltara al exterior, sola, donde podían pasar...?

—¿Disfrutando de la velada, Winchester?

Por un momento su atención se desvió al hombre que se acababa de dirigir a él, y que se había plantado a una distancia de un brazo.

—Desde luego. ¿Y usted, Markham?

—Oh, sí. Debo decir que esto supera cualquier fiesta que lady Hawkins haya podido ofrecer en Londres. Aunque usted no puede saberlo, puesto que no frecuenta las fiestas de la ramera.

—No la llame así —dijo Simon con acritud.

Markham lo miró abriendo mucho los ojos.

—¿Qué? ¿Y por qué no? Ella misma se ha puesto muchas veces ese calificativo estando en mi presencia. No veo qué puede tener de ofensivo cuando ella misma lo dice.

Simon apretó la mandíbula. ¿Cómo podía explicarlo sin parecer un tonto enamorado? Observó las puertas cerradas de la terraza. ¿Había salido? Si era así, ¿significaba aquello que era el fin?

—Y estamos en términos bastante íntimos —alardeó el hombre con tono confidencial.

—¿Cómo?

Todos los músculos de su cuerpo se pusieron en tensión. ¿Ella y Markham habían...?

—Bueno, no todavía. Pero tengo grandes esperanzas, sobre todo desde que ha decidido animarme para que me una a la oposición.

Simon casi abre la boca de la impresión. ¿Maggie, animando a Markham? ¿La oposición? Que Simon supiera, Maggie utilizaba a Lemarc para minar la reputación de los políticos y sus causas... básicamente la suya. Jamás habría pensado que pudiera llegar al extremo de hacer una campaña abierta para desbaratar la futura legislación.

—De todos modos —siguió diciendo Markham—, quizá tendríamos que reunirnos aquí en París para discutir esa propuesta suya en mayor profundidad.

Unas semanas antes y Simon habría aprovechado sin dudarlo la oportunidad de exponer sus ideas ante Markham. Necesitaba todo el apoyo que pudiera conseguir, y todos sabían que Markham podía modificar su voto tras una noche de cartas y alcohol. Pero en aquellos momentos tenía cosas más importantes que la política en la cabeza. Como, por ejemplo, descubrir lo que Maggie estaba haciendo en la terraza.

A pesar de lo cual, las normas del juego no permitían que diera una negativa directa. Y pocos había que jugaran a ese juego mejor que él.

—Desde luego que lo haremos, Markham. Estoy en el Hôtel Meurice. ¿Por qué no me acompaña una noche durante la cena?

El pecho de Markham se hinchó, feliz por la invitación.

—Muy bien. Quizá la semana que viene. ¿Ha visto la colección? —Rio entre dientes, y se detuvo—. Oh, mis disculpas.

Simon contuvo un suspiro. Al parecer, Quint no había mentido cuando dijo que la mitad de los invitados habían escuchado su intercambio con Maggie en la sala de música. Sus ojos buscaron una vez más las puertas de la terraza. ¿Qué pretendía? Ni ella ni don Quijote habían regresado. Notaba un cosquilleo en la nuca. Seguro que se estaba preocupando innecesariamente. Estaría tomando el fresco, estaría enfrascada en la conversación. Y a pesar de ello, descansaría mejor si al menos podía verla.

—Disculpe, Markham. Hay un asunto que debo atender ahí fuera.

—*Mon chaton*, estás más adorable incluso que hace tres años.

Maggie le sonrió a Jean-Louis, un hombre tan encantador y guapo como lo recordaba. Jean-Louis, amigo de Lucien, había sido su único amante durante su matrimonio. Y, si bien no se enorgullecía de haber deshonrado sus votos matrimoniales, se había sentido muy sola durante aquellos años, y anhelaba cualquier tipo de afecto. Cuando pasó, hacía ya mucho que Charles evitaba los torpes intercambios físicos que había entre ellos. Y conforme su salud empeoraba, el hombre manifestó su preferencia por la compañía de su querida de siempre, cosa que Maggie agradeció.

Sin embargo, su ineptitud y sentimiento de culpa convirtieron su breve aventura con Jean-Louis en un desastre.

—Tu habilidad con las palabras rivaliza con la que demuestras con el pincel, *mon ami.* ¿Cómo te ha ido? Lucien me dice que ahora te dedicas a los retratos.

—Es cierto. Es más lucrativo y fiable. Acabo de regresar de España, donde he pasado meses pintando a la nueva reina.

—Y frecuentando la compañía de las bellas damas de la corte, imagino.

Él sonrió, enseñando sus dientes regulares y blancos.

—Pues claro. ¿Qué clase de francés sería si no demuestro mis habilidades en ese país pequeño y atrasado?

Maggie rio.

—Qué generoso.

—Lo intento. —Su expresión se volvió más grave cuando estiró el brazo para tomarla de la mano—. Lamento que nuestro… —Hizo una pausa tratando de encontrar la palabra—. Que nuestra relación no tuviera continuidad. Eres realmente hermosa, lady Hawkins. Si alguna vez me necesitas, solo tienes que decirlo.

Cuánto le hubiera gustado sentir algo por aquel hombre dulce y encantador. Cuando se conocieron, ella soñaba que montarían un estudio con vistas a l'Île de la Cité, donde podrían pintar todo el día y hacer el amor toda la noche. Pero sus esperanzas se habían esfumado muy pronto, cuando se dio cuenta de que algo fallaba en su interior… y hasta el momento solo un hombre había sabido despertar ese algo, maldita sea.

Maggie se adelantó y le besó la mejilla.

—Por supuesto. Muchas gracias, Jean-Loius. Fuiste un buen amigo en un momento en que necesitaba desesperadamente compañía.

—Puedo volver a serlo. No lo olvides.

—No lo haré. Y ahora vete o tu encantadora acompañante empezará a preguntarse qué te ha pasado. Yo me quedaré unos minutos a tomar el aire.

—¿Sola? *Non*, no puedo permitirlo. Una mujer hermosa no debe quedarse sola aquí fuera.

Ella agitó la mano.

—Conmovedor pero innecesario. Estoy totalmente segura aquí, de verdad. Por no mencionar el hecho de que yo no tengo ninguna reputación de la que preocuparme. Ve. —Ladeó el mentón en dirección a la casa—. Entraré enseguida.

Jean-Louis volvió adentro, no muy convencido, y Maggie dio un suspiro hondo y purificador. Distraer a sus invitados y al mismo tiempo tratar de no hacer caso de la mirada penetrante de Simon le había provocado un intenso malestar en las sienes. ¿Es que aquel hombre no tenía otra cosa que hacer que pasarse la noche mirándola? Ojalá volviera a su hotel, hiciera las maletas y tomara el primer barco de vapor hacia Londres.

Porque, eso era lo que deseaba ¿verdad?

Se restregó los brazos desnudos para darse calor. Las antorchas que bordeaban la terraza estaban más como decoración que para alumbrar; y aun así Maggie se acercó a ellas. ¿Cuánto tiempo pensaba quedarse Simon en París? «Quiero que seas sincera conmigo, Maggie.» Le daban ganas de reír y también de llorar. En su mundo nadie quería sinceridad…, la alta sociedad londinense estaba construida sobre apariencias y engaños, por Dios.

Por mucho que Simon quisiera la verdad, Maggie llevaba tanto tiempo fingiendo ser alguien que no era que ya no recordaba como era antes, no recordaba a la mujer que lo había deslumbrado durante su presentación en sociedad. Aquella joven ya no existía. Para poder sobrevivir se había convertido en otra persona, una mujer más fuerte y segura. Simon sabía lo de Lemarc y ella le había dicho que las acusaciones de Cranford eran falsas. ¿Qué más quería de ella?

En ese momento oyó el sonido de una bota sobre la piedra y se quedó muy quieta. ¿Había otra persona allí? De nuevo sonido de pies, esta vez más cerca de las escaleras. Maggie se obligó a relajarse. Seguramente sería una pareja de amantes que regresaba a la fiesta. Volvió la espalda para darles intimidad.

—Lady Hawkins —dijo unos segundos después una voz extraña y profunda—. Esta noche está absolutamente deliciosa.

Se le paró el corazón. Aquella voz. Sonaba ligeramente distorsionada, pero un recuerdo pugnaba por salir del fondo de su mente. Maggie se dio la vuelta y se encontró mirando a un hombre con un pesado abrigo y un antifaz de la peste negra. El pico alargado sobresalía de la cara, los ojos oscuros e inexpresivos la miraban a escasa distancia.

—¿Quién es usted? —preguntó sin hacer caso de la sensación de desagrado que le recorría la espalda.

—¿No me reconoce? Estoy desolado.

Con el corazón latiendo a toda velocidad, Maggie concentró su ojo de artista en los detalles. Era inglés, se notaba por el acento y por la ropa. Algo más bajo que Simon y en buena condición física. Bien vestido. No había visto ese disfraz antes y estaba segura de que, de haberlo hecho, lo recordaría.

—Me temo que no. ¿Por qué no se descubre?

—A su debido tiempo, querida mía, a su debido tiempo. Es difícil encontrarla a solas.

La idea de que aquel hombre hubiera estado esperando para abordarla cuando estaba sola no le gustó. Quedarse sola en aquel lugar, tan apartado de la casa y de la protección de los invitados, ahora se le antojó una imprudencia y una arrogancia por su parte. Pero no pensaba acobardarse.

—Si pretende usted hacerme daño, señor, se va a encontrar con una bonita pelea.

—Oh, me encantan las peleas, lady Hawkins. Créame, no hay nada que haga latir la sangre de un hombre más deprisa.

Maggie se tragó la bilis que le subía a la boca.

—¿Qué pretende? ¿Asustarme?

—¿Está asustada? Y yo que pensaba que nada podía asustar al gran Lemarc.

Maggie sintió que el aire abandonaba sus pulmones. ¿Cómo...? ¿Se lo había dicho Simon a alguien? No, ella sabía que no; difícilmente podía querer que se supiera que una mujer se había burlado públicamente de él. El orgullo de un hombre podía ser muy poderoso. Se obligó a controlar el pánico y se puso derecha.

—Me está usted haciendo perder el tiempo con sus tonterías. Descúbrase y diga qué quiere o váyase.

—Si las manos no le temblaran tanto a lo mejor la creería.

Maggie se rodeó con los brazos.

—Es por el frío. No tengo miedo de los cobardes que se esconden detrás de una máscara y acechan entre las sombras.

—Sí, usted prefiere a los que son como Winchester. El próximo gran político, según dicen. Hasta podría rivalizar con Fox.

A pesar de la máscara grotesca, el tono burlón de su voz era evidente.

—Esta conversación me cansa. Si me disculpa.

E hizo ademán de ir hacia la puerta, más que deseosa de zanjar aquel extraño intercambio.

—Supongo que con su reputación ya habrá oído de todo. Él la utilizará, lo sabe, ¿verdad?

Maggie se detuvo y giró en redondo.

—¿Cómo? —preguntó casi sin darse cuenta.

—Winchester. Nunca mantiene sus promesas, seas cuales sean. Es un mentiroso consumado. Tomará lo que quiera y se irá.

—¿Cómo...?

La puerta de la terraza se abrió y apareció Simon. Su mirada pasó de Maggie al hombre con la máscara de la muerte, y entonces se acercó.

—Lady Hawkins ¿puedo ayudarla?

Antes de que terminara la frase, su misterioso acompañante hizo una reverencia y se alejó a toda prisa hacia la casa. Simon se apartó para dejar que pasara y fue hacia Maggie.

—Maggie —dijo con un profundo surco entre las cejas—. Tienes los labios azules. ¿Qué haces aquí fuera? ¿Quién era ese hombre?

Y le frotó los brazos arriba y abajo con las manos. Tenía la piel tan fría que casi le dolía.

Ella meneó la cabeza.

—No lo sé. No me lo ha dicho.

—Que no te lo ha dicho, pero ¿por qué no te lo iba a decir? ¿No es uno de tus invitados?

—No.

Simon se quedó mirando a la puerta, por donde el hombre había desaparecido, con un músculo moviéndose en su mandíbula.

—Vamos dentro y entrarás en calor. Y luego me dirás qué te ha dicho ese hombre para que tengas esa expresión tan desdichada en la cara.

15

$\mathcal{M}$aggie aceptó un saludable vaso de brandy de manos de Lucien. Tenían la biblioteca para ellos solos… después de haber animado a unos entusiastas Hera y Dionisio a que escalaran el monte Olimpo en otro lado.

—Gracias.

Se llevó el vaso a los labios y dio un trago muy poco femenino.

—¿En qué estaba pensando Jean-Louis, retenerte ahí fuera tanto rato? *Mon Dieu*, si estás helada.

—Jean-Louis no me ha retenido. De hecho, insistió en que volviera dentro, pero necesitaba estar a solas unos momentos. Había otro hombre. Llegó desde el jardín.

Lucien se apartó su pelo desordenado de la cara y se dejó caer en una silla.

—¿Desde el jardín? ¿Quién era?

Maggie se encogió de hombros.

—No lo sé. Llevaba una máscara y no quiso decirme su nombre. Dijo que había estado esperando para poder hablar conmigo a solas.

—Ahora entiendo por qué tu conde te ha dejado conmigo y ha desaparecido como una exhalación entre los invitados. ¿Te ha hecho daño ese hombre?

—No, creo que solo quería asustarme. —Dio otro trago a su brandy—. Lucien, sabía lo de Lemarc.

Su amigo la miró con los ojos muy abiertos.

—¿Sabía que tú y Lemarc sois la misma persona? —Y cuando Maggie asintió, preguntó—: *Comment?*

—No lo sé. Muy pocas personas conocen la identidad real de Lemarc, y todas son de confianza. Jamás dudaría de ti o de Rebecca. O de la señora McGinnis.

—¿Qué hay de tu conde? Dices que lo sabe. ¿Crees que puede haber difundido la información?

—Deja de llamarle «mi conde» —espetó Maggie, pero enseguida suavizó el tono—. Y no es él. El hecho de que Lemarc sea mujer le haría parecer aún más ridículo, y con la votación inminente de su proyecto de ley esta primavera estoy segura de que querría evitar eso a toda costa.

—No puedes estar segura, *ma chère*. Quizá…

—No, no es él.

Las facciones de Lucien se suavizaron, pero su mirada siguió escrutándola. Maggie recordaba bien aquella mirada, la del maestro que trata de quitar importancia a un error del pupilo. No quería herir sus sentimientos.

—Maggie, no dejes que tu *tendre* por él te ciegue y no te permita ver lo evidente. Has mantenido el secreto durante dos años. Y entonces tu conde reaparece y descubre que eres Lemarc y ahora resulta que alguien más lo sabe. Parece más que una coincidencia, *non?*

La puerta se abrió y les llegaron los sonidos de la fiesta. Simon entró en la habitación y fue hasta el aparador con una expresión ceñuda en su bello rostro. Maggie se permitió un momento para apreciar la imagen de su cuerpo esbelto vestido de romano. Henri tenía razón: tenía unas bonitas piernas.

¿Le impedían sus sentimientos por Simon aceptar la realidad, que era él quien había revelado el secreto a otra persona? Quizá se lo había confiado a Quint y él a su vez se lo había confiado a alguien. De ser así, a aquellas alturas era bien posible que la mitad de Londres conociera ya su secreto. El dolor que notaba en las sienes iba en aumento, y se puso a masajearse la zona con los dedos.

«Tomará lo que quiera y se irá.»

¿Qué había querido decir el desconocido con aquello?

—Se ha ido —anunció Simon—. Subió a un cabriolé que le esperaba y desapareció. El servicio no recuerda haberlo visto entrar, solo salir. —Se volvió con un vaso de clarete en la mano—. Así pues, ¿me puedes decir qué te ha dicho para alterarte tanto?

Maggie no tenía intención de decirle la verdad. La única persona en la que confiaba plenamente era Lucien, y ni siquiera él conocía todos los detalles. Hay cosas que es mejor no contar. Encogió el hombro.

—Nada importante. Creo que volvía de tener un encuentro amoroso en el jardín y se paró solo por educación.

Simon tragó aquel vino oscuro y de sabor intenso, apoyado en el aparador, observándola por encima del borde de su vaso.

—Mientes —dijo al fin—. ¿Se te insinuó? ¿Es eso lo que ocultas?

Lucien se atragantó audiblemente al oír aquello, pero Maggie siguió mirando a Simon.

—¿Por qué siempre tienes que pensar lo peor de mí?

Él frunció el ceño.

—No tiene nada que ver contigo, sino con la situación. Si un hombre encuentra a una mujer hermosa en una terraza, no es tan raro que se le insinúe.

—Habla la voz de la experiencia, imagino —espetó Maggie.

Lucien se puso en pie.

—Creo que es hora de que me excuse y regrese a la fiesta.

—Lucien, espera. Me duele la cabeza. Si decido retirarme, ¿podrás encargarte de los invitados?

—Por supuesto, *ma chère*.

Hizo una reverencia y se dirigió hacia la puerta.

Cuando se quedaron solos, Maggie suspiró. Tenía demasiadas emociones en su interior y se sentía demasiado cansada. Le dolía la cabeza, como si un escultor estuviera cincelando las placas de su cráneo, y eso era una clara señal de que necesitaba descanso. Se puso en pie.

—Estás perdiendo el tiempo al venir a París, Simon. Estoy cansada de discutir y es evidente que nuestra batalla no tiene solución.

Simon se puso derecho y dejó su vaso de vino.

—Tonterías. La única batalla que yo veo es tu negativa a ser sincera conmigo o a confiar en mí. Como cuando no me dijiste que estabas tratando de desacreditar mi proyecto de ley a mis espaldas.

Debió de poner cara de sorpresa, porque Simon dijo:

—Sí, señora mía. Estoy al corriente de tus intentos por engatusar a Markham.

—No lo he *engatusado*. Solo le expresé mi preocupación por tu propuesta y le señalé sus defectos.

—¿Y por qué no discutir esos defectos conmigo?

—Ya te dije que no me interesa.

Simon se puso las manos en las caderas, con gesto grave. Aquel movimiento dejó a la vista los músculos de sus bíceps y antebrazos desnudos. Oh, Dios. Incluso con dolor de cabeza se estaba fijando en los detalles que no debía. Y le pareció preocupante que en un momento como aquel pudiera ser tan consciente de su físico.

—¿Ves lo que te decía, Maggie? Estás decidida a apartarme y mantenerme lejos de ti. Si al menos pudieras confiar en mí…

—¿Confiar en ti? —dijo ella con voz áspera y despectiva—. ¿Y por qué iba a hacer algo tan estúpido? No, ya me partiste el corazón una vez. No pienso dejar que vuelvas a hacerlo.

Las facciones aristocráticas de su rostro se distendieron, y Maggie deseó haberse mordido la lengua. Maldito fuera aquel temperamento irlandés que tenía. Simon no tenía que saber aquello. Maldita sea.

Simon parecía haber perdido el habla… una suerte, porque eso le daría tiempo para retirarse antes de que pudiera organizar sus pensamientos.

—No me encuentro bien. Discúlpame, pero debo retirarme. Por favor, vuelve a Londres. No tenemos nada más que hablar.

Iluminado por la luz de las farolas, el edificio de la Salle Feydeau se elevaba sobre la calle. Aquel imponente teatro de ladrillo y piedra tenía grandes figuras esculpidas en la fachada que emulaban un templo del Antiguo Egipto. Los asistentes trataban de evitar la multitud de carruajes, caballos y sivientes y se dirigían a toda prisa hacia la entrada, señalada por las palabras Opéra-Comique desplegadas sobre una serie de puertas abiertas.

Lucien no había querido arriesgarse a llegar tarde. Cuando vio que el tráfico iba tan lento, insistió en que se apearan del carruaje y recorrieran el tramo que faltaba a pie. Maggie se sujetaba los bajos de su capa para protegerla del fango parisino, pero sus zapatos ya no tenían salvación.

No podía reprocharle su inquietud a Lucien, no esa noche. Henri interpretaba el papel principal en aquella obra y Lucien no quería perderse la noche de estreno.

Una vez dentro, fueron escoltados hasta un palco situado en el piso superior con una panorámica inmejorable del escenario. Mientras Lucien charlaba con el acomodador, Maggie se acercó al borde del palco y miró por encima de la baranda. Con sus superficies doradas, cortinas de terciopelo rojo y detalles de mármol, aquel teatro era el edificio más hermoso que había visto. Unas marionetas de madera bailaban sujetas a sus cuerdas en el escenario, pero en su mayoría los presentes no les prestaban atención. No, en aquellos momentos, el mar de sobretodos negros y plumas de avestruz se movía en los diferentes palcos y la gente charlaba animadamente.

—¿Tomamos asiento? —preguntó Lucien a su espalda.

Maggie asintió.

—¿Henri siempre te consigue un palco?

—Insiste en que ocupe un palco en la noche del estreno, aunque yo preferiría estar ahí abajo. —Señaló a la platea—. Dice que le relaja poder verme cuando se pone nervioso.

Dado que debían mantener en secreto la verdadera naturaleza de su relación, Lucien se hacía pasar por el instructor teatral de Henri. Maggie sospechaba que el agobio de tener que mantener las apariencias era uno de los motivos por los que se habían mudado a Montmartre.

—Sois muy considerados entre vosotros.

—No siempre —confesó el hombre esbozando una leve sonrisa—.

Los dos somos artistas y podemos ser muy obstinados. —Se golpeó la cabeza con el puño—. Como seguro que sabes muy bien, puesto que eres de nuestra misma especie.

Ella rio.

—Cierto, pero si no fuéramos obstinados, quizá nos tomaríamos demasiado en serio a los críticos y no volveríamos a pintar.

—O quizá reconoceríamos nuestros errores y no volveríamos a repetirlos, *n'est-ce pas?*

Y le dedicó una mirada significativa que era imposible malinterpretar.

—Estás malgastando saliva. Resérvala para ovacionar a Henri.

Maggie levantó sus impertinentes y empezó a escrutar la multitud.

—Debes admitir que es *très intéressant.* Jamás habría esperado que tu conde intentara cortejarte. Primero con flores y luego la pintura. ¿Qué te ha mandado hoy?

Maggie se movió en el asiento. No había visto a Simon desde el baile de disfraces, tres noches atrás, pero cada mañana recibía un regalo suyo. Primero fue un ramo enorme de rosas blancas. Su olor, decía Simon en su nota, era como el de su piel. Luego llegó un pigmento verde, un color que Maggie sabía que no tenían muchos proveedores. Decía que era el color de sus ojos en los momentos de pasión, y que pensara en él entre sus piernas cuando lo usara.

El regalo de ese día había sido más descarado. Una estatua de bronce de Príapo, el dios griego de los genitales masculinos, con su enorme falo erecto, que la había sorprendido y divertido a la vez. El recuerdo de la nota hizo que el rubor tiñera su rostro.

Mi señora:

> *Tus manos tuvieron exactamente el mismo efecto en mi persona. Si deseas volver a espiarme, estaré más que encantado de complacerte.*

> *Tuyo,*
> *Simon*

Había memorizado las palabras antes de arrojar la nota al fuego.

—¿Y bien? —la azuzó Lucien.

—Una simple estatua.

Maggie fingió estar mirando con sus impertinentes, aunque solo fuera para que Lucien no notara lo incómoda que se sentía.

—Si solo es una estatua, ¿por qué te has sonrojado?

Ella bajó los impertinentes.

—No sé qué tengo que hacer —confesó—. ¿Piensa enviarme algo nuevo cada día hasta que... qué? No conozco las reglas del juego.

—Ah. —Lucien se recostó en su asiento y cruzó las piernas—. Nunca te han perseguido y la idea te incomoda. ¿No puedes limitarte a disfrutar, *ma chère*? Con un traje como el que llevas mereces que todos los hombres de París se rindan a tus pies.

Maggie se alisó su vestido plata y blanco mientras consideraba las palabras de Lucien. Ningún hombre había tratado nunca de conquistarla. El año de su presentación en sociedad había recibido algunos ramos, pero no tuvo ningún pretendiente serio... ni siquiera Simon. Y por su cumpleaños, su marido se limitó siempre a entregarle un regalo de compromiso, elegido sin duda por su secretario. Ni siquiera los recordaba.

Tanta amabilidad por parte de Simon la ponía nerviosa. Cuando estaban enfadados, no tenía problemas. Sin embargo, le resultaba mucho más difícil manejarse con regalos y palabras afectuosas. Si no hacía caso sería una bruja, pero en serio, ¿de verdad creía que unos pocos regalos curarían sus antiguas heridas? ¿Y qué esperaba conseguir?

Ojalá hubiera podido borrar la conversación que tuvieron en su fiesta noches atrás. Si no hubiera sentido aquel terrible dolor de cabeza jamás le habría confesado que le había partido el corazón. Un corazón destrozado, una idea absurda y femenina como pocas. Seguro que a Simon aquella revelación le había parecido ridícula.

—Disfrutaría de sus atenciones si supiera qué espera él a cambio —le dijo a Lucien.

—Es evidente, *non?* Tu conde pretende volver a llevarte a la cama.

El espectáculo empezó, y Maggie se quedó pensando en las palabras de Lucien. ¿Podía ser tan simple como eso? ¿Tantos esfuerzos solo para volver a acostarse con ella? Tampoco era ninguna virgen. Y no es que eso tuviera importancia. No podía permitirse vacilar. Debía evitar cualquier asociación entre ellos. Su carrera política sin duda se resentiría por su reputación. Y ella no tenía intención ni de moderar su comportamiento ni de renunciar a su carrera como Lemarc. Nadie le arrebataría la libertad que tanto le había costado ganar.

*E*l primer acto había sido una auténtica tortura. El palco de Maggie no estaba lejos, y Simon a duras penas si le había quitado los ojos de encima, empapándose de ella como un hombre sediento. Estaba devastadoramente hermosa. Su vestido plata y blanco dejaba al descubierto una parte de sus pechos cremosos. Sus cabellos largos y negros estaban peinados formando anillos de rizos sujetos con una cinta de plata, y dejaban ver la larga columna de su cuello. Se moría de ganas de mordisquear aquella piel suave.

Cuando llegaron al primer entreacto, Simon se volvió hacia sus acompañantes.

—Lady Sophia, lady Ardington, si me disculpan. Acabo de ver a alguien con quien debo hablar.

Lady Sophia se puso en pie, con una expresión astuta en sus ojos marrones.

—Yo le acompaño.

Simon pestañeó. Sophia era la mejor amiga de la duquesa de Colton, lo que significa que disfrutaba de los chismes casi tanto como Julia… solo que Sophia no tenía un marido que la mantuviera a raya. En circunstancias normales, Simon la evitaba, pero la joven le había pedido que las acompañara esa noche a ella y su madrastra a la *Opéra-Comique*. Y puesto que ya tenía pensado ir, no había visto motivo para negarse.

Y sin embargo, no esperaba que Sophia lo siguiera a todas partes.
Necesitaba hablar en privado con Maggie, y el tema de aquella conversación no era apto para damas no casadas. Miró a Sophia con el ceño
fruncido, impaciente por marcharse.

—No.

Sophia agitó la mano quitándole importancia.

—Madre, lord Winchester y yo volveremos enseguida. —Tomó a
Simon del brazo y lo arrastró al exterior del palco—. Vamos. Me muero por conocerla.

Cuando estuvieron en el vestíbulo, Simon le colocó la mano sobre
su brazo y echaron a andar en dirección al palco de Maggie.

—¿Cómo sabe a dónde voy?

—Por favor. Ha estado mirándola toda la noche y leo los periódi-
cos. Todo el mundo habla de ella. Me moría de ganas de ir a la fiesta
de disfraces, pero mi madrastra no me lo permitió. ¿Estuvo usted allí?

—Sí. —Recordó la imagen de Nerón tocando las nalgas de Boudica—. Y la marquesa hizo bien en no dejar que fuera usted.

—*Et tu, Brute?*

Simon rio.

—Compadezco a su futuro marido.

—Yo también. Padre se muestra más irritado a cada temporada
que pasa. Me temo que este año se va a plantar.

—Entonces escoja a un hombre y acabe con esto. El matrimonio
no tiene por qué ser tan malo como piensa.

—Oh, pero también puede ser mucho, mucho peor... y no sé si
debo dejarme aconsejar por usted. No parece que tenga prisa por elegir condesa.

—Julia y Colton son muy felices —señaló.

—Repugnantemente felices —concedió ella—. Pero está atada a
él, así que, ¿por qué no aprovecharlo al máximo? No, creo que esperaré un poco más. ¿Qué pasa entre usted y lady Hawkins?

—¿De verdad espera que se lo diga? La marquesa me mandaría
decapitar.

—Se equivoca. A padre le gusta usted. Dice que quizá algún día sustituirá a Liverpool.

Simon apartó la cortina para pasar al palco donde estaba Maggie y la sujetó para que Sophia pasara.

—Creo que es prematuro hablar de eso.

Sobre todo si alguien descubría la verdadera identidad de Lemarc.

Cuando entraron, encontraron a Maggie hablando con un hombre. Sus cuerpos estaban demasiado cerca y la mano de ella descansaba con familiaridad sobre el brazo de él. Simon lo reconoció como el don Quijote del baile de disfraces, el que la había acompañado a la terraza. Y notó un nudo de celos y rabia en el estómago. Esperaba encontrarla con Barreau, no con uno de sus admiradores. Se obligó a poner una sonrisa y entró.

—Lady Hawkins.

Maggie levantó la cabeza de golpe y sus ojos verde esmeralda se posaron en él. La sorpresa se dibujó en sus facciones, pero enseguida se recompuso y lo saludó educadamente con un gesto de la cabeza.

—Lord Winchester.

Siguieron las debidas presentaciones, durante las cuales quedó claro que aquel artista, Jean-Louis, y Maggie eran amantes. Ella se mostraba inusualmente nerviosa y parlanchina, y el color teñía sus mejillas. El francés tenía su mano apoyada en la mano que Maggie dejaba descansar en su brazo. Simon tuvo que hacer un gran esfuerzo para no apartar a Maggie y colocarla a su lado.

Lady Sophia tomó las riendas de la conversación.

—Lady Hawkins, la duquesa de Colton es una de mis mejores amigas e insistió en que debía conocerla. Qué suerte que haya venido usted al estreno de la obra.

El comentario resultó en un extenso intercambio sobre París y las compras, justo el tipo de conversación de la que un hombre podía desentenderse sin quedar mal. Que fue cuando Simon se dio cuenta de que Maggie hacía varios intentos fallidos de retirar su mano de debajo de la del francés y él la sujetaba con más fuerza. ¿Había malinterpretado Simon la situación o tal vez solo estaba tratando de ser discreta? La idea casi lo hace reír. ¿Maggie discreta?

Sea como fuere, ¿quién era ese hombre? ¿Cómo se habían conocido? A pesar de todo lo que había pasado entre ellos, seguía sin saber apenas nada de Maggie. Pues bien, estaba dispuesto a cambiar eso, y empezaría aquella misma noche.

Esperó a que hubiera una pausa en la conversación:

—Lady Hawkins, ¿podríamos tener unas palabras en privado?

La situación se volvió un tanto incómoda, hasta que Sophia dijo:

—He de volver a mi palco. Mi madrastra estará preocupada. Jean-Louis, ¿podría usted acompañarme? Me gustaría saber más cosas sobre sus cuadros.

Se despidieron y Sophia prácticamente se llevó a rastras al francés, para alivio de Simon. Ahora que él y Maggie estaban solos, cruzó las manos a la espalda.

—¿Estás disfrutando de la obra?

—Mucho. Henri es maravilloso. ¿Y tú?

—Sí, aunque debo reconocer que no he visto mucho.

—¿Has llegado tarde?

—Unos segundos después de que se levantara el telón. En mi vida había visto tantísima gente esperando delante de un teatro. Pero no me refería a eso, en realidad.

—Oh, la adorable lady Sophia. Supongo que podría estar bien dis…

Simon no pudo evitar reír.

—Sabes muy bien que ella no es la razón de que esté aquí esta noche. He venido por ti.

Maggie se mordió el labio, y la piel suave y rolliza desapareció bajo los dientes delanteros. Simon recordó su boca y las extraordinarias sensaciones que experimentó cuando la utilizó sobre su cuerpo. El fuego despertó en su entrepierna.

—Simon, las discusiones son agotadoras, y no veo razón para continuar con esto. Te agradezco mucho los regalos, pero no hay necesidad de que me envíes más.

Las palabras que le había dicho noches atrás revolotearon por su mente. «Ya me partiste el corazón una vez. No pienso dejar que vuelvas a hacerlo.» Julia ya le había dicho algo parecido en Londres, pero el hecho de oírlo de boca de la propia Maggie lo cambiaba todo. No quería esperar más. Tenía que derribar los muros que se alzaban entre ellos como fuera. Si realmente había sentido algo por él en el pasado, podía volver a hacerlo. Le bastaría con pensar en una campaña inteligente y cuidadosa.

Así pues, decidió no contrariarla y guiarse por la estrategia, como hacía cuando trataba de conseguir votos.

—¿Has visitado Notre Dame?

Ella pestañeó.

—Por supuesto. Muchas veces. ¿Por qué?

—¿Me acompañarías? Mañana.

Maggie arrugó la frente, confundida, y Simon reprimió el impulso de sonreír.

—¿Mañana? Por supuesto que no. No puedo permitirme perder el tiempo deambulando por París contigo. Voy muy retrasada en mi trabajo.

Simon estiró el brazo para coger un mechón negro y sedoso y sujetárselo con delicadeza detrás de la oreja.

—Tráete el trabajo. Te prometo que te buscaré un lugar tranquilo y te dejaré trabajar.

—Pero ¿para qué...?

Antes de que pudiera terminar la frase, los actores volvieron al escenario. Sin pedir permiso, Simon la tomó de la mano y la llevó hasta su asiento. Y cuando se sentó, le rozó los dedos enguantados con los labios. Vio que el rubor teñía sus mejillas.

—Hasta mañana —musitó, y salió del pequeño palco, disfrutando de su pequeña victoria.

16

$\mathscr{M}$aggie hizo una mueca cuando el carruaje pasó por otro bache. Simon estaba sentado frente a ella, con sus largas piernas tan estiradas como permitía el poco espacio que tenían. Tal como había prometido, esa mañana se había presentado temprano para recogerla y llevarla en su misterioso viaje. Ella había tratado de resistirse y despacharlo, pero incluso Tilda parecía estar de su parte, y la empujó hasta la calle como se empuja el canal de una res para sacarlo y ponerlo en venta.

Llavaban casi una hora de camino y hacía ya rato que la ciudad había quedado atrás. Era evidente que lo de visitar Notre Dame era mentira. Tenía que haber imaginado que aquello no era más que una estratagema. Cuando menos, habría querido poder elegir mejor sus materiales de trabajo antes de acceder a aquel secuestro. Sabe Dios dónde pensaba llevarla y cuánto tiempo la retendría. Tendría que haber estado preocupada y exigir a Simon que confesara sus intenciones. Pero ya era tarde para volver atrás, así que, ¿para qué molestarse? Al menos las piedras calientes hacían que la temperatura fuera agradable a pesar del frío del exterior.

Miró por la pequeña ventanilla y admiró el paisaje francés, con sus silenciosos campos de trigo esperando la primavera. El cielo estaba desprovisto de color, no era sino un manto de distintos tonos de gris, y Maggie disfrutó del aire revigorizante que se respiraba fuera de las murallas de la ciudad. Los grandes espacios abiertos, con árboles y arbustos dormidos siempre la relajaban, y hacía mucho tiempo que no se permitía aquel pequeño capricho.

Aun así, ¿por qué demonios había accedido a acompañar a Simon?

—¿Cómo conociste a Barreau?

La pregunta de Simon la sobresaltó, tanto por lo inesperado como por el tema. Cambió de posición para mirarlo.

—Vine a París con mi hermana y su esposo. Cada mañana, yo solía pasar por cierta zona de la Rue de Rivoli y vi que allí siempre había un artista. Pintaba a la gente, inmerso en su trabajo, pero de vez en cuando hacía algún retrato si alguien se lo pedía. Empecé a observarlo y vi que nunca aceptaba dinero por sus bocetos. Y su trabajo… oh, era extraordinario. Realmente extraordinario. Tan vívido y realista. Un día me acerqué y le pregunté por qué nunca aceptaba dinero por sus trabajos. —Su boca se curvó con gesto divertido—. Y eso dio pie a una larga diatriba sobre el hecho de que el arte pertenece al pueblo y que la obligación del artista es compartir su don *gratis*.

—Ah, un jacobino.

—De haber nacido antes, lo habría sido, sin duda. Y bien, el caso es que elogié su trabajo y hablamos de arte. Él me entregó unos carboncillos y papel y me pidió que lo dibujara. Me estaba probando, claro. Y cuando le mostré el dibujo casi se cae de la silla —Maggie rio—. Me preguntó quién había sido mi maestro. Durante semanas, traté de convencerlo de que había aprendido yo sola. Y cuando mi desconocimiento de ciertos aspectos del negocio quedó patente también pensó que le estaba engañando. Tal vez Lucien está harto de cómo funciona el mundo, pero no es ningún ignorante. Y me ha enseñado mucho a lo largo de los años.

—¿Qué hizo el artista con el boceto que le hiciste?

El rubor tiñó su rostro.

—Lo enmarcó. Lo tiene colgado en sus alojamientos en Montmartre.

—¿Y eso te avergüenza? No entiendo que no te sientas orgullosa por haberle impresionado.

Ella agitó la mano.

—Me he ofrecido muchas veces a rehacerlo. Pero Lucien no quiere ni oír hablar de eso.

—No puedo decir que le culpe. A veces el recuerdo es más importante que la perfección. ¿Me dibujarás a mí algún día?

Ella se mordió el labio, tratando de no sonreír. Y Simon suspiró, porque entendió perfectamente.

—Hablo de dibujarme de verdad. No en la forma de Vinochester. Cuando heredé mi título, tuve que hacerme el obligado retrato. Está colgado en Winchester Towers, pero no soporto mirarlo. Me gustaría ver lo que tú ves.

El primer impulso de Maggie fue decir que no. El hecho de dibujar podía ser algo muy personal, una conexión íntima entre artista y sujeto. Tenía que hacer un estudio previo del sujeto, cada pelo, cada sombra, para crear una representación lo más verídica posible. En cambio, con Simon aquello sería del todo innecesario; recordaba cada milímetro de su cuerpo de memoria.

—Tal vez —contestó por fin.

—¿Cómo empezaste a dibujar? ¿Cómo descubriste que te gustaba?

Ella sonrió ante el recuerdo.

—Rebecca. Se dio cuenta de que siempre me ponía a dibujar cuando estábamos dando clase con nuestra institutriz. En lugar de aprender los números o mejorar mi caligrafía, yo estaba casi siempre dibujando. Ella y mi padre me animaron.

—El poeta, ¿no es así?

—Sí. Mi padre me animó a expresarme con mis cuadros y mis dibujos. Incluso trató de convencer a mi madre para que me dejara viajar al extranjero en vez de hacer mi presentación en sociedad. Pero ella no quiso. Estaba decidida a convertirme en una dama inglesa como Dios manda. —«Y mira cómo has acabado.»

—Nunca mencionaste tu afición por dibujar cuando nos conocimos.

Ella se encogió de hombros.

—Madre me advirtió que no revelera mis peculiares aficiones. Quería que me mostrara tan recatada y pánfila como las otras jóvenes que se presentaban en sociedad aquel año.

Simon rio, y durante un largo momento se hizo el silencio. Pero ya que se estaban haciendo preguntas, Maggie también tenía unas cuantas para él.

—¿Por qué la política? —preguntó—. En aquella época no te interesaba nada el Parlamento.

—Es lo que se esperaba de mí como conde de Winchester. —Levantó un hombro ancho—. Y se me da bien.

—Eso he oído decir. Pero ¿te gusta? ¿Te apasiona?

Simon frunció el ceño.

—No hace falta enamorarse de algo para hacerlo bien.

—Pero, si no te hace feliz ¿para qué hacerlo?

—Porque me gusta ganar. —Y esbozó una mueca—. ¿Todavía no te has dado cuenta?

El carruaje empezó a aminorar la marcha. Simon se inclinó para mirar por la minúscula ventanilla.

—Oh, debemos de estar acercándonos a nuestra primera parada. Podemos estirar un poco las piernas mientras se encargan de los caballos.

Minutos después, Simon la ayudó a bajar del carruaje. El cartel decía L'ANNEAU D'OR, o sea, El anillo de oro. Se trataba de una estructura modesta y provinciana hecha de piedra blanca y madera gastada. Salvo por su carruaje, el patio estaba desierto. Los dos entraron.

Simon buscó mesa para los dos mientras ella se retiraba a atender necesidades más íntimas. Cuando volvió a salir, lo encontró en el comedor, sentado a una mesa cerca de una pequeña ventana, con la vista clavada en el patio. La luz tenue y gris arrojaba sombras sobre las conocidas facciones de su rostro, creando un juego de claroscuros que la fascinaba. Era irritantemente guapo para ser un hombre.

No tardaron en llegar los refuerzos, té y cerveza, que bebieron en silencio y camaradería. Maggie tuvo un pensamiento repentino, y tuvo que contener una risita.

Una ceja rojiza se levantó.

—¿Algo te ha hecho gracia?

—Estaba pensando que esta es la ocasión en que hemos pasado más tiempo juntos sin discutir.

—No es cierto —musitó él inclinándose hacia delante. Sus ojos adoptaron un aspecto peligroso y seductor—. Hubo otra ocasión. Cuando pasaste la noche...

—¡Simon!

Él sonrió.

—No me digas que te he violentado. No es posible en una mujer que desafía las convenciones con cada aliento.

Aquello no tenía nada que ver con la propiedad. No necesitaba que le recordaran aquella noche; ya soñaba con ella con demasiada frecuencia.

—¿Cómo está Cora? —preguntó en vez de contestar.

—Cuando me fui ya estaba bastante recuperada. Mi ama de llaves la vigilará. La joven ha manifestado cierto interés por la cocina, de modo que cuando esté preparada, se le enseñará el oficio. Y si no puede quedarse en nuestra casa, hay varias casas cerca donde podrían emplearla.

—Hablas como si ya hubieras hecho esto antes.

—Muchas veces —contestó él tras dar un trago a su cerveza—. Barrett House está siempre llena a revosar de doncellas y ayudantes de cocina. Y si no tenemos sitio para más, la señora Timmons las manda con Colton o Quint.

—Ah.

—¿Cómo que «ah»?

—Por eso Julia mandó a buscarte, ¿verdad? Y por eso madame Hartley puso a la joven a tu cuidado.

—Sí.

Maggie sorbió su té y trató de reconciliar lo que acababa de descubrir con la imagen que se había formado de Simon. Y por más vueltas que le daba, no acababa de entender el motivo de aquella generosidad. Por su cabeza pasaron un millón de preguntas... ¿de verdad contrataba a cualquier jovencita que se presentaba a su puerta? ¿Cómo podía encajarlo su personal?... pero lo que salió de sus labios fue:

—¿Por qué lo haces?

Simon hizo girar la jarra en su mano, formando pequeños círculos en la mesa rayada.

—Porque puedo.

—Lo mismo podrían decir montones de personas acaudaladas, incluida yo. Y sin embargo a mí nunca se me habría ocurrido. ¿Cómo empezaste?

—Hace años, una jovencita se presentó en la entrada de servicio, con la cara cubierta de moretones, tratando de huir de un hogar poco acogedor. Mi ama de llaves acudió a mí y decidimos contratarla. La palabra se extendió entre nuestro servicio y no tardaron en empezar a aparecer amigas y familiares que pedían empleo. —Se encogió de hombros—. Mi ama de llaves es una mujer compasiva.

Por lo visto, no era solo el ama de llaves.

—Vamos, el carruaje está listo. —Se puso en pie y le ofreció la mano—. Debemos seguir nuestro viaje.

—¿Tenemos algún destino concreto? —preguntó Maggie tres cuartos de hora después—. ¿O se trata solo de parar cuando nos apetezca?

Habían estado charlando educadamente desde que salieron de la posada, pero Simon aún no había dicho nada sobre el lugar a donde la llevaba.

Él cruzó los brazos y sonrió.

—Tenemos un destino, pero ¿no prefieres que sea una sorpresa?

—No puedo decir que me gusten las sorpresas.

—Lo cual solo demuestra que necesitas más sorpresas en tu vida.

La vida es insoportablemente tediosa si siempre sabes lo que hay delante.

—¿Quién me iba a decir que el conde de Winchester es un filósofo? —bromeó Maggie.

—Soy un hombre de muchos talentos, lady Hawkins. Como bien recordarás —replicó, con un destello travieso en sus ojos azules.

Maggie no pudo evitarlo, rio. Aquel caradura era absolutamente encantador, y él lo sabía.

—Me encanta tu risa, Mags. Siempre me ha encantado. Puedes iluminar una sala entera con ella.

Maggie notó una cierta presión en el pecho. La felicidad y la emoción que se agolpaban en su garganta. ¿Era porque había utilizado el apelativo cariñoso que utilizaba cuando eran más jóvenes, o por el cumplido? No tenía ni idea. Y, como no sabía muy bien qué contestar, se puso a mirar por la ventanilla.

—¿Te ponen nerviosa mis palabras?

—Sí —balbuceó—. No puedo pensar con claridad cuando dices esas cosas.

Él meneó la cabeza.

—De eso se trata, mi querida dama. No quiero que pienses. Quiero que sientas.

Se inclinó hacia delante, le cogió la mano que tenía sobre el regazo y tiró.

Antes de que tuviera tiempo de resistirse, se encontró sentada a su lado. El corazón empezó a latirle con fuerza contra las costillas. El calor la envolvió, y la proximidad de Simon, que deslizó su mano desnuda para sujetarla por el mentón, pareció absorber todo el aire que había en el carruaje. Maggie notaba un intenso cosquilleo por todo el cuerpo, como si sus terminaciones nerviosas hubieran despertado para recordarle las delicias que había vivido en Barrett House… unas delicias perversamente embriagadoras por las que suspiraba cada noche.

—Simon, basta.

Incluso ella se dio cuenta de lo desinflada que sonaba aquella súplica.

—No puedo evitarlo. Llevo toda la mañana intentando resistirme. Pero es demasiado. —Tiró de la lazada de su sombrero, la deshizo y se lo quitó. Maggie lo oyó caer sobre el asiento vacío—. Eres tan hermosa —musitó enredando un mechón suelto entre los dedos. Lo soltó y miró cómo caía contra la mejilla de Maggie. Y entonces se inclinó sobre ella y Maggie contuvo el aliento—. Me muero por ti, Maggie.

Sus labios cubrieron su boca, cálidos y firmes, mientras sus manos la acercaban más. Ella seguía tratando de apartarlo, pero el beso era pausado y persuasivo, una dulce combinación de alientos, mientras sus bocas se fundían. Cerró los ojos y dejó que las sensaciones la dominaran, apartando de su mente todo cuanto no fuera el tacto de aquellos labios sobre los suyos. Dios, lo había añorado. Y hasta ese momento no había sido consciente de hasta qué punto.

Él mordisqueó y jugueteó, manteniendo casi el beso dentro de los límites de la castidad, hasta que ella se retorció, tratando de sentarse en su regazo para estar más cerca. Cada vez que Maggie trataba de profundizar el beso, él se apartaba ligeramente. Maggie estiró los brazos con decisión, le rodeó el cuello y le metió la lengua en la boca. El resultado fue una chispa instantánea, como si acabara de arrojar un ascua sobre un montón de viruta. Simon tomó entonces el mando y le abrió la boca con su lengua, invadiendo, degustándola con una intensidad implacable. A Maggie la cabeza le daba vueltas y enredó los dedos en los sedosos mechones del pelo de Simon.

Él dejó su boca para comerle a besos el mentón, y bajó seguidamente por la sensible columna del cuello para mosdisquear y chupar la piel bajo el cuello alto de su pelliza de invierno. Con los dedos entumecidos manipuló las abrochaduras y la pesada pieza cayó. Sus labios siguieron la línea de la clavícula y la expectación hizo que los pechos de Maggie se llenaran bajo la camisola y el corpiño. El aliento de Simon cayó como una brisa sobre el pañuelo que cubría el escote de su traje de viaje de color lila.

—Toda esta estúpida ropa —musitó deslizando la mano por su torso encorsetado—. Quiero verte.

—Eso sería un tanto temerario teniendo en cuenta dónde estamos —dijo ella en un suspiro.

—Pero no imposible. Y me encantan las temeridades. —Y acto seguido le arrancó el pañuelo del escote—. Creo que iré bajando.

A Maggie se le ocurrieron numerosas razones para apartarlo, incluyendo las muchas formas en que la había herido y todavía podía herirla. Pero cuando la boca de él se puso a besuquear la parte de los pechos que sobresalía por el escote, todo pensamiento racional desapareció. Además ¿cuándo había hecho ella lo que debía?

Con una admirable prestancia, Simon echó las cortinillas sobre las ventanillas y quedaron en una semioscuridad. Los ojos de Maggie aún se estaban adaptando a aquella escasa luz cuando Simon dio un tirón a su escote lo bastante fuerte para sacar un pecho. Y entonces Maggie le rodeó el cuello con los brazos y compartieron otro beso intenso. Los dedos de Simon buscaron el pezón y apretaron. Maggie jadeó en su boca, y la sensación hizo que por su espalda bajara un latigazo de chispas ardientes. Dios. Simon toqueteó el pezón hasta que Maggie empezó a retorcerse contra el asiento, con un ansia tan grande que casi no podía soportarlo. ¿Es que quería que le suplicara?

Las lentas incursiones de su lengua. La presión enloquecedora sobre su pecho. De pronto para Maggie no había nada que no fuera Simon. Mientras Simon siguiera besándola, le daba igual si les asaltaban unos bandoleros. Y cuando sus labios descendieron para seguir la línea de su garganta, Maggie aspiró con fuerza.

—¿Sabes —susurró Simon antes de chupar el lóbulo de su oreja con su boca caliente y húmeda— cuánto tiempo llevo deseándote? ¿Cuántas noches he soñado con tu boca o tus pechos? Quiero que esto se prolongue. Quiero…

Maggie volvió la cabeza y buscó sus labios y le hizo callar con su boca. Aquellas palabras despertaban muchos recuerdos en ella, y no era momento de revivir el pasado. De modo que presionó, tratando de acercarse más. Él gimió y la besó más profundamente.

Unos dedos diestros abandonaron su pecho y notó el frío del ambiente en las piernas cuando sus faldas empezaron a levantarse. Maggie se sentía febril, anhelante. Simon acarició la piel de la cara interna de su muslo mientras su lengua seguía jugueteando con la de ella, y ella abrió bien las piernas para que llegara sin dificultad. Por favor, quería gritar, y entonces dejó escapar un gemido cuando finalmente —Dios, finalmente— Simon tanteó la entrada.

—Jesús, Maggie. —Y se interrumpió para jadear contra su garganta—. Estás muy mojada, ya estás lista. ¿Quieres que entre, cariño?

El dedo de Simon se movió en su interior, con una deliciosa consistencia que la hizo estremecerse. Echó la cabeza hacia atrás, cerró los ojos y tragó aire.

—Ah —susurró él—. Te gusta esto. Probaré con uno más.

Sacó el dedo y regresó para distenderla más y la espalda de ella se arqueó ante aquella dulce invasión. Con labios firmes se llevó el pezón al interior caliente de su boca. Chupó con fuerza y utilizó la lengua para aplacar antes de arañar ligeramente la punta con los dientes. Cada vez que tiraba y lamía avivaba las llamas que la quemaban por dentro. Sus músculos se tensaron, y mientras Simon seguía trabajándola con las manos y la boca, llevándola a un placer casi insoportable. Maggie no habría podido hacer nada sino reaccionar, porque Simon era un hábil maestro, y su cuerpo era el lienzo sobre el que estaba trabajando.

—Simon, ahora.

Le clavó las uñas en los hombros.

—Chis. —Levantó la cabeza—. Si no vamos con cuidado haremos volcar el carruaje. Esto es suficiente. Deja que te dé placer, Mags.

—No, no es verdad. Tendremos cuidado. Por favor —suplicó.

Era el deseo el que hablaba, Maggie lo sabía, pero en aquellos momentos no le importaba. Deslizó la mano sobre las ropas de él, hasta que lo encontró, duro y caliente bajo la palma.

Él siseó entre dientes y la sujetó por la muñeca.

—Basta. No hace falta que te diga lo que pasará si insistes en ir por ese camino.

Ella estiró los dedos tratando de llegar al miembro erecto con ellos.

—¿No decías que necesito más sorpresas en mi vida?

Simon luchaba visiblemente por no perder el control, con la mandíbula apretada.

—La dureza de mi miembro no tendría que sorprenderte. De verdad, solo tienes que entrar en la misma habitación que yo y se me pone dura.

La mano con que le sujetaba la muñeca se aflojó y Maggie no desaprovechó la ocasión. Siguió su contorno a través de los pantalones, presionó con la base de la mano sobre ella. Simon se estremeció.

—Maggie, yo…

—Deja de hablar, Simon —susurró ella—. Solo siente.

Simon apoyó los brazos contra el asiento para sostenerse. Su pecho se sacudió cuando Maggie rozó su cuerpo, observando atentamente su rostro para ver su reacción. Aunque lo había dibujado muchas veces, jamás había visto la expresión fiera que tenía en aquel momento, de placer y de dolor. Le gustaba saber que producía ese efecto en él cuando lo tocaba.

Maggie lo tocaba cada vez con mayor arrojo, y su respiración trabajosa resonaba en aquel reducido espacio. Cuando tocó los testículos, Simon aspiró con fuerza. Se inclinó, la cogió por la cintura y la levantó para colocarla sobre él. Las faldas rodearon su cintura. Con manos furiosas, Simon se desabrochó los pantalones, mientras Maggie se inclinaba y lo besaba en la frente, la sien, la mejilla, la punta de la nariz. Simon le recogió las faldas con una mano y las levantó para verla, y utilizó la mano libre para colocarse en posición. Maggie no perdió el tiempo y se instaló sobre él, ansiosa por tener todo aquello dentro de sí.

—Espera. —Simon la detuvo, sujetándola por la cintura—. Quiero mirar. Échate hacia atrás. Apoya las manos en mis rodillas.

Ella echó un brazo hacia atrás algo insegura para apoyar la mano en la rodilla, pero siguió sujetándose de su hombro con la otra mano.

—Adelante. Yo te sujeto —dijo él con ojos oscuros y serios—. No te dejaré caer, mi vida, te lo prometo.

A Maggie aquellas palabras le llegaron al corazón. ¿Lo había imaginado o tenían otro significado más profundo? Le soltó el hombro y se echó hacia atrás. Gracias a Dios que se había puesto el corpiño corto para el viaje, porque incluso así le costaba respirar.

Simon inició una invasión enloquecedoramente concienzuda de su cuerpo. Sus párpados aleteaban. Oh, sí. Dios, sí. La postura imposible, la ligera punzada de aquello tan largo llenándola... era mejor incluso de lo que recordaba. El carruaje se sacudía, pero Simon no pensaba correr más de la cuenta. La bajó con cuidado, hasta que quedó totalmente enfundado.

—Maldita sea, eres adorable. La sensación cuando me tienes dentro...

Las palabras quedaron en el aire, y Simon hizo girar las caderas para empujar con suavidad. Los dos gimieron. Otra vez, pero ahora más adentro. Maggie jadeó, sintiendo una explosión de chispas que le subían por la columna. La atrajo hacia delante para robar un beso largo y desesperado a su boca. El movimiento de las ruedas hizo que sus cuerpos colisionaran, pero no era suficiente. Como si actuaran por voluntad propia, las caderas de Maggie empezaron a moverse creando la deliciosa fricción que ansiaba. Simon apartó la boca y echó la cabeza hacia atrás, contra el respaldo del asiento.

—Dios, sí. Móntame, Mags.

Animada, ella apoyó los brazos en la pared del carruaje y se onduló sobre él. Cada vez que saltaba, el capullo hinchado que coronaba su sexo rozaba contra el cuerpo de él. Y cuando la boca de Simon chupó el pezón descubierto, ella se movió más rápido, corriendo hacia aquella felicidad que solo había logrado encontrar cuando estaba con él. Ya había dejado de cuestionarse lo que Simon hacía con ella. Había algo en ellos que al fusionarse creaba una reacción incendiaria, como cuando mezclabas dos colores totalmente opuestos y conseguías un tono perfecto.

Un orgasmo a la vez fiero y dulce la recordó. Jadeó y se sacudió, mientras su cuerpo sus músculos se cerraban con fuerza sobre el miembro erecto y Simon seguía empujando desde debajo. Cuando ella dejó de sacudirse, Simon la sujetó con fuerza y la apartó de golpe. Con los músculos tensos, se cogió el miembro y lo hizo subir una vez más antes de eyacular sobre su vientre. Gimió, con los ojos cerrados por el placer, mientras se corría.

En ese momento, el eje posterior de vehículo se partió.

Simon cruzó los brazos y contempló los daños. Él y Maggie estaban ilesos, algo doloridos, pero por lo demás, ilesos, pero el carruaje había quedado bastante maltrecho. Estaba volcado sobre un costado, con un eje roto, y faltaba una rueda. No, ese día ya no habría más paseos en carruaje.

Les había ido de muy poco. Simon a duras penas si se empezaba a recuperar después de un orgasmo espectacular cuando oyeron un fuerte ruido. Pensando con rapidez, aferró a Maggie y se agarró lo mejor que pudo. Ni que decir tiene que los cocheros franceses son conocidos por su talento a la hora de mantener la calma durante un accidente, y si ellos perdían el control de los caballos alguien podía acabar muerto.

Sin embargo, los cocheros se habían comportado admirablemente. Para cuando el vehículo perdió la rueda trasera y empezó a arrastrarse por un costado, habían conseguido hacer aminorar bastante a los cuatro caballos. Y al final se detuvieron. Simon se puso bien las ropas, ayudó a Maggie con las suyas y luego la ayudó a salir por la parte de arriba del vehículo.

Maggie, que ahora llevaba puesto su sombrero, pelliza y capa, estaba junto a él en el camino. Se inclinó sobre ella.

—Te dije que haríamos volcar ese trasto, zorra insaciable.

Ella lanzó una risotada, con los ojos verdes destellando, y Simon sintió que su pecho se henchía de emoción. Le encantaba verla feliz.

No, *necesitaba* verla feliz. Durante años había pensado que era engañosa y astuta, y que mientras él suspiraba, ella se había dedicado a dar alas a Cranford y los otros. Pero Cranford había mentido. Maggie decía que no hubo ningún encuentro amoroso durante el año de su presentación en sociedad, que era virgen cuando se casó con Hawkins. Lo que significa que tendría que haberla creído entonces, que debería haberla defendido. Pero no lo hizo y, en vez de eso, le había dado la espalda, igual que buena parte de la alta sociedad. ¿Podría compensar alguna vez una estupidez tan imperdonable?

Seguramente no, pero moriría en el intento.

—Bueno —dijo Maggie—. ¿Qué hacemos ahora?

—Caminar.

Ella volvió la cabeza y observó los campos desolados y las colinas que los rodeaban. Por suerte, pensó Simon, no había nieve.

—¿Hacia dónde?

Él encogió el hombro.

—La población más cercana. Preguntaré a nuestro cochero.

Simon habló en francés con uno de los cocheros y descubrió que su destino original, Auvers, no estaba lejos. Él y Maggie podían llegar en menos de una hora. El cochero insistió en mostrarle el origen del problema, así que lo acompañó a la parte de atrás del carruaje, donde el hombre le señaló el eje retorcido y cortado. El corte era limpio. Y eso solo podía significar una cosa.

—*C'était délibéré* —dijo Simon.

—*Oui* —concedió el cochero.

Una larga lista de insultos pasó por la mente de Simon. Alguien había planeado aquel accidente y seguramente había manipulado el vehículo durante su última parada. Pero ¿quién? Notó que un viento frío se levantaba y hacía aletear los bordes de su abrigo, y decidió preocuparse por eso más tarde. Maggie moriría de frío si no la llevaba a algún lugar resguardado.

Recogió los útiles de Maggie y entregó dinero más que suficiente a los cocheros para cubrir los inconvenientes. Y, con la promesa de enviar ayuda en cuanto él y Maggie llegaran al pueblo, echaron a andar por el camino.

Caminaban deprisa y decían poco. Ese día habían llegado a una especie de entendimiento y Simon no quería romper el hechizo. Necesitaban pasar tiempo juntos, conocerse el uno al otro, y una discusión podía fácilmente romper ese frágil vínculo. De modo que caminó en silencio, feliz por poder concentrarse en lo que había pasado en el carruaje momentos antes del accidente. La imagen decadente de Maggie encima, arqueándose hacia atrás, de su pene deslizándose al interior de aquella deliciosa humedad... vaya, desde luego no le habría importado tener en su propiedad un cuadro como ese. Quizá le encargaría a Lemarc que lo pintara para él, pensó con una sonrisa.

—¿En qué piensas? —le preguntó Maggie con su aguda mirada posada en su perfil.

Él la miró.

—En ti.

—¿En mí? ¿Qué de mí?

—En ti encima. Montándome con las manos a la espalda. Los pechos erguidos y tiesos...

—¡Simon! —Le dio un empujón en el hombro—. ¿Es que has perdido el juicio?

Él sonrió.

—Nadie puede oírnos. Y ¿no te dije que quería que fuéramos totalmente sinceros el uno con el otro? Jamás te mentiré, Mags.

—¿No más mentiras? ¿Nunca?

—Ni una.

—Um. —Ese sonido hubiera debido alertarle—. ¿Por qué no te has casado? A estas alturas lo normal sería que quisieras asegurar el legado familiar con una familia y que ya tuvieras tres o cuatro hijos aparcados en algún lugar de la campiña.

Un sonido ahogado de sorpresa brotó de los labios de Simon. Cómo no, era muy astuta, y no se iba a privar de hacer la única pregunta que no podía contestar con sinceridad. Pero omitir detalles no era lo mismo que mentir, ¿no es cierto?

—Estuve a punto de hacerlo en una ocasión. Incluso pedí a mi madre la condesa los rubís de los Winchester. Pero al final no salió bien.

—¿Qué pasó? ¿Ella te rechazó?

—No llegué a pedírselo. Se casó con otro.

Maggie se mordió el labio, un gesto que le parecía adorable.

—¿No vas a decirme quién era?

—No. —Ella frunció el ceño, y Simon rió—. Vamos, ¿qué importa eso ahora?

Maggie se recuperó un poco demasiado deprisa.

—Oh, no, claro. No importa. A mí no me importa.

Interesante. Y puesto que ella había iniciado aquel tema, se obligó a hacer la única pregunta cuya respuesta temía escuchar.

—¿Hawkins te… te trató honorablemente, como un buen marido debe hacer?

Ella guardó silencio un largo momento, y dio una patada a una piedrecilla con el pie.

—No fue cruel conmigo, si es eso lo que preguntas —dijo al final.

Le contestaba con evasivas.

—¿Era amable? ¿Él… se preocupaba por ti?

Sentía una fuerte presión en el pecho, pero necesitaba conocer la respuesta. Durante años se había preguntado cómo le iría con un marido tan mayor que podía ser su padre.

—En general, me evitaba. No creo que supiera cómo tratar a una jovencita arruinada por un escándalo y que, sin embargo, no se sentía avergonzada. Nunca entendió mi amor por el dibujo y la pintura, pero no me puso trabas. Si he de ser sincera, pasaba la mayoría de las noches con su querida, y eso nos iba muy bien a los dos.

—¿Eras feliz?

—No especialmente, pero tampoco era desgraciada.

—Y dices que yo tengo facilidad de palabra.

Maggie esbozó una leve sonrisa.

—Pero es la verdad. En general, podía hacer lo que yo quería. Entablé amistad con algunas mujeres del pueblo. A los artistas nos gusta pasar mucho tiempo solos, y yo tuve tiempo de sobra durante mi matrimonio. Lo utilicé para estudiar, leer y practicar. Y no me arrepiento.

El pequeño nudo que Simon había sentido en el vientre desde que supo del engaño de Cranford se suavizó. Sin embargo, no le gustaba la idea de que Hawkins no quisiera a Maggie. Cualquier hombre habría dado gracias por poder tenerla en su cama y habría dedicado su vida a complacerla.

Por no hablar del hecho de que Hawkins había sido el primero, no él. Cranford lo pagaría, aunque solo fuera por eso.

—¿Y qué me dices de tu querida?

Simon casi da un traspiés cuando oyó la pregunta. Hubiera podido señalarle lo poco apropiado del comentario, pero con Maggie ese tipo de observaciones no servían de mucho. El descaro era algo que nunca le faltaba.

—Te refieres a Adrianna. Es actriz, la conocí en Drury Lane. ¿Qué más quieres saber?

—¿Es verdad que la visitas cada martes y viernes por la noche?

Esta vez sí trastabilló. Cuando consiguió recuperar el equilibrio, se volvió a mirarla furioso.

—¿Cómo demonios sabes tú eso?

—Entonces es verdad.

Él volvió a ofrecerle el brazo.

—Era verdad. Ya no. Adrianna y yo hemos separado nuestros caminos.

—Um.

—Cada vez que haces eso me pongo a temblar. ¿Podríamos dejar de hablar de mi antigua amante?

—¿Quién iba a pensar que eras tan mojigato? —bromeó Maggie.

—Oh, ¿eso crees? —Se inclinó sobre ella—. Te enseñaré lo mojigato que soy cuando vayamos en el carruaje de vuelta, señora mía. Ya veremos quien se ríe entonces.

Ella frunció los labios y entornó los párpados seductoramente. Y Simon sintió que su pene saltaba cuando oyó que decía:

—Estoy impaciente.

17

—¿*D*es? —Simon señaló a una pequeña catedral de piedra situada en la colina—. *Église de Notre-Dame d'Auvers.*

Terminaron de subir la estrecha escalinata y se detuvieron ante una elegante iglesia que, de hecho, se parecía mucho a la gran obra maestra del gótico de París. Maggie había pasado muchas horas dibujando la Notre Dame original, de modo que enseguida reparó en los puntos que tenía en común con esta versión en piedra. Los contrafuertes, los extraños animales, las figuras humanas, por no hablar del ábside y la torre del campanario… sí, el parecido era notable.

Maggie hubo de reír.

—Y yo que pensaba que me habías mentido.

Él meneo la cabeza.

—Ya te dije que no más mentiras.

—Sí, pero me hiciste creer deliberadamente que nos íbamos a quedar en París.

—No, eso es lo que tú supusiste.

Ella puso los ojos en blanco.

—Ya tendría que haber entendido que no tiene sentido discutir con un hombre que puede doblegar al Parlamento a su antojo.

Él le acercó los labios al oído.

—Que, por lo que he podido comprobar, no es ni remotamente tan divertido como doblegarte a ti.

Por el calor que notaba, Maggie supo que se había ruborizado. El muy caradura. Se acercó al edificio y dio gracias por el refrigerio que habían tomado antes en un pequeño café. Cuando llegaron a Auverssur-Oise tenía los dedos de los pies casi congelados. Ahora que se había recuperado adecuadamente de la caminata, aquella estructura majestuosa le pedía a gritos un boceto.

—Toma. —Simon le empujó la maleta con sus útiles contra la mano—. Por la cara que pones veo que quieres hacer un estudio. —Le dio un beso en la nariz y se volvió para irse—. Pásalo bien.

—Espera —exclamó ella a su espalda—. ¿A dónde vas?

Él agitó la mano.

—Por ahí. No temas, vendré a recogerte antes de que oscurezca.

Maggie vio desaparecer sus hombros anchos escaleras abajo. ¿De verdad pensaba dejarle la tarde para ella?

Animada, se acercó con sus útiles a un banco. El sol asomaba ahora en el cielo encapotado y daba cierta sensación de calidez en aquel frío día invernal. Pero con aquel tiempo no podría quedarse fuera mucho rato. De modo que decidió hacer un esbozo preliminar y acabarlo dentro.

Se quitó los guantes y escogió un carboncillo. Luego cogió su cuaderno. Era hora de ponerse a trabajar.

Tal como había prometido, Simon la fue a recoger cuando empezaba a caer la tarde. Ya hacía horas que se había trasladado al interior de la iglesia para no enfriarse. Mientras estaba allí, completó unos bocetos de lo que veía y luego se puso a trabajar con las piezas de paisajes.

—¿Cómo te ha ido la tarde, querida mía?

Se instaló en la fila de delante, con la piel rosada por el frío, escrutando su rostro con sus penetrantes ojos azules.

Maggie se estiró e hizo rodar los hombros. Señor, aquellos bancos de madera no estaban hechos para resultar cómodos.

—Adorable. Productiva. Pero ya estoy lista para regresar a París.

Él apartó la mirada.

—¿Puedo ver en qué estás trabajando?

Ella se pegó los papeles contra el pecho.

—Por supuesto que no.

Una sombra cruzó el rostro de Simon y pareció que iba a ponerse en pie.

—¿Nos vamos?

—Simon. —Se levantó para tocarle el hombro—. Nunca enseño mi trabajo a nadie hasta que está acabado... o al menos no hasta que no estoy medianamente satisfecha con él. No es nada personal.

—No será otra viñeta de Vinochester, ¿verdad? ¿Provocando un accidente en una carretera en la campiña francesa?

—Desde luego que no. Estoy dibujando paisajes de Gales.

Él asintió y señaló con el gesto a la puerta.

—Entonces te esperaré fuera.

Algo en su actitud la inquietaba. Cuando se separaron hacía unas horas se había mostrado agradable y coqueto. Ahora parecía molesto. ¿De verdad le preocupaba que hiciera nuevas caricaturas de Vinochester? No había hecho ningún nuevo dibujo desde el día en que se encontró con él en la tienda de la señora McGinnis. De hecho, el que hizo después de la cena en casa de los Colton había acabado en el fuego. Últimamente habían pasado demasiadas cosas entre ellos y ya no se sentía cómoda con aquel personaje. Habría sido una falta de respeto, y Simon...

Se dejó caer de nuevo sobre el banco y pestañeó por lo doloridas que se notaba las nalgas. Señor. Se había prometido a sí misma que jamás dejaría que nada ni nadie interfiriera en su arte. ¿Cuándo se había convertido aquel hombre en alguien tan importante para hacerle cambiar sus planes? Cierto, ya no tenía una causa justificada para vengarse; a él Cranford también lo había engañado. Pero la amargura, la ira, el dolor por todas las injusticias que se habían cometido con ella... a él no podía dolerle ni la mitad.

Curioso. Quizá era por las atenciones que le estaba dedicando Simon. O por su frágil acercamiento. El arte siempre sería lo más importante en su vida, pero por primera vez sentía que tal vez podía dejar un poco de sitio para otros... intereses. Se mordió el labio para contener una risita. Una risita. Ella... el temible Lemarc, que había hecho tambalearse a los políticos y a la alta sociedad londinense, casi dejó escapar una risita. Algo inaudito.

Por supuesto, Maggie no era solo Lemarc; también era una mujer. Y esa mujer había descubierto que a aquel hombre en particular le gustaba su risa. El muy loco, por lo visto le gustaban bastantes cosas de ella. Y lo más sorprendente es que, aunque le había mostrado su peor cara, no había salido huyendo.

Maggie recogió sus cosas enseguida y se dirigió a la salida. Empujó las pesadas puertas de madera y lo vio apoyado contra la fachada, con uno de los pies contra la piedra. Alto, atlético, bien proporcionado, con una cara tan bonita que le dolía el corazón de mirarlo.

Echó a andar hacia él con una sonrisa en los labios.

Él la miró de arriba abajo.

—Te veo muy contenta para haber pasado tres horas dentro de una iglesia.

—Se estaba tranquilo, y tenía espacio y luz suficientes. ¿Qué motivo podía tener para quejarme? —Él estiró el brazo y le cogió el maletín de las manos—. ¿Y tú, qué has hecho esta tarde?

—Esto y aquello. Nada digno de mención. Cuidado —dijo cuando empezaron a bajar el estrecho tramo de escalones.

El Sol, teñido ahora de un naranja bruñido, se estaba poniendo, y se veían luces encendidas en las ventanas de las casas del pueblo. Las calles estaban desiertas, y en aquellos momentos seguramente todo el mundo estaría disfrutando de un *pot-au-feu* o una *cassoulet* con su familia. De pronto, se moría de hambre.

Llegaron al pie de la escalinata, pero Simon no decía nada. Maggie lo aferró del brazo.

—Ya tendrías que saber que no habrá más caricaturas de Vinochester.

Él arqueó las cejas.

—¿De verdad?

Ella asintió.

—He decidido renunciar al personaje.

—Me gustaría poder decir que lo añoraré. Pero sean cuales fueren tus motivos, te lo agradezco.

Maggie no tenía intención de decirle cuáles eran esos motivos, así que preguntó:

—¿Vamos a comer antes de irnos?

—Sobre el particular te diré... que no nos vamos. Al menos no esta noche.

Maggie se plantó y lo miró.

—¿Cómo que no?

—Es demasiado tarde para viajar. Pasaremos la noche en Auvers. He buscado una habitación.

—Pero si apenas está oscureciendo. Podríamos estar en París en unas pocas horas. ¿Por qué no partir ya?

Él meneó la cabeza.

—No. No quiero viajar de noche. No contigo. No es seguro. Volveremos por la mañana.

Maggie cruzó los brazos sobre el pecho. ¿Aquello era un acto espontáneo... o lo tenía planeado desde el principio? Aquella mañana prácticamente la había secuestrado y ahora la tenía atrapada en la campiña francesa.

—¿Es esto lo que buscabas desde el principio?

—No seas ridícula... y sigue andando si no quieres que nos congelemos. —La tomó del brazo y la guió hacia las casas—. Yo no planifiqué el accidente.

—Cuando dices que has buscado una habitación, ¿te refieres a una o dos?

Simon suspiró y su aliento salió en una nube blanca.

—Si prefieres habitaciones separadas, puedo conseguir otra.

Maggie lo pensó.

—No tengo ninguna doncella conmigo.

Él hizo una mueca.

—Eso es verdad.

—Entonces, supongo que tendrás que ayudarme tú.

Simon enseñó los dientes en la casi total oscuridad, en una sonrisa predatoria que casi la deja sin sentido.

—Sí, supongo.

A la mañana siguiente, Simon despertó junto a un cuerpo suave y femenino. Maggie. Tuvo que contener la sonrisa. Rosas y un toque de vainilla. Nunca se cansaría de ese olor. La había tomado dos veces la noche antes, pero su cuerpo ya le estaba pidiendo otra ronda. Claro está que quizá fuera porque notaba el delicioso trasero de Maggie contra su cadera. ¿Cómo podía ser tan tentadora incluso cuando dormía?

Notó que lo invadía una necesidad apremiante, la necesidad de abrazarla, de protegerla de cualquier posible mal. Ridículo, considerando que era la mujer más fuerte que había conocido; no necesitaba ningún héroe que la defendiera. Pero a pesar de ello, Simon descubrió que se moría por desempeñar ese papel.

Quizá eran las perturbadoras noticias del día anterior las que despertaban en él aquellas emociones extrañas y preocupantes. El accidente había sido provocado. Cuando el vehículo fue trasladado hasta Auvers, Simon pasó la mayor parte del día con los cocheros tratando de buscar indicios que le permitieran saber quién era el responsable. Alguien había dañado el eje y no cejaría hasta descubrir quién había sido.

Pero en aquellos momentos había otros asuntos que reclamaban su atención.

No todas las mujeres eran favorables a los encuentros amorosos matinales... pero eso no podía saberse hasta que lo intentabas. Alineó sus dos cuerpos con cuidado, la espalda de Maggie contra su pecho, su pene erecto entre sus nalgas redondas. Entonces sus dedos buscaron el pecho y empezó a toquetear el pezón. Se levantó enseguida, casi suplicando sus atenciones. Al poco se desplazó al otro y le dedicó las mismas atenciones. La respiración de Maggie cambió, ya no era profunda y larga, sino superficial. «Está despierta.»

Se inclinó para besar la piel sensible de detrás de la oreja, porque sabía que le gustaba especialmente. Sin prisas, jugueteó con sus pechos, masajeando y acariciando, llenando sus manos con las formas suaves y femeninas. Piel cremosa. Curvas divinas. Una boca que tentaría a un santo. Con ella nunca tenía suficiente, y en aquellos momentos la tenía tan dura que le dolía.

No podía contenerse más, de modo que sus dedos buscaron el punto mojado entre sus piernas. Ella jadeó, y su mano lo sujetó de la cintura para acercarlo más. «Está lista.» El deseo se retorció en su vientre, y la necesidad de poseerla se convirtió en algo tan esencial como respirar. Le levantó la pierna ligeramente, se colocó en posición y entró en ella con un único movimiento. Encajaba en él perfectamente. Caliente. Apretada. Simon apretó los dientes, se detuvo un momento. No tenía sentido correr. Quería disfrutar de aquello. Y entonces Maggie se retorció y empujó su cuerpo contra el de él, llevándolo más adentro, y estuvo perdido.

Aquello no tardó en pasar de un juego a ser algo más serio. Las caderas de Simon chocaban contra el delicioso trasero de Maggie con cada empujón. Cuando notó que se acercaba al clímax, se puso a trabajar el pequeño capullo de placer de Maggie en pequeños círculos, rítmicos y rápidos, hasta que ella le clavó las uñas en el brazo, gimiendo. Dios, cómo le gustaba la respuesta que provocaba en ella.

Por dentro, las paredes del cuerpo de Maggie se cerraron con fuerza y lanzó un grito, mientras se estremecía. Simon trató desesperadamente de contenerse hasta que ella dejara de estremecerse, pero le resultó imposible. La presión se inició en la base de la columna y aumentó con rapidez, y a duras penas le dio tiempo a salir para eyacular sobre las sábanas.

Tratando de respirar, acercó a Maggie a su cuerpo. El fuego se había apagado durante la noche, así que sujetó la colcha y los tapó a los dos.

—Qué forma tan adorable de decir buenos días —dijo Maggie levantando los brazos y desperezándose contra él.

—Um, eso he pensado. Es la forma en que más me gusta dar los buenos días.

—Te despiertas con una mujer al lado con frecuencia ¿verdad? —preguntó Maggie tras unos momentos.

Simon notó el recelo de su voz. La sujetó por un hombro y la obligó a darse la vuelta para mirarla.

—No, Maggie, no lo hago. No ha habido tantas mujeres estos últimos años, y desde luego ninguna que significara nada para mí. —Esto debió de satisfacerla, porque cerró los ojos y se acurrucó contra él—. ¿Y tú? ¿Nunca has tenido ningún hombre en tu cama al llegar la mañana?

—Nunca.

—Ah. —No le gustaba que sus amantes se quedaran a pasar la noche con ella. Curiosamente, aquel detalle le gustó. Le gustaba pensar que él era el primero que podía abrazarla mientras dormía. Su mano acarició el suave terciopelo de su cadera—. Pues entonces no saben lo que se han perdido.

Maggie se había quedado tan quieta, tan callada, que temió haberla ofendido. Y entonces levantó los párpados.

—Solo ha habido tres hombres. Uno es mi marido y tú eres otro.

Simon notó una fuerte presión en el pecho que no lo dejaba respirar. Los pensamientos pasaban atropellados por su cabeza, cosas que había dicho, cosas que había dado por sentadas. Pero la verdad estaba allí, en la expresión grave de los verdes ojos de Maggie. No, aquello no podía ser cierto.

—¿Tres? —preguntó con voz rasposa.

Maggie encogió un hombro delicado.

—Teniendo en cuenta cómo me llama la gente, cualquiera pensaría que han sido más, pero solo ha habido tres.

—Yo y Hawkins. ¿Y quién es el tercero?

Maggie frunció los labios y Simon supuso que la pregunta la violentaba. Pero necesitaba conocer la respuesta.

—Dime, Maggie —preguntó apremiándola con suavidad.

—Un artista. Lo conociste en el teatro de la ópera.

—Ah. —De modo que no se había equivocado. El gesto posesivo con que le pareció que aquel hombre la tocaba no había sido fruto de su imaginación. Aquello no lo tranquilizó, precisamente. Se volvió para tumbarse sobre la espalda, apoyó las manos detrás de la cabeza y se quedó mirando al techo—. No me extraña que te indignaras tanto cuando te dije que te perdonaba. Seguro que te dieron ganas de abofetearme. Hice unas suposiciones del todo injustas sobre ti.

—Sí, lo hiciste. Y sí, se me pasó por la cabeza abofetearte. Muchas veces. —El suave terciopelo de su mano se deslizó por su vientre y sus costillas—. Pero me alegro de no haberlo hecho.

La uña de Maggie rozó el pezón de Simon y él aspiró con fuerza.

—Para —le dijo—. Tenemos que discutir esto.

—No. Desde luego que no.

Y se incorporó para aplicar la boca, caliente y exuberante sobre los pezones de él, acariciando con la lengua y arañando suavemente con los dientes. Simon notó el placer recorrerle la columna.

—Maggie —gimió.

Estaba tratando de distraerlo. Quiso quitar las manos de detrás de la cabeza para sujetarla, pero ella no le dejó.

—Quédate así. Deja que te haga cosas feas.

El pulso de Simon se aceleró.

—He estado haciéndote cosas feas yo a ti hasta hace nada. No podré volver a excitarme tan rápido.

Maggie deslizó su boca por las costillas y el vientre de Simon, aplicando suaves besos que le hicieron estremecerse.

—¿De verdad? —preguntó, y entonces se colocó entre sus piernas.

El pene de Simon dio una sacudida cuando Maggie echó su aliento cálido sobre aquella piel sensible. En su mente despertó con vividez el recuerdo del miembro en la boca de ella la noche antes. La humedad, la determinación con que chupaba, decidida a mantener un ritmo perfecto... Que Maggie, una dama en toda regla, se dignara darle placer con su boca e incluso pareciera disfrutar de ello, casi le hizo ponerse a llorar de agradecimiento. Notó que su miembro se hinchaba.

—Um —dijo Maggie lamiéndose los labios, mientras sus ojos pasaban de su erección a su rostro—. Y tú lo dudabas.

Simon cerró los ojos mientras ella chupaba y se pasaba el pene semierecto por la lengua. El paraíso. Aquello era el paraíso.

—Un hombre necesita un rato para recuperarse —musitó. Las uñas de Maggie arañaron levemente la piel de sus testículos y Simon se sacudió. La sangre afluyó a su pene por la exquisita tortura—. Pero veo que no tendría que haber dudado de ti.

*U*nos días más tarde, Simon entró en el abarrotado comedor de su hotel y no le sorprendió comprobar que casi todas las mesas estaban ocupadas. El Hôtel Meurice servía platos tanto franceses como ingleses, y eso lo hacía especialmente popular entre los viajeros británicos que añoraban el sabor de casa. Según pudo ver, sus invitados ya estaban allí. Excelente. Cuanto antes acabara aquella comida, antes podría escabullirse para ir a reunirse con Maggie.

El calor se extendió por su entrepierna. La pasada semana había sido una de las mejores de su vida. Desde su regreso de Auvers, cada noche él y Maggie cenaban juntos y luego se retiraban a las habitaciones de ella. Simon se iba antes de que el servicio despertara, aunque ella decía que no era necesario. Sin embargo, quería evitar los cotilleos, por ella, al menos hasta que estuvieran casados. Aún no se lo había pedido, pero no era más que un mero formalismo. Maggie lo quería, y bajo ninguna circunstancia la dejaría escapar ahora que por fin la había vuelto a encontrar después de tantos años.

La expresión de Markham se iluminó cuando lo vio acercarse.

—¡Winchester! Llega justo a tiempo. Acabamos de pedir una botella de clarete.

—*Markham* ha pedido clarete —le corrigió Quint—. Yo he pedido té.

—Por supuesto. Y gracias por la aclaración. —Simon se sentó en la silla que había vacía—. Gracias por acompañarnos, Quint.

—Sospecho que no tendré más oportunidades de verte.

—¿Cómo es eso? —preguntó Markham—. Pensé que los dos se alojaban en este hotel.

—Pues solo es uno de los dos —dijo Quint por lo bajo.

—Oh. ¿Ha encontrado Winchester algún entretenimiento aquí en París? —Markham se inclinó para acercarse—. ¿Son las francesas tan atrevidas como he oído decir?

Simon pensó en Maggie, que prácticamente había acuñado la palabra «atrevida», y apenas si pudo contener la sonrisa. Pero no se le pasó por alto un detalle, y es que Markham había tratado de conquistarla. Aquella idea borró cualquier sentimiento de alegría de la conversación.

—No sería muy caballeroso por mi parte si me pongo a hablar después del acto —dijo mientras un camarero les servía el clarete.

Pidieron la comida y hablaron de temas sin importancia hasta que llegaron los platos. Por experiencia, Simon sabía que los asuntos serios se hablan mejor con el estómago lleno y la sed saciada. Por tanto, estuvo escuchando una letanía de detalles sobre las cosas que había estado haciendo Markham en París. Quint hacía preguntas educadas mientras Simon trataba de evitar que su cabeza se perdiera en sus pensamientos. Lo cual no era fácil, puesto que acababa de enseñarle a Maggie una nueva postura que ella decía que era su favorita. El recuerdo era tan vívido, tan seductor, que dio gracias por tener una mesa que lo tapara.

—Vuelve con nosotros, Winchester —le dijo Quint cuando les sirvieron la comida.

—Mis disculpas.

Sí, tenía que dejar de pensar en la imagen del delicioso trasero de Maggie mientras él empujaba...

—Debe de estar pensando en ese *affair* francés —dijo Markham—. Aunque debo decir que me sorprende. La mitad de París especulaba con la idea de que se acostaba usted con la ramera.

Simon dejó su cuchillo y tenedor con cuidado contra el borde de su plato y se inclinó hacia delante.

—Markham, si vuelve a hablar de la dama de una forma tan irrespetuosa nos veremos las caras en un campo al amanecer.

No hizo caso del pesado suspiro de Quint y siguió concentrado en Markham.

El hombre pestañeó y su papada carnosa tembló.

—Que me aspen. Es lady Hawkins ¿verdad? Los rumores son ciertos.

Simon volvió a su plato.

—Mis asuntos amorosos no son de la incumbencia de nadie.

Se hizo el silencio, y la disposición de Markham cambió, su ánimo bromista se desvaneció con la misma rapidez con que la tórtola asada desapareció de su plato. Sus labios estaban apretados, y se veía claramente que se sentía a disgusto. El motivo no era ningún secreto. El hombre había dejado muy claras sus intenciones con respecto a Maggie… esperaba poder tenerla en la cama. Pero Maggie no había correspondido a sus intentos. Y eso no era culpa de Simon.

Quint se aclaró la garganta.

—Me pregunto si volverá a llover.

Markham, que seguía totalmente concentrado en su comida, gruñó a modo de respuesta. Simon y Quint cruzaron una mirada. Maldición, aquello no iba bien. Necesitaba el apoyo de Markham; aquel hombre tenía un pequeño grupo de seguidores en el Parlamento y podía influir notablemente en ellos.

Para cuando retiraron los platos de la mesa, Markham estaba de un humor bastante agrio. Y a pesar de todo, Simon necesitaba ganarlo para su causa.

—¿Le parece que charlemos de mi proyecto de ley, Markham? —sugirió—. Si quiere puede explicarme los aspectos que no le convencen y podemos discutirlo.

Markham se terminó su clarete, dejó el vaso en la mesa.

—No es necesario. Ya he resuelto todas mis dudas. —Apartó la silla de la mesa y se puso bien su levita—. Y no tendrá mi apoyo, Winchester.

Simon apretó la mandíbula.

—¿Puedo preguntar la razón?

—La razón poco importa. Pero le garantizo que haré lo posible por asegurar su fracaso.

Y dicho esto se dio la vuelta y se alejó sin mirar atrás. Simon lo vio marcharse estupefacto. ¿Es posible que los celos hubieran provocado aquel cambio en su actitud?

—Vaya, parece que la ramera te acababa de costar tu primer voto.

Simon atravesó a Quint con una mirada severa. Su amigo levantó las manos.

—No pretendía ser irrespetuoso. Tengo a la señora en muy alta estima. Pero está claro que Markham esperaba conseguir su afecto y no le ha gustado nada que lo hayas derrotado en ese menester.

—Es absurdo, sobre todo porque la dama jamás le ha dado ninguna muestra de afecto.

—Yo no diría tanto. No sé si recordarás la cena en casa de Colton.

Simon hizo tamborilear los dedos sobre la mesa, recordando con desagrado la forma en que Maggie había alentado a Markham en aquella ocasión. El hecho de que lo hubiera hecho solo para molestarlo a él no cambiaba las cosas.

—Sé que no es lo que quieres oír —dijo Quint—, pero ¿estás dispuesto a asumir lo que puede costarte tu relación con ella? Has trabajado durante años para llegar donde estás. Piensa en lo que podrías conseguir si tienes cuidado.

—Dudo que nadie vaya a darle importancia aparte de Markham.

Quint arqueó una ceja.

—¿Estás seguro? Una cosa es tener una querida instalada en Curzon Street. Que te relacionen con la mujer más escandalosa de la alta sociedad, viuda o no, es muy distinto.

—Voy a casarme con ella —espetó Simon.

Quint pareció si cabe más sorprendido.

—¿Y crees que una alianza semejante no te pasará factura social y políticamente? Te engañas. ¿De verdad estás dispuesto a permitirle que siga dando esas fiestas suyas en Barrett House?

Simon debía reconocer que lo que su amigo decía tenía cierta lógica. No se había parado a pensar en el estilo de vida de Maggie, ni sabía si querría mantenerlo una vez casada. Pero si lo aceptaba, si dormía junto a él cada noche y le daba hijos... dejaría que hiciera lo que ella quisiera. La apoyaría lleno de orgullo.

—Sí —contestó sinceramente.

Quint brindó por Simon con su taza de té.

—Entonces te deseo suerte.

18

Maggie se dio la vuelta cuando notó que algo se deslizaba sobre su piel desnuda. Aspiró con fuerza y su cabeza se llenó con un olor a naranja, sándalo y una pizca de tabaco. Simon. Trató de disipar las tinieblas del sueño y despertar del todo, consciente de que había una buena razón esperando. El colchón se hundió entonces por un lado y Simon la envolvió con su calor, rodeándola con sus fuertes brazos.

—¿Estás despierta? —le preguntó él al oído, mientras el tacto de su barba incipiente de final del día rozaba su piel.

—Um —contestó ella, arrebujándose en el delicioso calor masculino y la fuerza de Simon—. Casi.

Él rio.

—Bueno, veamos si puedo ayudarte un poco.

Maggie sonrió, aunque Simon no podía verlo. Estuviera donde estuviese, su presencia siempre le hacía sentirse deliciosamente mareada. Se alegró de haberle dado unas llaves de la casa. Simon la besó en el hombro, susurrando con delicados besos sobre su piel como los suaves pelos de un pincel.

—¿Cómo te ha ido la cena?

—Ha sido decepcionante.

Algo en su tono le llamó la atención. Maggie se dio la vuelta y escrutó su mirada.

—Ibas a cenar con lord Markham, ¿no es cierto?

—Sí. Quint ha venido también.

—¿Y eso ha hecho que sea decepcionante?

—No. La velada no tiene mayor importancia. Preferiría que empleemos el tiempo que pasamos juntos con ocupaciones más provechosas. —Su mano se deslizó sobre la cadera desnuda de Maggie y subió por sus costillas hasta posarse sobre el pecho. Apretó suavemente—. Me alegro de que no te hayas puesto ropa de dormir.

Por un momento, distraída, Maggie disfrutó de la sensación.

—¿Pudiste hacer cambiar a Markham de opinión como esperabas? —preguntó al cabo de un momento.

Simon inclinó la cabeza para rozar el pezón con la punta de la lengua. Ella gimió y arqueó la espalda. Aunque notó un cosquilleo por todo el cuerpo, trató de centrarse.

—¿Estás tratando de evitar mis preguntas?

Simon cerró los labios sobre la punta tiesa y lo envolvió con el calor exuberante de su boca. Cielos. Ella cerró los ojos y deslizó los dedos entre su pelo sedoso. En su interior todo se movía, con un zumbido constante de deseo que solo Simon era capaz de provocar. Pero no podía engañarla.

Después de disfrutar de sus atenciones unos minutos, Maggie aspiró con fuerza y se apartó. Los brillantes ojos azules de Simon se veían oscuros y brumosos, como a Maggie le gustaba. Se mordió el labio y trató de no pensar en lo mucho que deseaba que la tomara. «Pronto», se prometió a sí misma. Pero antes tenía que ocuparse de un asunto.

—Simon, cuéntame. Sé que me estás distrayendo para no tener que contestarme.

—Markham no votará a favor de mi proyecto. No he podido convencerlo.

Y ladeó la cabeza para volver con las atenciones a los pechos de Maggie, pero ella lo sujetó más fuerte para frenarlo.

—¿Por qué tengo la sensación de que hay algo más?

—¿Podemos hablar de esto más tarde? —Hizo girar las caderas, presionando con su miembro duro contra el muslo de ella—. Te deseo, Mags.

—Simon —lo reprendió ella.

—Vale. —Se dejó caer de espaldas y cruzó los brazos detrás de la cabeza, desplegando hermosamente las líneas de la parte superior de sus brazos—. Markham sentía un *tendre* por ti, señora mía, y parece haberle molestado que tu afecto esté puesto en otro lado.

—Te refieres a ti.

Él asintió.

—A mí.

Maggie pensó en aquello. ¿Markham un *tendre*? No habían coincidido muchas veces, pero durante la cena en casa de Julia lo había incitado para molestar a Simon. Y luego estaba la vez que se reunieron para hablar de la propuesta de Simon. Sintió una punzada de culpa en el estómago. Muchas mujeres flirteaban y fingían interés por los hombres para conseguir lo que querían; lo había visto en infinidad de ocasiones a lo largo de los años. Pero ella nunca lo había hecho, no antes de Markham, y el resultado no le acababa de gustar.

Pero lo más importante, ¿cómo había averiguado Markham lo que pasaba entre ella y Simon? Aquella... relación entre ambos se había iniciado hacía muy poco. ¿Quién más lo sabía?

—¿En qué piensas? —le preguntó Simon.

—¿Cómo ha sabido Markham lo nuestro?

—Por lo visto la mitad de París lo comenta.

Maggie lo miró boquiabierta.

—¿Bromeas?

—No es tan raro. Después de todo, eres uno de los temas de conversación favoritos de la alta sociedad. Aunque lo de la mitad de París seguro que es una exageración. Yo diría más bien un tercio.

Ella le empujó por el pecho.

—Un poco de seriedad.

—Cariño. —Estiró la mano y la sujetó con delicadeza por el mentón, y la fuerza y amor de aquel gesto tan simple la hizo sentirse arropada de la cabeza a los pies—. ¿A quién le importa lo que piense la gente? Desde luego a ti nunca te había preocupado, no vamos a empezar ahora. Tarde o temprano tenía que saberse, y la verdad, a mí me importan bien poco los cotilleos.

De algún modo su sinceridad la tranquilizó, pero ¿es que no se daba cuenta? Markham no daría su apoyo a Simon por ella. ¿Cuántas de sus causas serían rechazadas por ese mismo motivo? Si seguían relacionándolo con ella, su influencia política decaería. Una querida era algo aceptable, una dama marcada por el escándalo y el comportamiento impropio era otra cosa. Los dos habían sido unos irresponsables al no pensar lo que podía costarle a Simon aquella relación.

Si seguían juntos, algún día Simon empezaría a resentirse. Estaba segura. Miraría atrás, a todo lo que podía haber conseguido de no haber estado con ella... y eso la mataría. Que Simon se arrepintiera de haber estado a su lado, que deseara que fuera otra persona, aquello destrozaría a esa parte de su ser que había suspirado por él durante tantos años.

Simon la sujetó por los cabellos y le hizo bajar la cabeza, y aquellos pensamientos sombríos se alejaron de la mente de Maggie. Con la otra mano la afianzó sobre él.

—No te preocupes por Markham, Maggie. Hay muchas otras formas de conseguir lo que quiero. —La movió encima de él, y las duras superficies de su cuerpo se fundieron con la suavidad del de ella en los lugares adecuados—. Y en estos momentos lo que quiero eres tú.

Maggie escrutó su rostro, vio su sinceridad y su deseo descarnado y su corazón se deshizo. Sintió que la emoción la embargaba y trató de disimular besándolo. Simon gimió y la colocó a horcajadas sobre él y Maggie se balanceó sobre su miembro erecto.

—Además —dijo Simon contra su boca—. Tú detestabas mi propuesta. Pensaba que te alegrarías de su fracaso.

No podía negarlo, no estaba de acuerdo con su idea. Pero eso no significa que quisiera que fracasara, al menos no por culpa suya.

—Sé que piensas que tu propuesta ayudará a mujeres arruinadas que de otro modo quedarían marginadas, que tendrían que buscarse el sustento por medios poco recomendables. Pero piensa en lo que eso significa, piensa en lo que le pides a esas mujeres: que queden para siempre ligadas al hombre que las ha maltratado. Que durante toda su vida cada año tengan un recordatorio ineludible de lo que les ha pasado. Piensa en mí. Si Cranford hubiera conseguido lo que quería de mí... —Hizo una pausa, porque vio que el rostro de Simon se ensombrecía—. Espera, deja que acabe. Si Cranford me hubiera tomado en contra de mi voluntad, tal vez me habría visto obligada a aceptar su dinero. Pero incluso un vínculo tan débil me habría resultado intolerable. Ninguna mujer querría tener nada que ver con un hombre que la ha tratado de ese modo, ni siquiera por dinero.

Simon frunció los labios con expresión desdichada, sin dejar de mirarla, y Maggie comprendió que su mente estaba tratando de contrarrestar la emoción con la lógica. Estaba totalmente convencido de su postura, pero con un poco de suerte ella podría hacerle entender la otra versión.

—Podría matar a Cranford por el daño que te hizo.

Maggie siguió el hoyuelo de su barbilla con el dedo.

—Yo también podría. Y antes moriría de hambre que aceptar ni un penique de él.

Simon le acarició la base de la espalda y deslizó la mano sobre sus nalgas.

—¿Morirte de hambre?

—Así de intensos son mis sentimientos, Simon. No sigas adelante con este proyecto de ley. Hay otras formas, mucho mejores, de ayudar a las mujeres que lo necesitan.

La expresión de Simon se suavizó. Se incorporó a medias para besarla, deslizando una mano en su pelo.

—Lo que tú quieras, cariño. Puedes ayudarme a redactar otro proyecto de ley. Uno diferente.

—¿Me dejarías ayudarte?

—Por supuesto. —Le metió una mano entre las piernas y empezó a juguetear y a atormentarla. Ella dio un respingo por la avalancha de sensaciones—: Siempre escucharé lo que tengas que decir —le dijo—.

Como ahora, quiero oírte decir mi nombre de esa forma en que lo dices cuando… —y giró los dedos para llegar al punto exacto que buscaba.

—Simon —suspiró Maggie.

—Sí, así.

Unos días después, una tarde, Maggie y Lucien estaban en el estudio de ella. Lucien había traído algunos cuadros para mostrárselos. Y tuvieron una conversación larga y encendida sobre técnica.

—Lucien, son asombrosos. De verdad. —Maggie se inclinó para examinar los detalles con mayor atención—. Los ángulos inusuales, la forma en que has sabido captar el movimiento… es increíble. Las ligeras pinceladas… habrás tardado una eternidad. Me encanta.

—Dudo que se vendan.

—¿Y cuándo te ha preocupado si tus obras se venden o no?

Él se encogió de hombros, rozando con ellos sus cabellos castaños excesivamente largos.

—No me importa la fama, como a ti, pero incluso yo he de admitir que el dinero ayuda.

—Qué emprendedor por tu parte —dijo ella bromeando—. Debo de estar pegándotelo.

—Te ha ido muy bien, *ma chère*. No podría estar más orgulloso de ti.

Maggie le dio un abrazo. Aunque sabía que él detestaba aquellas manifestaciones, podía tolerarlas si venían de ella.

—Es la cosa más bonita que me has dicho nunca —susurró contra el pañuelo que llevaba al cuello—. Y no podría haberlo hecho sin tu ayuda y supervisión.

Él le dio unas torpes palmaditas en la espalda y le quitó importancia.

—Yo no hice nada. Tu talento es tuyo y solo tuyo.

Maggie se apartó y se enjugó las lágrimas que empezaban a formarse en sus ojos.

—¿Es que quieres hacerme llorar?

En ese momento llamaron a la puerta. Tilda apareció, con un paquete cuadrado y marrón en las manos.

—Milady, un mozo acaba de traer esto para usted.

—Gracias, Tilda.

Cogió el paquete, palpó los bordes con los dedos. Un lienzo. Lo llevó hasta la mesa y empezó a desenvolverlo.

—*Qu'est-ce que c'est?*

—Un cuadro.

El pesado papel se abrió y Maggie se encontró mirando una escena de costa. En realidad, era una de las suyas... aunque no era exactamente igual. Sí, era uno de sus cuadros, pero el tono no era el mismo. Además, las pinceladas se habían hecho con un pincel más grueso, y la tonalidad de los colores era algo más oscura. Se acercaba mucho, pero no era exactamente igual que el cuadro que ella había pintado en su momento... aunque sin duda nadie salvo ella habría sabido ver la diferencia. Era una copia muy buena. Y hasta llevaba su firma, la de Lemarc, que incluso a ella le parecía correcta. ¿Es posible que alguien hubiera intentado copiar uno de los cuadros de Lemarc? ¿Pero quién?

—Es una copia de uno de mis cuadros.

Lucien lo miró con ojo crítico.

—Es bueno. Creo que si no te conociera tan bien, podría creerme que es tuyo.

—¿Por qué iba alguien a molestarse en copiarme?

Concentró entonces su atención en la carta que acompañaba al cuadro, y leyó por encima lo que le escribía la señora McGinnis con su clara caligrafía. Sin embargo, cuanto más leía, más inquieta se sentía. Para cuando terminó de leer, las manos le temblaban.

—Maggie, estás blanca como el papel. ¿Qué dice la carta?

Ella miró el cuadro, y obligó al aire a entrar en sus pulmones.

—Me están haciendo chantaje.

—*Mon dieu!*

Lucien le arrebató el papel de las manos y leyó. Sin duda, se sentiría igualmente horrorizado por el contenido de aquella nota.

Alguien había descubierto su identidad como Lemarc, había contratado a un imitador —y a juzgar por los resultados era condenadamente bueno— y ahora estaba haciendo circular cuadros por Londres. Pero no se trataba de piezas corrientes, no, aquellas iban dirigidas específicamente contra el príncipe regente y su padre, el rey Jorge III, que se rumoreaba que estaba en su lecho de muerte. Eran dibujos encendidos pensados para incitar la controversia, con ideas como la de que el regente llevaría el país a la bancarrota cuando su padre muriera, o que padecía los mismos trastornos mentales que este. Según la señora McGinnis, el más dañino mostraba la carnicería cometida en Peterloo un año antes, cuando los soldados aplastaron de modo contundente una rebelión en Manchester y mataron a muchos de los manifestantes, y animaba a la clase media a levantarse una vez más pidiendo una reforma política para que sus compañeros no hubieran muerto en vano.

Alguien estaba tratando de hacer que arrestaran a Lemarc por sedición.

Los oficiales de la Corona ya habían hecho una visita a la señora McGinnis solicitando información personal sobre Lemarc. La propietaria les dio evasivas, y dijo no conocer la verdadera identidad del artista, pero que trataría de concertar una reunión cuando regresara del Continente. Y aunque eso pareció apaciguar momentáneamente a los oficiales, la señora McGinnis estaba asustada, y con razón. La única forma de detener aquello, según el imitador, era pasarle una cantidad anual de dos mil libras... una cifra del todo indignante.

—¿Has visto la otra carta? La que la señora McGinnis dice que está en la parte posterior del cuadro?

La voz de Lucien devolvió a Maggie a la realidad. Se había olvidado de esa otra carta. Dio la vuelta al cuadro y vio un pedazo de papel doblado con un nombre escrito encima. El nombre real de

Maggie. Tragó con dificultad, lo arrancó del lienzo y lo extendió sobre la mesa.

Querida lady Hawkins:

¿Sorprendida? He querido enviarle este cuadro para que compruebe por sí misma las dotes de mi pintor. Es muy bueno, ¿no le parece?
Si quiere que dejen de aparecer dibujos, exijo que me entregue dos mil libras en un plazo de dos semanas. De otro modo, me temo que Lemarc (¿usted?) se encontrará en una posición muy comprometida ante las autoridades. La señora McGinnis recibirá instrucciones para la entrega.

*N*o estaba firmada. Lucien, que la había leído por encima de su hombro, exclamó:

—¡Dos mil libras! Es ridículo. ¿Quién puede estar detrás de todo esto?

Maggie meneó la cabeza.

—No lo sé. Supongo que podría ser cualquiera. ¿Por qué elegir como objetivo a Lemarc? Hay muchos artistas con mucho más éxito que yo.

—Esto está pensado para hacerte daño a ti, *ma chère*. Alguien quiere desacreditarte, arruinar tu carrera. Pero ¿quién? —Y le dedicó una mirada perspicaz—. Tal vez...

—No. Winchester jamás haría algo así.

—Por supuesto que no. —Lucien la miró con gesto severo—. El conde te ama, con locura. Jamás te perjudicaría de este modo. Yo mismo he visto lo mucho que te quiere.

—¿Cuándo? ¿En el teatro de la ópera?

Él asintió.

—No apartó los ojos de ti casi en toda la velada. Y te miraba como una jovencita miraría a su primer *amour*.

Aunque sus palabras la animaron, le dio un codazo.

—Un poco de seriedad. Y no hagas bromas a costa de él.

Lucien arqueó las cejas.

—¿Oh? Si bien me alegro mucho por ti, yo ya he perdido bastante dinero por causa de Henri. Pensé que al menos te resistirías hasta...

—Lucien —espetó Maggie—, no me estás ayudando.

Su amigo se puso derecho y volvió a examinar el cuadro.

—Bueno, entonces quién. ¿Quién más podría haberlo hecho?

Aunque la cabeza le daba vueltas, Maggie trató de concentrarse y pensar un nombre. La persona que había mandado la nota quería algo más que dinero, quería manchar el nombre de Lemarc. Y por lo que había visto, su plan seguramente había tenido éxito en Londres. Entre los artistas, la línea que separaba lo destacable de lo intolerable era muy fina. Lo primero significaba que podía contratarte cualquiera lo bastante rico y aburrido para querer codearse con un artista de renombre. Lo segundo significaba que nunca te contrataría nadie que se preocupara mínimamente por su reputación... es decir, nadie que formara parte de la alta sociedad londinense. Si no regresaba a Londres y reparaba el daño que se había hecho al nombre de Lemarc, todo estaría perdido. Oh, y seguiría teniendo que evadir a las autoridades.

Y no quería de ningún modo tener que acabar en prisión.

—De verdad —dijo sujetándose el puente de la nariz entre los dedos—, no tengo ni idea. He tratado de no llamar mucho la atención en Londres, y apenas si tengo vida social, salvo en mis fiestas. No conozco a nadie que pueda querer vengarse de mí de este modo, salvo Winchester, porque me burlo de él en mis dibujos... y sé que no es él. ¿Qué voy a hacer?

El sonido de alguien que llamaba a la puerta les interrumpió. Tilda apareció de nuevo.

—Milady, el conde de Winchester desea verla.

—Discúlpame por presentarme de este modo. —Simon rodeó la figura de Tilda y entró. Unos pantalones azul oscuro cubrían sus piernas largas y esbeltas, y un sobretodo a juego y hecho a medida ceñía sus hombros. Su bello rostro, sonrosado por el frío, mostraba arrugas de preocupación—. Oh, veo que también has recibido uno —dijo señalando a la mesa con el gesto—. He venido en cuanto he visto el mío.

Y dicho esto se metió una mano en el bolsillo y sacó un papel doblado.

—¿El tuyo? ¿Quieres decir que también has recibido una carta? Pero eso no tiene sentido…

Miró a Lucien buscando respuestas, pero su amigo se limitó a encogerse de hombros.

—Toma. Lee esto. —Simon le puso el papel en las manos. Maggie se volvió y lo extendió sobre la mesa junto a los otros dos, para que ella y Lucien pudieran examinarlo juntos. Señaló sus dos cartas—. Mientras tú puedes leer las que he recibido yo.

La misiva que Simon había recibido, breve y directa, le informaba sobre las caricaturas sediciosas que estaban apareciendo bajo el pseudónimo de Lemarc. Exigía dinero —tres mil libras anuales— para dejar a Maggie/Lemarc en paz. Cuando dio la vuelta al papel, vio que la habían enviado al hotel donde Simon se alojaba en París.

—¿Quién sabe que estás en París y te alojas en el Hôtel Meurice?

Simon levantó la vista de la nota de la señora McGinnis.

—Todo el mundo, supongo. No es ningún secreto.

—He de regresar a Londres —dijo Maggie a los dos hombres.

—Iré contigo —declaró Simon con una voz contundente y decidida que Maggie conocía bien.

—No, eso es…

—No me discutas, Maggie. —Y golpeó la mesa con la palma de la mano—. Me parece que no eres consciente de lo que se te viene encima. ¿Tienes idea de lo graves que son los cargos por sedición? Es un delito penal. Podrían encarcelarte indefinidamente. Yo puedo protegerte. Al menos, deja que utilice mi nombre y mi influencia para tratar de minimizar el golpe.

Parecía muy afectado, y eso la conmovió. Aun así, no deseaba que sus problemas lo arrastraran a él también.

—¿Y qué precio tendrá para ti que te impliques en todo esto? ¿Más votos? ¿Tu posición política? No puedo permitir que te posiciones junto a Lemarc frente a la Corona. ¿Y si acabas en la cárcel?

—Eso no pasará. Conozco a esta gente desde siempre, Maggie. Y no me creerán capaz de conspirar para minar un sistema que yo mismo he ayudado a construir. Me escucharán. Y es posible que consiga mantener en secreto tu verdadera identidad si actúo como agente de Lemarc.

Todo perfectamente razonable, desde luego, pero eso no hacía más fácil aceptar su ayuda. En los últimos diez años no había podido confiar en nadie que no fuera ella misma. Había tenido que enfrentarse a los problemas ella sola. Permitir que otra persona compartiera su carga con ella, incluso si ese alguien era Simon, resultaba extraño e inquietante.

—Necesito hacer algo. No puedo quedarme cruzado de brazos mientras tú matas al dragón por mí. Iré contigo.

Simon meneó la cabeza.

—Tienes que quedarte aquí. En París. Te mantendré a salvo de…

—Difícilmente puedo estar a salvo aquí, ahora que el imitador sabe dónde estoy. Es impensable que me quede. No, escucha —dijo cuando vio que él no estaba de acuerdo—. Me volveré loca si tengo que quedarme aquí esperando noticias. Y puedo ayudarte a encontrar a ese imitador. Nadie conoce mi trabajo mejor que yo. Es posible que pueda descubrir su identidad a través de sus dibujos.

Simon frunció los labios con expresión desdichada.

—Aunque tanta preocupación es conmovedora —apuntó Lucien en medio del silencio—, es mejor si trabajáis juntos con un objetivo común, *non?*

—Si vuelves, lo que harás será facilitarle a la Corona la tarea de encontrarte —dijo Simon con la mandíbula apretada.

—Si vuelvo me será más fácil descubrir al imitador.

Cuando vio que Simon no le discutió a Maggie sus palabras, Lucien se puso en pie.

—Le diré a Tilda que prepare tus cosas —dijo, y salió de la habitación.

𝒮imon suspiró cuando Barreau cerró la puerta. Tendría que haber imaginado que no podría mantener a Maggie al margen. Mujer testaruda y enloquecedora. ¿Es que no se daba cuenta del peligro? Aquello había que llevarlo con tacto y diplomacia... y no eran precisamente el punto fuerte de Maggie. Pero sí lo eran de él, y haría cuanto estuviera en su mano para evitar que perdiera lo que tanto le había costado conseguir.

Sin darse cuenta, avanzó un paso hacia ella. Ella levantó una mano.

—Espera —le dijo. Desvió la mirada y Simon vio que sus mejillas se habían teñido de color—. Hay otra cuestión que debemos resolver antes de volver a Londres.

—¿Qué es?

Cruzó los brazos sobre el pecho. ¿Podría convencerla para que se instalara en Barrett House? La quería en su cama todas las noches. Aunque si la cama era la de ella también le parecía bien...

—Tú y yo. Nosotros. Tenemos que dejar de vernos.

Simon puso cara de desolación. ¿La había oído bien?

—¿Que tenemos... que dejar de vernos? —repitió estúpidamente.

—Sí.

—¿Y por qué demonios tendríamos que hacer eso?

—Tal como están las cosas, no puedo permitir que mi reputación afecte a tu estatus. En Londres los cotilleos serán mil veces más que en París.

—Que les den a los cotilleos, Mags. No me importa lo que digan de nosotros.

Ella alzó el mentón.

—Eso lo dices ahora, pero no tienes ni idea del daño que podría hacerte todo esto, y es un daño que no se puede deshacer. Es mejor que zanjemos nuestra relación ahora. Y si quieres podrás actuar en nombre de Lemarc en Londres.

La sinceridad y decisión de su voz hicieron que a Simon el pánico le bajara como un escalofrío por la espalda.

—Definitivamente no. Y en estos momentos mi posición no me preocupa.

—Quizá ahora no, pero lo hará en el futuro. Pronto. Cuando el Parlamento retome su actividad en unos meses, te preocupará. Y entonces ya será demasiado tarde.

No, no, no. Aquello no iba así. Había ido allí decidido a tener una conversación muy distinta sobre su futuro en común, una que incluyera tenerla desnuda día sí y día también. Una conversación sobre amor y risas, sobre todas las cosas que había echado en falta en los últimos años. Y ¿de dónde le venía ahora aquella actitud? Maggie no se había dejado intimidar por la sociedad en su vida. Hacía siempre cuanto se le antojaba sin pensar en las consecuencias.

¿Por qué tenía que ser diferente en su relación con él? ¿Acaso no creía que mereciera la pena el riesgo?

—¿De qué tienes miedo? —preguntó—. ¿De que deje de recibir invitaciones? ¿De que tenga que esforzarme un poco más en la Cámara de los Lores? ¿De que tenga que oír algunos chistes a nuestra costa?

—Lo dices como si fuera tan fácil. Sí, tengo miedo de todo lo que dices… y más. Y habrá más, Simon. Esto te afectará en aspectos que ni siquiera imaginas. Markham solo ha sido el principio. Y ¿te has parado a pensar en cómo afectará todo esto a tu familia?

—Mi madre es la única que podría preocuparme en ese sentido, y aún está por llegar el día en que alguien la mire por encima del hombro. Además, estará encantada cuando vea que por fin he elegido una prometida.

—¿Prometida? —chilló Maggie mirándolo con los ojos muy abiertos.

—Sí, prometida. ¿De qué te sorprendes? Es evidente que quiero casarme contigo.

Simon esperaba que esto la tranquilizaría, pero si acaso pareció ponerla más nerviosa.

—¿Estás loco? Mira a tu alrededor. —Agitó la mano en aquel espacio luminoso. Una biblioteca reconvertida en estudio, llena de lienzos, telas, pinceles, caballetes y trastos varios—. ¿Quieres casarte con esto? ¿Casarte con Lemarc? Porque esto no va a desaparecer. Mi arte, mi trabajo… esto es lo que soy. No puedo renunciar a ello.

—Jamás te pediría que lo hicieras. —Dio un paso hacia ella, pero ella se apartó y se puso fuera de su alcance. Simon cruzó los brazos—. Aun así, quiero que nos casemos. Quiero despertarme a tu lado cada mañana. Quiero viajar contigo. Ver cómo pintas, que me des hijos… —y habría podido seguir y seguir, porque la lista de las cosas que quería de ella era interminable.

—¿Hijos? —Si eso era posible, palideció aún más. Se cubrió la boca con una mano, meneó la cabeza—. Ahora sé que no piensas con claridad —susurró.

—¿Qué esperabas, que después de todos estos años me contentaría con tenerte unas semanas en mi lecho? —Antes de que Maggie pudiera escapársele, se acercó y le sujetó el rostro entre las manos—. Te necesito, Maggie, y no permitiré que nada me impida estar a tu lado. Ni el miedo ni las amenazas, ni siquiera la desaprobación de todas las damas de Londres. Aunque tenga que renunciar a mi escaño en la Cámara de los Lores.

Las lágrimas se agolpaban en las comisuras de sus ojos, desbordando casi, hasta que dos lágrimas solitarias rodaron por su mejilla. Simon las enjugó con los pulgares.

—No llores, cariño. Todo irá bien, ya verás. Confía en mí.

Maggie hizo que no con la cabeza, de modo que Simon se inclinó para besarla y notó su reticencia y su preocupación por la forma en que se contenía. Haciendo uso de su boca, sus manos y su lengua, Simon vertió toda su determinación y seguridad en ella. Quizá no la convencería con sus palabras, pero al menos podría hacer que sintiera físicamente lo mucho que la quería. Lo mucho que la deseaba. Que nunca, nunca dejaría que nada ni nadie le hiciera daño. Tras los primeros segundos, ella contestó al beso, clavando los dedos dolorosamente

en sus brazos con ansia y desespero. Simon sintió una descarga de satisfacción correr por sus venas, seguida muy de cerca por un deseo tan
intenso, tan agudo que casi le hizo caer de rodillas.

—La puerta —jadeó Simon contra su boca.

—No pasa nada. No nos molestarán —Le dio un pequeño bocado
en el labio inferior, y chupó aquella carne rolliza llevándola al interior
de su boca—. Ahora, Simon.

Tendría que haberse negado. Después de todo, iban a verse por la
noche. ¿Qué tenía aquella mujer que le hacía perder la razón de ese
modo? Y entonces los dedos de ella encontraron los botones de sus
pantalones... y cualquier propósito de esperar se desvaneció. Maggie
le quitó la ropa y se puso a acariciarle con ansia. Le había enseñado
bien, pensó, echando la cabeza hacia atrás en un gesto feliz de rendición. Dios, si seguía así otro minuto eyacularía en su mano.

Incapaz de esperar más, la guio hasta la mesa rayada de madera.
Apartó las cartas y el cuadro del imitador.

—Sube —le dijo—. Levántate las faldas.

Maggie no apartó en ningún momento sus ojos entornados de él
mientras se sentaba y se apoyaba en un codo para levantarse el borde
de su desgastado vestido, enaguas y camisola. Su pubis, cubierto de un
vello suave, aparecía al descubierto ante él a plena luz del día. Tan
hermoso. Nunca se cansaría de mirarla.

Maggie abrió las rodillas invitándolo con descaro. Todo en él le
pedía a gritos que la tomara enseguida, pero no quería hacerle daño.
Se colocó entre sus piernas y deslizó un dedo por la entrada a su cuerpo. Mojado. Listo. Se colocó en posición y de un empujón entró tan
adentro como pudo. Aquel movimiento exquisito arrancó un gemido
de la boca de ambos. Su interior, caliente y apretado, aferraba su pene
como un puño. Maggie se echó hacia atrás sobre la mesa, su hermosa
y salvaje Maggie, desplegada ante él como el banquete más exquisito.
Y mientras la miraba, sus labios dibujaron la palabra que siempre lo
arrastraba a un punto de efervescencia.

—Por favor —susurró.

Oh, Dios. Simon se inclinó y la sujetó por debajo de las rodillas. Tenía las caderas levantadas de la mesa, y eso le daba a Simon una mayor movilidad. Se puso a empujar, a un ritmo furioso que los dos anhelaban. Sus manos la rodearon por los muslos para atraerla mejor hacia su cuerpo cada vez que empujaba. Maggie jadeaba, con los párpados entornados.

—Sí —susurraba.

En su vida se había sentido Simon tan fuera de control, ni siquiera en su juventud. Pero Maggie lo sacudía, lo volvía del revés... y era algo que ella sabía perfectamente y que le gustaba. Muchas noches había jugado con él y lo había torturado, hasta que la tomaba como un animal en celo, movido por un delirio salvaje. Y sin embargo, ninguna de aquellas noches había sentido el frenesí que sentía en aquellos momentos.

El placer empezó a aumentar en la base de su columna. Cada empujón le llevaba más cerca del orgasmo y sabía que ya no tardaría.

—Utiliza los dedos —dijo en un jadeo—. Vamos, cielo, deja que te vea.

Sin ningún pudor, abrumadoramente hermosa, Maggie deslizó la mano sobre su vientre y sobre el vello que cubría su pubis. Unos dedos diestros encontraron el pequeño capullo que coronaba su sexo, lo tocó. La imagen resultaba tan erótica que Simon tuvo que cerrar los ojos. Si la miraba se correría enseguida. Maggie gimió y Simon redobló sus esfuerzos, empujando con fuerza con las caderas para llegar más adentro. Con los músculos tensos y apretados porque casi había llegado al clímax.

—Dios, sí. Córrete conmigo —le dijo abriendo los ojos para ver cómo su cuerpo se sacudía y se estremecía. La sensación era tan exquisita que sintió como por dentro todo su ser se contrajera como un muelle para saltar libre al momento siguiente. El orgasmo lo sacudió sin previo aviso y Simon se vació dentro de ella. Echó la cabeza hacia atrás y dejó escapar un grito, mientras aquello se prolongaba en una oleada interminable de éxtasis incontenible y Maggie lo sujetaba con fuerza.

Cuando los dos se hubieron recuperado, Simon salió de ella.

—Me disculpo —dijo, sacándose un pañuelo de lino del bolsillo y pasándoselo a ella—. Quería salir antes...

Ella aceptó el pañuelo.

—Lo sé. Los dos nos hemos dejado llevar, me temo.

Simon se abotonó los pantalones, aliviado al ver que Maggie no se había disgustado por su descuido. Después de todo, tal vez sí que la había convencido para que se casara con él. Y no permitiría que ningún hijo de los dos naciera siendo un bastardo.

—Tendríamos que salir hacia Londres mañana por la mañana. Conseguiré los pasajes.

Maggie se incorporó y se puso bien las ropas.

—Tengo muchas cosas que hacer antes de regresar. Quizá será mejor que no nos veamos esta noche para no distraernos.

Simon frunció el ceño contrariado, aunque no pudo encontrar ningún argumento para discutirle aquello.

—Bien. Te recogeré por la mañana. —La tomó de la mano y la ayudó a bajar de la mesa. Tenía los cabellos desordenados y la piel arrebolada, mismamente como una mujer que acaba de darse un revolcón. Su mujer. Le dio un beso fugaz—. Entonces hasta mañana.

19

Londres, una semana después

—He venido en cuanto he podido —dijo el duque de Colton al entrar en la salita.

Simon se levantó y se acercó al aparador.

—Te lo agradezco, Colt. Siéntate, te serviré un brandy.

En Londres, el tiempo se había vuelto glacial en los primeros días de febrero. Y aunque no hacía ni una hora que Simon había llegado, el frío ya se le había metido en los huesos. Volvió a llenar su vaso y le sirvió a Colton una generosa cantidad en un vaso de coñac.

Cuando estaba a punto de sentarse, la señora Timmons llamó a la puerta.

—Señores, su excelencia, traigo té recién hecho. —Simon le indicó que pasara con la mano y la mujer entró y dejó la bandeja con el té. Una doncella entró detrás con una bandeja con dulces—. ¿Desea que Sally les sirva el té?

—No, creo que nos las arreglaremos solos. Gracias.

Las dos mujeres inclinaron la cabeza y se retiraron.

—¿Por qué has dicho que no? Me gustan tus doncellas. —Quint escogió un pedazo de pastel y se lo metió en la boca—. Son más guapas que las mías.

—Tendrías sirvientas más bellas si te comportaras como un vizconde y no como un demente —apuntó Colton—. Y, bien, Winchester, ¿a qué viene tanta prisa? ¿Cuándo has vuelto de París?

—Hace casi una hora. Antes de pasar a otros asuntos, dime, ¿cómo va la búsqueda de Cranford?

Colton meneó la cabeza.

—Me temo que sigo sin localizarlo. Fitz y yo hemos puesto la ciudad patas arriba para encontrarlo.

—Maldita sea —exclamó Simon, y dio un golpe en el reposabrazos.

—Justo lo que yo pienso. Vimos lo que le hizo a la chica del burdel de Hartley. Y no mucho después, otra joven fue golpeada, violada y asesinada en Saint Giles. El autor encajaba vagamente con la descripción de Cranford y una de las amigas de la fallecida dijo haberse fijado en un anillo con un sello.

—Por no hablar de lo que le ha hecho a Maggie —añadió Simon—. ¿Dónde demonios se ha escondido?

—No sabría decirte. Pero la perspectiva de cobrar la recompensa hará que los hombres de O'Shea estén bien atentos. Tarde o temprano aparecerá.

—A menos que se haya embarcado en un vapor hacia América —comentó Quint para rematar la frase, de un modo muy poco positivo en opinión de Simon.

—Ni tan siquiera una visita a ese país olvidado de la mano de Dios impedirá que tenga mi compensación —les advirtió Simon—. No me importa a dónde tenga que ir, Cranford va a pagar por cada segundo de sufrimiento que Maggie ha tenido que aguantar.

—Eso será si antes no la arrestan por sedición —de nuevo Quint.

—¿Sedición? —Colton abrió los ojos sorprendido—. ¿Qué es todo esto?

Así pues, Simon puso a su amigo al corriente de los acontecimientos, empezando por la identidad de Lemarc hasta llegar a las cartas de chantaje que habían recibido él y Maggie en París.

El duque se recostó con desánimo en la silla.

—Increíble. Todo este asunto es de lo más extraordinario. A ver si lo entiendo. Tú cortejaste a lady Hawkins el año de su presentación, hasta que estalla el escándalo, que es cuando Cranford te enseña un puñado de cartas en las que Maggie declara profesar un amor imperecedero por otro hombre. Ella se casa con Hawkins en vez de contigo, y cuando él muere regresa a Londres bajo el pseudónimo de Lemarc, abre la tienda de la señora McGinnis y nace Vinochester.

Simon dio un trago de brandy.

—Sí.

—Esa mujer es realmente inteligente. Desde luego no puedes por menos que admirarla.

—Desde luego —concedió Quint—. Se ha labrado un nombre por sí misma. Lemarc es muy respetado entre los artistas. Incluso se hablaba de invitarle a exponer su obra en Somerset House.

—No me refería solo a sus cuadros —aclaró Colton—. Aunque son impresionantes. Me refería a su plan para hacer sufrir a Winchester. No todas las mujeres sabrían convertir a un antiguo amor en una caricatura famosa. ¿Crees que me vendería alguna de esas caricaturas?

—Lo aceptaré cuando Julia me autorice a contarte lo que hizo con su tiempo durante los años que pasaste fuera.

El rostro del duque se ensombreció y sus ojos se entrecerraron hasta quedar reducidos a dos rendijas.

—¿Qué has querido decir? ¿Cómo que lo que hizo con su tiempo?

Simon no contestó, se limitó a mirarlo con una sonrisa burlona. Cuando parecía que Colton estaba a punto de ponerse justificadamente furioso, Quint levantó una mano.

—Qué críos sois —dijo—. Creo que deberíamos volver al tema que nos ocupa. He estado pensando en el chantajista desde que estuve en París. Por el tono de las notas, yo diría que podemos asumir que se trata de alguien próximo a ti, Winchester.

—¿A mí? ¿Y por qué a mí?

—Parece demasiado satisfecho. Se regodea. Es algo personal para él. O ella. Se está riendo de los dos, tratando de sacaros dinero. Pero a ti te ha pedido más. Eso me hace pensar que esa persona desea herirte a ti, y lo de lady Hawkins solo es algo secundario.

Simon pensó en aquello mientras echaba mano de otro pastelillo. ¿Quién podía odiarle tanto? Seguramente algún rival político.

—¿Entregarás al chantajista a la Corona? —preguntó Colton.

—Es la única salida. No pienso entregarles a Maggie ni a la señora McGinnis.

Quint cogió la tetera para servirse más té.

—Imagino que acordaréis un pago y esperarás para ver quién se presenta a recoger el dinero.

—Sí, y me atrevo a decir que es lo que Hollister recomendaría —dijo Simon aludiendo al detective—. Sea como fuere, tendrá que ser pronto. Sospecho que en cuanto se corra la voz de que Maggie y yo hemos regresado a Londres, el chantajista querrá contactar con nosotros.

—Me sorprende que lady Hawkins no nos acompañe hoy, puesto que este asunto también le incumbe —señaló Colton.

Simon no contestó, de modo que Quint intervino.

—Lo dejó solo en París. Se escabulló en mitad de la noche.

Colton se rió.

—Extraordinario. Adoro a esa mujer. De veras, Winchester, te mereces todo lo que te haga.

Simon tuvo un anhelado respiro porque en ese momento llamaron a la puerta.

—Adelante.

Apareció su mayordomo.

—Un tal señor Hollister desea verle, milord.

—Excelente. Que pase al estudio, Stillman. —Se puso en pie—. Venid los dos, y procurad ser de ayuda.

*C*uatro días después, la señora McGinnis recibió unas instrucciones escuetas:

El jueves a las tres de la tarde, deje un libro que contenga los billetes en el primer banco de piedra del camino que va de Stanhope Gate a Serpentine.

El emplazamiento jugaba en su favor. Hyde Park ofrecía multitud de lugares donde ocultarse y desde donde podría vigilar el paquete. Seguramente el chantajista no recogería el paquete en persona, habría sido muy arriesgado, pero alguien lo haría por él. Lo único que tenían que hacer era esperar y seguir a esa persona.

Simon no había permitido que Maggie se implicara en aquello. La mantenían informada, por supuesto, pero no quería que tuviera ningún contacto con aquella gente. Podía imaginar lo furiosa que estaría con él, sobre todo porque había pedido a Hollister que apostara a un hombre ante su casa para vigilarla, pero no podía arriesgarse a que su nombre quedara asociado de ninguna forma con aquella operación. Tenía que mantenerla al margen.

No la había visto desde París. La añoraba. Muchísimo. Añoraba su testarudez y su risa. Su carácter combativo y su espíritu travieso. Y por las noches añoraba sus manos suaves y fuertes arrastrándolo a la locura. Aun así, antes de volver a verla tenía que eliminar aquella amenaza. En cuanto el imitador y el chantajista estuvieran en manos de la Corona, iría a verla y podrían hablar del futuro, un futuro que incluía a Maggie como duquesa de Winchester.

El día de la entrega, Hollister apostó a más de veinte hombres en el parque. Fuera quien fuese la persona que se presentara para recoger el paquete no escaparía, aunque la perspectiva no alivió en modo alguno la inquietud de Simon. La persona que había pergeñado aquello se interponía entre él y todo lo que siempre había querido, y su futuro dependía de que pudiera eliminar ese obstáculo.

Tal como esperaban, no había pasado ni un minuto desde que Simon dejó el libro sobre el banco cuando un joven se acercó para recogerlo. Simon y los otros hombres lo siguieron, procurando mantener la suficiente distancia para no llamar su atención. Acabaron en Jermyn Street, donde el mozuelo llamó a una puerta, entregó el paquete y tras recibir unas monedas echó a correr y desapareció. La puerta se cerró enseguida. La transacción había durado apenas unos segundos.

—Es nuestro hombre —le susurró Hollister a Simon. Estaban apostados al otro lado de la calle—. Ha cogido el paquete.

—Entremos, pues. —Simon echó un vistazo a la puerta—. ¿Llevas tus herramientas para abrir puertas?

—Por supuesto. Nos colaremos en la casa y pillaremos a su chantajista desprevenido. Apostaré a algunos hombres a los lados y en la parte de atrás de la casa por si intenta huir.

Hollister manipuló las cerraduras con la pericia de un curtido ladrón y giró el pomo con mucho cuidado para no hacer ruido. Le hizo un gesto a Simon para que pasara delante.

Simon subió sigilosamente las escaleras, pistola en mano, con Hollister justo detrás. Los escalones crujían y gruñían bajo el peso de sus cuerpos y debían moverse despacio. Cuando llegaron arriba, Simon comprobó la puerta y vio que la llave no estaba echada. Abrió y entró como el rayo, con Hollister pisándole los talones.

La gran habitación estaba desprovista de muebles, salvo por una mesa y unas pocas sillas aquí y allá. Vio gastados útiles de pintura: lienzos, caballetes, marcos, pintura y pinceles… todo lo cual explicaba el intenso olor a trementina que se respiraba allí. Un hombre menudo y desconocido estaba sentado a la mesa, con papel y lapiceros delante. El hombre, con los ojos muy abiertos, levantó las manos con cuidado en señal de rendición.

Un movimiento a su espalda llamó la atención de Simon y vio desaparecer una cabeza coronada con cabellos castaños que ya clareaban por la ventana.

Simon corrió, decidido a detener al prófugo. Al acercarse vio una cuerda sujeta a un gancho en el alféizar. Y cuando se inclinó para mirar, vio un rostro familiar que soltaba la cuerda y saltaba al callejón.

Sir James. Su condenado cuñado. Un gruñido furioso brotó de su garganta.

—¡Detenle! —le gritó al hombre que Hollister había apostado a la entrada del callejón mientras sir James corría hacia allá.

El hombre corrió al callejón para interceptar a sir James y Simon se dio la vuelta y corrió a las escaleras.

—Espere aquí —le indicó a Hollister, que estaba apuntando al desconocido de la mesa con su pistola.

Simon bajó atropelladamente las escaleras y abrió la puerta de la calle. Dios, ahora todo encajaba. El dinero, las notas. Que fuera un ataque personal.

El condenado idiota.

Ya en la calle, Simon supo que el hombre de Hollister tenía a sir James atrapado en el callejón. James trataba de soltarse, pero el otro era grande y fuerte y lo tenía inmovilizado con su cuerpo.

Cuando vio que Simon se acercaba, se puso rígido. El miedo destelló en sus facciones regordetas, pero enseguida alzó el mentón con gesto desafiante.

—Hola, Winchester, ¿qué…?

—No se te ocurra decir una palabra, miserable.

La ira le ardía en la garganta. Nunca había querido golpear a nadie con tantas ganas. Aquel hombre había sido como un grano en el culo desde el día en que se casó con Sybil. Un chantajista. Por Dios santo.

—¿Desea que mande a buscar a las autoridades, milord?

El hombre de Hollister se apartó y se sacó una pistola del abrigo. Apuntó con ella a sir James.

Simon se restregó el mentón. Detestaba tener que verse en aquella situación. Sería mucho más sencillo si dejaba el asunto en manos de la Corona.

—No, todavía no.

—¡No puedes hacer que… me arresten! —balbuceó sir James indignado—. Piensa en el escándalo. Tu madre y tu hermana. ¿Qué va a…?

—¡Basta! Puedo hacer lo que se me antoje, James, hasta mandarte a galeras si así lo decido.

Necesitaba hablar con James a solas. Por más que quisiera que las cosas fueran de otro modo, aquello era un asunto familiar y nadie debía oírles. Se volvió hacia el hombre de Hollister.

—Vigila la entrada al callejón.

El hombre asintió, se alejó unos pasos en dirección a la calle y les dio la espalda.

Simon miró a James entrecerrando los ojos.

—Dame una buena razón para no matarte ahora mismo.

James se apartó de la pared de ladrillo tratando de ponerse bien la ropa.

—Sybil nunca te perdonará. Y ni siquiera los pares pueden salir impunes de un asesinato.

—Pueden si son lo bastante listos. Me atrevo a decir que en este caso se me aclamará como a un héroe. —Simon cruzó los brazos para no estrangularlo—. No puedo creer que pensaras que tu plan podía funcionar. Tendría que meterte una bala en ese corazón tan falso que tienes.

—¡Pues hazlo! —espetó el otro alzando las manos—. No me queda nada por lo que vivir. Estamos acabados. Nos has quitado todo el dinero, y ahora me veo obligado a vivir de la caridad de los parientes como si fuera un... una maldita solterona. Tú...

—¿Y la solución es hacerme chantaje? Por Dios, James, ¿qué querías que hiciera? Gastas cada penique que llega a tus manos. Estás decidido a arrastrar a mi hermana contigo, y eso no puedo consentirlo. No vas a llevarnos a la bancarrota, al menos no mientras yo sea el cabeza de la familia.

—Como si necesitáramos que nos recuerdes que eres el poderoso conde de Winchester —dijo James con una mueca despectiva.

Simon apretó la mandíbula con fuerza. ¿No debería estar suplicándole perdón? Respiró hondo para serenarse.

—¿Quién te ha metido en esto? Sé que no puede haber sido idea tuya.

—¿Cómo lo sabes? Soy más listo de lo que crees.

—Eres exactamente tan poco listo como creo, imbécil pomposo. Y ahora dime con quién has estado trabajando.

—¿Por qué iba a decirte nada?

Simon se acercó, lo cogió del pañuelo del cuello y lo empujó con fuerza contra la pared de ladrillo.

—Porque si no lo haces te voy a cortar las pelotas y se las daré a los cerdos. Empieza a hablar, James.

James apretó los labios; el despecho brillaba en sus ojos.

—Bien —dijo Simon muy tranquilo.

Lo soltó… y le propinó un buen puñetazo en el estómago. El hombre se dobló resollando. Simon se recompuso los puños de la camisa y esperó.

—Que te… den —dijo al fin James con voz rasposa.

Simon lo agarró del cuello y lo empujó con fuerza contra la pared.

—Pues entonces nos divertiremos un poco, ¿te parece?

James no dijo nada, se limitaba a mirarlo con expresión hostil, así que Simon se inclinó.

—Pienso apretar hasta que me digas lo que quiero saber. Y si no me lo dices, no te dejaré respirar.

—No te atreverás —replicó James, aunque sus ojos miraban inquietos más allá, como si buscara quien le ayudara.

—¿Estás seguro? —Simon apretó el puño y James chilló—. Es un lugar perfecto para matarte. Encontrarán tu cuerpo en el callejón y pensarán que ha sido algún ladrón o un rufián. Nadie sospechará nunca de mí.

James trató de debatirse, pero Simon era más corpulento y más fuerte. Su cuñado se puso de un bonito tono de rojo.

—¡Estás loco, suéltame!

—Ni hablar. No hasta que no me digas quién es. —Y para que no tuviera dudas, apretó más.

A James los ojos parecía que se le iban a salir.

—¡Vale! ¡Suéltame y te lo diré! —susurró.

—Ahora, gusano. O te estrangulo aquí mismo.

—¡Cranford! —gritó James como pudo—. Ha sido Cranford. ¡Ahora suéltame!

Simon se quedó helado, no podía respirar. ¿Cranford? ¿Haciéndoles chantaje a él y a Maggie? Por todos los santos, ¿por qué? Su puño se relajó sobre el cuello de James y el hombre se echó contra el muro jadeando para respirar.

—¿Cranford? —repitió Simon, y pensó en voz alta lo que sabía de ambos hombres—. ¿Tú y Cranford habías planeado todo esto? Pero ¿cómo ha pasado?

—Somos amigos. —James alzó el mentón—. Desde hace tiempo. De hecho, él ha llevado muchos de mis asuntos en los pasados años. Tiene buenas ideas y siempre sabe dónde pueden hacerse inversiones de peso.

—James, tú no has hecho una inversión de peso en tu vida. ¿Has estado… dándole dinero a Cranford?

—Solo cuando surge la ocasión. No siempre puedo participar. Y no es culpa suya si un negocio fracasa. Es un hombre honesto.

Virgen santa. Por lo visto, Cranford llevaba años sacándole dinero a James. No, a James no, a los Winchester.

—No, no lo es. Es un mentiroso, un violador y posiblemente un asesino. Y ahora sabemos que también es un estafador y chantajista. Por Dios, James.

Simon se sujetó el puente de la nariz entre los dedos.

—¿Un… violador? ¿Asesino? No, no puede ser.

—Dime, ¿cómo tenías que contactar con él después del pago? James meneó la cabeza.

—No tenía que hacerlo. Me dijo que él me buscaría cuando regresara de París.

—¿Cranford estaba en París?

Simon notó que se le hacía un nudo en el estómago, porque las piezas empezaban a encajar. El hombre de la terraza en la fiesta de Maggie. El accidente del carruaje. El hecho de que el extorsionador supiera cómo ponerse en contacto con ellos. Apoyó una mano en la pared para sostenerse.

—Entonces, ¿fuiste tú quien mandó una nota a la señora McGinnis pidiendo el dinero?

—Cranford me dijo lo que tenía que decir. —Se rascó la cabeza—. Ahora que lo pienso, no es probable que siga en Francia. Porque de ser así ¿cómo iba a saber que vosotros estáis aquí?

Simon pensó en la perspicaz pregunta de James.

—¿El hombre de la habitación es el imitador que ha estado haciéndose pasar por Lemarc?

—Sí, yo lo descubrí. Es bueno ¿eh?

Simon esbozó una mueca y reprimió el impulso de volver a cogerlo del cuello.

—Pues no es algo de lo que puedas estar muy orgulloso, James.

James se puso serio.

—Bueno, ahora que lo sabes ¿qué piensas hacer?

Simon consideró las opciones. Definitivamente quería acabar lo que había empezado en aquel callejón, pero le hubiera resultado difícil justificar la muerte de James ante su familia. Lo que debía hacer era deshacerse de él sin asesinarlo.

—Por suerte para ti, tengo una casa en Edimburgo. Preveo una larga estancia en Escocia en tu futuro, James.

*M*aggie andaba arriba y abajo por su estudio, furiosa por tener que permanecer en casa. La luz del atardecer empezaba a apagarse. Sin duda a esas alturas el dinero ya estaría en manos del chantajista. Simon y el señor Hollister tenían pensado seguir a la persona que recogiera el paquete. ¿Lo habrían encontrado? ¿Qué estaba pasando? Se sentía tan impotente que le daban ganas de ponerse a tirarse de los pelos.

Ella tendría que estar allí. *Hubiera* estado allí de no ser por la testarudez de Simon.

Hasta había apostado a un hombre en la puerta para asegurarse de que no salía. Dejarla encerrada como si fuera una prisionera. La insolencia de ese hombre...

No tenía ningún derecho a resolver sus problemas por ella ni a tomar decisiones en su nombre. Nada había cambiado entre ellos desde París. La amenaza de la sedición seguía pesando sobre ella, por no mencionar el hecho de que un loco andaba por ahí tratando de hundirla. ¿Es que Simon no se daba cuenta del peligro que corría su reputación si alguien descubría su identidad? ¿O de lo que pasaría con su posición política si vinculaban su nombre al de ella?

«Aunque tenga que renunciar a mi escaño en la Cámara de los Lores.»

La idea de que estuviera dispuesto a renunciar a su legado familiar la conmovía y la aterraba a la vez. Pero no permitiría que lo hiciera, no, jamás lo obligaría a elegir. Aunque él había restado importancia a sus preocupaciones, Maggie sabía lo que pasaría si se casaban. Con el tiempo Simon acabaría resintiéndose por las consecuencias de su relación. Se sentiría dolido con ella.

Notaba una fuerte presión en el pecho, le costaba respirar. La tentación de tirarlo todo por la borda, de correr en busca de Simon y no pensar en las consecuencias la abrumaba... pero la resistió. Sabía bien lo que es que la alta sociedad te dé la espalda, lo fea que puede llegar a ser la vida cuando ya no tienes el control. Simon había sido reverenciado desde la cuna, era el precioso heredero de una de las familias más acaudaladas de Inglaterra. Y no tenía ni idea de lo que le esperaba si renunciaba a todo.

Así que tendría que ser ella quien actuara con sentido común. Aprendería a vivir sin él. No tenía otro remedio, porque, en cuanto se solucionara el asunto del extorsionador, abandonaría Inglaterra para siempre.

—La duquesa de Colton desea verla, milady —dijo Tilda en la puerta.

Maggie sintió la esperanza renacer en su pecho. No había visto a Julia desde que regresó de París. ¿Traería noticias del chantajista? Maggie salió corriendo al vestíbulo.

—¡No hace falta que suba, Tilda! ¡Ya bajo yo! —gritó mientras corría.

Bajó las escaleras de dos en dos y llegó por fin a la salita, donde Tilda dejaba siempre a las visitas. La duquesa estaba examinando un cuadro de la pared cuando Maggie entró.

—Julia —saludó jadeante—, ¿traes noticias?

Julia se volvió y meneó la cabeza.

—No. Esperaba que tú supieras algo. La espera se me estaba haciendo interminable sola en casa.

Maggie se desinfló y trató de coger aire.

—Bueno, entonces al menos podremos esperar juntas.

Cruzó la habitación y llamó para que les trajeran un té.

—Tienes mucho talento. —De nuevo se puso Julia a examinar el cuadro del paisaje, el cuadro con el chorlito que Simon había utilizado para identificar a Lemarc—. Y lo de Vinochester ha sido una pincelada de genio.

—Gracias, aunque una parte de mí desearía no haber inventado nunca ese nombre. Todo este embrollo podría haberse evitado.

—No puedes decirlo en serio —exclamó Julia—. Me han dicho que tú y Simon habéis solucionado vuestras diferencias en París.

—Deja que adivine. Te lo dijo Simon.

Julia arrugó la frente con preocupación.

—Sí, eso es. ¿No es cierto?

Maggie se sentó y se puso a arreglarse las faldas mientras pensaba lo que debía decir. Si se mostraba sincera ¿le guardaría Julia el secreto o se lo contaría todo a Simon? Cuando la duquesa vio que no contestaba, se instaló en una silla cercana.

—Maggie, debo confesarte una cosa. Me temo… —Julia hablaba con tono inusualmente grave, y sus ojos azules mostraban señales de preocupación y culpabilidad—. Bueno, sea como fuere es hora de que lo sepas.

—Me estás preocupando.

Julia asintió.

—Sí, tienes razón. Es algo que tendría que haberte dicho hace tiempo. Verás, cuando te presentaste en sociedad, cuando estalló el escándalo… —Se aclaró la garganta y cruzó las manos sobre el regazo—. Simon quería retar a Cranford pero yo lo convencí para que no lo hiciera.

Maggie pestañeó.

—¿Simon quería retar a Cranford?

—Sí. Estaba furioso. Estaba convencido de que Cranford te había deshonrado. Evidentemente, yo no conocía los detalles, de le contrario le habría dejado seguir con su idea. Pero fui egoísta: tenía dieciséis años, me habían casado con un desconocido que me abandonó enseguida. Simon había sido mi amigo desde la infancia. Y en aquel entonces me aterraba pensar que pudieran matarlo, que se viera obligado a abandonar Inglaterra. Así que lo convencí para que primero hablara con Cranford en lugar de enfrentarse a él con unas pistolas al amanecer.

Un duelo. Simon había querido defenderla. De pronto Maggie se sintió aturdida, llena de asombro y gratitud. Durante tanto tiempo había dado por supuesto que todo el mundo quiso darle la espalda cuando saltó el escándalo, y sin embargo ahora descubría que a Simon le importaba y había querido defenderla arriesgando su vida por ella. Gracias a Dios que Julia lo había convencido para que no lo hiciera. Si lo hubieran matado… bueno, no tenía sentido regodearse en el pasado. Baste decir que estaba agradecida porque seguía vivo.

Mientras Maggie trataba de asimilar esta nueva información, Julia cambió de posición en su asiento.

—Me siento espantosamente mal por lo que hice, Maggie. Si Simon hubiera retado a Cranford tu vida habría sido muy distinta. Y no solo eso, os habríais unido mucho antes.

—Tal vez sí… o no —concedió ella—. Nunca sabremos lo que habría pasado. También cabe la posibilidad de que Cranford le hubiera matado.

Por la expresión ceñuda de Julia, se notaba que aquello no la tranquilizaba.

—De veras —dijo entonces Maggie—, me alegro de que lo detuvieras. Retar a Cranford habría sido un error monumental.

—Maggie —las palabras de Julia parecían graves—, tu reputación, tu apodo. Las cosas tan terribles que has tenido que soportar… nada de todo eso habría pasado si le hubiera dejado lanzar el desafío. A estas alturas vivirías felizmente protegida en Winchester Towers con cuatro o cinco hijos.

—Dios no lo quiera —espetó ella con desdén.

Julia la miró sorprendida.

—¿Tan espantoso sería eso?

Maggie se serenó y pensó en la forma más correcta de expresar sus pensamientos. No había muchas mujeres que pudieran entenderlo, pero tal vez Julia sí.

—Mi matrimonio con Hawkins no fue trágico, y tenía suficiente libertad para estudiar y practicar mis capacidades. Viajé a París. Conocí a Lucien. Y descubrí cosas sobre mí misma que jamás habría visto de no haber sufrido aquel escándalo. No me arrepiento de nada de lo que he vivido. Y si bien no le deseo a nadie que se vea salpicado por algo así, mi reputación me permite ciertas libertades que de otro modo no tendría. He tenido una vida que la mayoría de las mujeres no se atreverían ni a soñar. No ha sido perfecta, pero al menos puedo decir que he vivido de verdad.

Nunca había expresado aquello en voz alta, pero cada palabra era cierta. La tensión que durante tantos años la había acompañado se desvaneció, y de pronto se sintió más ligera, más feliz. ¿Y qué si algunas personas se reían a sus espaldas? Maggie podía ser mucho más que la correcta lady Margaret Hawkins; también era Maggie, la ramera medio irlandesa, y era Lemarc. Pobres ellas, que solo eran una persona.

—Me alivia tanto oírte decir eso —dijo por fin Julia—. No te lo reprocharía si me dijeras que me fuera al infierno. Yo lo haría si estuviera en tu lugar.

—No. Te aprecio mucho. Además, solo estabas preocupada por el bienestar de Simon, y con razón.

—¿Lo amas? —Julia ladeó su cabeza rubia con su bonito gorro—. Debo decir que jamás lo había visto tan enamorado de ninguna mujer. Si le partes el corazón no me gustaría tener que tomar partido por uno de los dos.

¿Amarlo? En otro tiempo pensó que lo amaba, cuando era joven. Ahora prefería no pensar en eso, prefería pensar que la suya era una relación pasajera. Un capricho del que los dos se recuperarían cuando terminara… porque iba a terminar. Teniendo en cuenta quién era cada uno de ellos, no tenían elección.

Decidió ser sincera.

—He decidido abandonar Londres en cuanto mis asuntos aquí queden zanjados, así que no tendrás que preocuparte por tomar partido.

—¿Abandonar Londres? —El rostro de Julia pareció confuso—. Pero yo pensé que… ¿Lo sabe él?

Maggie meneó la cabeza.

—No, no se lo he contado a nadie.

—¿Por qué?

¿No era evidente? Maggie señaló con el gesto a la habitación, con la boca pastosa.

—Por Lemarc. Por la ramera medio irlandesa. Por todo lo que soy. —O más bien, lo que no era. Profirió una risa seca—. ¿Me imaginas como consorte de un político? Sería absurdo.

—Sí, te imagino —espetó Julia enderezando los hombros—. ¿Me estás diciendo que no te consideras lo bastante buena para ser la esposa de Simon? ¿Que eres indigna? —Se levantó de golpe y se puso a andar arriba y abajo por la habitación, furiosa—. ¿Ha insinuado él de algún modo que…?

—¡No! Por supuesto que no. Dice que quiere casarse conmigo aunque estoy segura de que cambiará de opinión en cuanto tenga tiempo de pensar con un poco de calma en las desafortunadas implicaciones de un acto tan temerario.

—¿Temerario? Lleváis casi diez años esperando para estar juntos. ¿En qué sentido puede ser eso temerario?

Tilda entró con el té y ambas esperaron pacientemente a que la sirvienta se retirara. Maggie se entretuvo sirviendo el té y Julia volvió a su asiento. Era evidente que la duquesa había idealizado la relación de Simon y Maggie. Ella, por su parte, hacía mucho que no idealizaba nada, la vida le había enseñado a ser práctica, por necesidad, incluso si a veces era duro.

—Debes saber —comentó Julia aceptando su taza y el platito— que si bien todos los Winchester han sido políticos brillantes, no hay ni uno solo que no tenga un escándalo en su pasado. Y por muy respetable que te pueda parecer Simon en estos momentos…

—Los escándalos de los hombres se perdonan —le recordó amablemente Maggie—. Y tú lo sabes. Para las mujeres es distinto. Y acabaría odiándome por ello.

—No te subestimes ni subestimes a Simon. Y yo y Colton os apoyaríamos con todo nuestro empeño. Los cuatro podríamos formar una fuerza formidable.

«No cuando el mundo descubra la verdadera identidad de Lemarc», pensó Maggie. Aquella noticia superaría con creces el alcance de cualquier escándalo. Si el extorsionador se salía con la suya, Lemarc sería desenmascarado y pasaría mucho tiempo en prisión. E incluso si esta amenaza desaparecía, siempre habría otra, siempre habría alguien tratando de arruinar a Lemarc. ¿Cómo podía permitir que Simon y sus amigos se vieran salpicados por sus chanchullos? Mejor marcharse ahora que estaba a tiempo.

Aún así, no quería discutir con la duquesa.

—Hablemos de asuntos más interesantes. No me habías dicho que conociste a Colton en Venecia. Dime, ¿cómo conseguiste que el disoluto duque se enamorara de ti?

20

—*N*o hay ni rastro de él, milord —dijo Hollister cuando entró en el despacho de Simon después de ser anunciado.

Simon apretó los dientes con frustración.

—Tal como sospechábamos —señaló Colton—. Se ha escondido.

—Seguramente nos vio siguiendo al mozo que fue a recoger el paquete aquella tarde y comprendió que íbamos a atrapar a sir James —apuntó Quint.

Tras ocuparse de sir James, los hombres se habían separado para buscar a Cranford. Hollister y Colton habían visitado los lugares más deshonrosos que sabían que Cranford frecuentaba, mientras Quint y Simon recorrían los clubes y antros del West End. Sin embargo, ya era más de medianoche y el fracaso pesaba sobre ellos como una nube oscura.

—A menos que esté en París —propuso Colton—. No tenemos forma de saberlo. Llevo semanas buscándolo. Si estuviera aquí ya habría encontrado algún indicio.

—No necesariamente —dijo Quint, y dejó la taza con su platito sobre la mesa—. Podría muy bien estar en algún local de fumadores de opio.

—¿Y mover desde allí las cuerdas con el asunto de sir James? No, no lo creo. —Simon se levantó para estirar las piernas, tratando de pensar una solución—. A ver, ¿y ahora qué hacemos? —preguntó, sin dirigirse a nadie en particular.

Todos guardaron silencio, y entonces Quint habló:

—Vuelve a decir lo que Cranford le dijo a Maggie en París.

Simon se restregó las sienes y trató de recordar todo lo que Maggie le había contado. Había tenido que insistir mucho para que le diera los detalles de todo lo que había pasado, y no lo hizo sino hasta unos días después.

—Maggie le pidió que se identificara y él se negó, dijo que lo haría a su debido tiempo. Confesó que sabía que ella era Lemarc y que yo la utilizaría.

—Sigo pensando que es algo personal contra ti, Winchester —dijo Quint—. Y esos comentarios no hacen sino confirmarlo. ¿Qué tiene Cranford contra ti?

Simon se encogió de hombros. Él mismo no acababa de entenderlo.

—Nada de la escuela o la universidad, que yo recuerde —dijo Colton—. Cranford era unos años mayor que nosotros y yo apenas lo recuerdo.

—Aquel día, en el club *Brook's*, parecías a punto de estrangularlo —le recordó Quint—. ¿Qué te dijo para que estuvieras tan furioso?

Simon casi había olvidado la conversación.

—Me aconsejó que me alejara de Maggie, tratando de hacerlo pasar como preocupación de amigo, por supuesto, y se burló de sir James.

Ya junto al aparador, se sirvió otro vaso de clarete.

—Lo que no me cuadra es el ataque a la joven en el burdel de madame Hartley —apuntó Quint—. Cranford es un ladrón y un mentiroso. Un estafador. Pero no lo veo asesinando a nadie.

—Agredió a Maggie el año de su presentación —señaló Simon—. Trató de seducirla y se puso violento cuando ella lo rechazó.

—Quiero hablar con Maggie —dijo Quint poniéndose en pie—. Quizá ella recuerde alguna otra cosa sobre su conversación con Cranford en la terraza.

*A*unque ya era tarde, Maggie se sentía extrañamente despierta cuando la duquesa se fue. El guarda seguía ante su puerta, y la idea de estar prisionera en su propia casa la hacía sentirse irritable e inquieta. Decidió volver a su estudio.

Tras despedir a Tilda, subió las escaleras para dirigirse a su refugio, con una lámpara en la mano. El estudio estaba a oscuras y se tomó un momento para encender varias lámparas. Cuando terminó, una sombra le llamó la atención desde el rincón. Maggie se volvió y trató de ver si había algo allí.

Justo cuando avanzaba un paso para ir a investigar, una figura emergió de las sombras. Se quedó paralizada, porque el rostro que salió a la luz no era otro que el de lord Cranford.

Su expresión era espeluznante y sus ojos oscuros la miraban muy brillantes. Maggie se tragó un respingo.

—¿Q-qué haces aquí? —dijo con voz entrecortada mientras reculaba.

—¿Es que no estoy invitado? Pensé que esta era otra de tus infames fiestas.

—Tú nunca estás invitado aquí.

Y lanzó una ojeada a la única puerta. Por desgracia, él estaba más cerca.

—¿No estarás pensando en huir? —Meneó la cabeza—. No llegarías a tiempo. Aunque no me importaría tener que reducirte.

Un escalofrío le recorrió la columna. Pensó en Cora, la joven a la que casi había matado en el burdel de madame Hartley. ¿Era Cranford capaz de semejante brutalidad? Aquella noche, en los jardines Lockheed, había sido brusco, pero no la había golpeado y tampoco la había herido. Aun así, la posibilidad de que empleara la violencia con ella hizo que no tratara de llegar a la puerta.

Maggie alzó el mentón.

—Gritaré, y todo el servicio acudirá en mi ayuda.

Cranford movió el brazo, que hasta ese momento había tenido a la espalda. La estaba apuntando con una pistola.

—Puedes intentarlo, pero no creo que estés dispuesta a pagarlo con la vida. Sobre todo porque seguramente querrás escuchar lo que tengo que decirte. Siéntate, Maggie.

Maggie bajó el cuerpo lentamente para sentarse en un pequeño taburete de madera, sin dejar de mirar a su alrededor con disimulo, buscando algo que pudiera utilizar como arma. Sin embargo, su estudio estaba ordenado, y no había nada a su alcance, salvo un lapicero. Cuando Cranford se movió para cerrar la puerta, Maggie cogió rápidamente el lápiz y se lo escondió entre las faldas antes de que él se diera la vuelta.

Cranford avanzó hacia ella. Sus pantalones negros y la levita de color cereza le daban un aire extrañamente civilizado que contrastaba con la mueca burlona de su rostro. Maggie trató de conservar la calma, no permitiría que la asustara. Respiraba hondo y no apartaba la mirada de su rostro.

—No hagas esto —le advirtió—. Te estás equivocando.

Cranford se detuvo a unos metros, con un leve tic en el ojo izquierdo.

—¿Te levantas las faldas cada vez que Winchester te indica que te acerques con ese dedo privilegiado y mimado que tiene? ¿Te abres de piernas y dejas que te use como le apetezca, como haría una furcia? ¿Es eso lo que eres para él?

Dios, estaba hablando de Simon. Maggie trató de contener la repugnancia que le provocaban aquellas palabras.

—Entonces ¿todo esto es por Winchester?

—¿Por qué él? Nunca lo he entendido. A mí me rechazaste y en cambio te has metido en su cama a la primera oportunidad.

—¡Estabas prometido con mi amiga!

Por no hablar de que ella siempre había querido a Simon, desde la primera vez que puso sus brillantes ojos azules sobre ella.

—¡No puede tenerlo todo! ¿Por qué siempre se lo tienen que quedar todo?

El hombre respiró hondo varias veces, con las narices hinchadas, como si estuviera tratando de no perder el control.

—¿Tienen? ¿Te refieres a la familia Winchester?

—A él y a todos los privilegiados con un título. No hacen otra cosa que nadar en un dinero que no se han ganado. Apuestas, peleas de boxeo... lo malgastan como si no fueran más que migajas.

—Pero tú eres vizconde. Tú tienes...

—Tengo deudas. Mis propiedades valen menos que el papel sobre el que están declaradas. He tenido que pasar falta y sufrir, he tenido que casarme con una mujer a la que detesto por su dote. Pero recuperaré lo que es mío. —Y la señaló con la pistola—. Y ahí es donde entras tú, querida mía.

A Maggie la cabeza le daba vueltas y cerró los puños con fuerza, tratando de concentrarse.

—¿Qué piensas hacer?

—Mi error ha sido confiar en sir James. No es más que un payaso. En cambio tú... —Sus labios se curvaron en una sonrisa—. Tendría que haberte utilizado desde el principio. Él hará lo que tú quieras, ¿no es cierto?

¿Sir James? Pero ¿de qué estaba hablando? Apretó con fuerza el lápiz y rezó para que fuera suficiente cuando llegara el momento.

—Ya no. Ya no estamos... relacionados.

Él le dedicó una mirada traviesa.

—Venga. No me hagas perder el tiempo con mentiras. Lo he visto contigo, he visto cómo te mira. Dios, tendrías que haberle visto la cara cuando le enseñé aquellas cartas hace años. Creyó de verdad que las habías escrito. Casi me meo de felicidad.

—Pensé que todo esto era por dinero —balbuceó Maggie—. ¿O es que disfrutas arruinando la vida de los demás?

—Siempre es por dinero... en este caso, un dinero que he trabajado mucho por conseguir. He tenido que frecuentar la compañía de sir James durante años solo para mermar la fortuna de miles de libras de Winchester. —Sonrió—. Arruinar vidas solo es un beneficio añadido.

Maggie lo miró entrecerrando los ojos.

—¿Como arruinaste la de Cora?

Él la miró confundido.

—¿Cora?

—La joven del burdel de madame Hartley.

—No conozco a nadie que se llame Cora —dijo perplejo, y Maggie supo que decía la verdad—. Y nunca he estafado a ninguna de las chicas de Hartley.

Así pues, el responsable del ataque no era él. Madame Hartley se había equivocado. Maggie decidió guardar aquel detalle.

—No te ayudaré a robar a Winchester.

—Oh, sí lo harás, señora mía. O te descubriré ante todo Londres como Lemarc.

Maggie se quedó helada, porque las piezas empezaban a encajar. Cranford era el extorsionador. Dios ¿es que nunca se libraría de aquel hombre?

—¿Cómo supiste que soy Lemarc?

—Te seguí. Y pronto lo sabrá todo el mundo si no me ayudas.

—No te atreverías. Es lo único que tienes contra mí.

—Te equivocas —dijo con una mueca despectiva—. Si no me ayudas te arruinaré. Otra vez. De modo que, antes de decir que no, piensa en la reputación de tu hermana. Piensa en cómo te ganas la vida. Piensa en la familia de Winchester y su brillante futuro político —terminó de decir, con un dramatismo que Henri habría envidiado.

Maggie jamás robaría a Simon ni abusaría de su confianza de un modo tan engañoso… incluso si eso significaba otra vez su ruina. Además, su hermana precisamente la había animado a anunciar que ella era Lemarc; la posibilidad de un escándalo no la inquietaba en absoluto. Y puesto que ya había cortado con Simon, sus problemas no le afectarían.

—Pues entonces adelante, hazlo. No pienso ayudarte. —Maggie se puso en pie, ocultando aún el lápiz entre las faldas—. Eres un cobarde y un ladrón, Cranford, y pronto lo sabrán todos en Londres.

El rostro del hombre se puso flácido, como si no acabara de creerse que dijera que no. La mano con la que sujetaba el arma se sacudió.

—No te atreverás. Te meterán en la cárcel por esos dibujos.

A Maggie ya no le importaba. Sin Simon, ya nada le importaba.

—A lo mejor sí. Al menos espero que me dejen tener un lápiz.

El hombre pestañeó y apartó la mirada mientras trataba de rehacerse. Maggie, intuyendo que era su momento, saltó hacia delante, con el lápiz en alto, y se dispuso a golpear en el hombro o el cuello... cualquier punto vulnerable donde pudiera acertarle para facilitar su huida.

Pero el susurro de sus faldas la delató y Cranford volvió la cabeza justo a tiempo. Sin embargo, con el impulso de su cuerpo Maggie hizo caer la pistola de sus manos antes de que pudiera volver a apuntarla y el arma chocó contra el suelo con gran estrépito. El lápiz se clavó en el hombro y Cranford gritó. Con ambas manos la apartó y la empujó contra la mesa. El golpe la dejó sin aliento y vio con impotencia cómo Cranford cogía una lámpara y la arrojaba contra un montón de cuadros y lienzos vacíos.

—¡No! —gritó Maggie.

Horrorizada, vio que la lámpara se abría y el queroseno se derramaba. El efecto fue instantáneo. Las llamas saltaron y engulleron los lienzos a una velocidad alarmante. Su corazón empezó a latir acelerado. El fuego era la peor pesadilla de un pintor, porque en todo estudio siempre había el tan necesario disolvente mineral y la trementina.

Notó un movimiento y al volverse vio que Cranford había recuperado su pistola y estaba apuntándola de nuevo. Las llamas eran cada vez más altas, y el humo acre de la combustión de los trapos manchados de aceite le escocía en los ojos. Cranford apretó el gatillo, pero el arma se encasquilló y el calor le hizo caer hacia atrás. Se volvió entonces hacia la puerta y Maggie supo que solo tenía unos momentos antes de que los líquidos limpiadores sucumbieran bajo el fuego y todo se hubiera perdido. La explosión, sin duda, destrozaría la habitación y eliminaría cualquier posibilidad de huida. Maggie corrió hacia la puerta, pero Cranford fue más rápido. Huyó al pasillo y cerró la puerta antes de que Maggie pudiera alcanzarla.

Justo cuando sus manos tocaban la madera, oyó que Cranford echaba la llave por fuera.

—¡Déjame salir! —gritó golpeando la superficie lisa—. ¡Déjame salir! No se lo diré a nadie, lo prometo. ¡Pero no me dejes morir aquí!

—Y siguió aporreando la puerta, aunque los puños le dolían, llamándolo a gritos, llamando a Tilda, o a cualquiera que pudiera oírla. Se arrojó con todas sus fuerzas contra aquella superficie de madera... y no encontró sino resistencia—. ¡Maldita sea! —renegó.

Maggie miró a su alrededor y vio que más de la mitad de la habitación estaba ya en llamas. El fuego estaba a escasos centímetros de los disolventes y un humo negro ascendía hacia el techo, haciendo que cada aliento le doliera en los pulmones. Sabía que solo tenía unos minutos, o puede que segundos, para salvar la vida.

Se acercó a la hilera de ventanas y tragó con fuerza. Saltar significaba una muerte segura. Levantó la vista a la claraboya del techo, pero enseguida supo que no le servía. Incluso si conseguía llegar a ella, la abertura no era suficiente ancha para que pudiera pasar. Tosió porque apenas podía respirar y comprendió que no tenía elección. Con rapidez, salió al estrecho repecho que corría por la fachada bajo las ventanas. No tendría más anchura que su pie, de modo que se pegó contra la pared como pudo, clavando las uñas en el estucado. «No mires abajo... No mires abajo.»

Preocupada aún por la explosión inminente, trató de buscar una salida y se alejó tan deprisa como pudo por el repecho con movimientos comedidos. Nunca se había alegrado tanto de que las casas estuvieran tan pegadas en Londres. Respiró hondo y saltó al repecho del edificio adyacente salvando la escasa distancia que los separaba.

Cuando aterrizó, sus pies trastabillaron y se aferró a la pared con el corazón en un puño. Tras unos segundos, consiguió recuperar el equilibrio y suspiró aliviada. Pegó la cara a la pared, tan agradecida que a punto estuvo de besarla.

Sin embargo, sus problemas aún no habían terminado; si su estudio explotaba, bien podía ser que aquella casa se incendiara también. Tenía que llegar al nivel de la calle enseguida.

21

En el momento en que se apeó del carruaje, Simon supo que algo iba mal. La atmósfera parecía extrañamente quieta y había un olor raro...

—¿No hueles a humo? —preguntó Quint olfateando el aire.

A Simon casi se le para el corazón. No podía saber qué casa era la que estaba en llamas, pero con frecuencia los pintores utilizaban sustancias inflamables. Si el fuego estaba cerca del estudio de Maggie, el edificio entero podía estallar.

—Mirad allí —señaló Colton—. Hay humo por la parte de atrás.

Sí, no cabía duda, jirones de humo negro y gris salían de la parte posterior de la casa de Maggie.

—¡Oh, Dios! —exclamó Simon, y corrió hacia la entrada—. ¡Colton, avisa a la brigada de bomberos!

Abrió la puerta de un golpe y corrió al interior, con Quint pisándole los talones. El humo acre, que dentro era decididamente más intenso, penetró en sus narices. ¿Estaba el fuego en una de las habitaciones? ¿Las cocinas? Tenía que encontrar a Maggie enseguida.

Con la sangre rugiendo en sus oídos, subió las escaleras corriendo de dos en dos. Justo cuando llegó arriba, oyó que Quint le gritaba:

—¡Cuidado!

Simon se volvió y vio a un despeinado lord Cranford saltar desde un rincón y oyó la inconfundible detonación de una pistola. Se agachó, cubriéndose la cabeza. Un cuerpo cayó sobre el suelo y al volverse, Simon vio a Quint sobre la moqueta sujetándose el cuello con las manos. La sangre empapaba las yemas de sus dedos.

Antes de que tuviera tiempo de ayudar a Quint, Cranford saltó por encima de la balaustrada y aterrizó sobre el descansillo. Simon saltó por encima del cuerpo de Quint para correr a las escaleras. Impulsado por el instinto, saltó desde el escalón más alto y cayó sobre la espalda de Cranford. Los dos rodaron escaleras abajo, pero Simon aprovechó su mayor envergadura para que fuera Cranford quien se llevara la peor parte en la caída.

Cuando finalmente llegaron abajo, Cranford no se movía. Tenía los ojos abiertos y respiraba abriendo mucho la boca, como si le faltara el aire. Simon lo sacudió con brusquedad.

—¿Dónde está?

Colton apareció en la entrada.

—Las llamas salen de la planta de arriba, de la parte de atrás. Fitz ha ido en busca de la brigada. Yo me ocuparé de este bastardo. ¡Corre, Winchester!

—¡Ha disparado a Quint! —le gritó a su vez Simon—. Está en el descansillo. Ponlo a salvo y luego manda un mozo en busca de un médico. Cranford ya no está en condiciones de hacer daño a nadie.

Simon subió corriendo las escaleras, con el único pensamiento de llegar a Maggie. En el descansillo, vio a la sirvienta que bajaba del piso de arriba.

—¡Milord, no puedo entrar en el estudio! —exclamó la mujer—. La puerta está cerrada con llave y se nota muchísimo calor.

—¿Hay otra forma de entrar?

—¡El tejado! —contestó la mujer con voz apremiante—. Hay una claraboya.

Simon corrió hasta la mujer.

—¿Cómo puedo subir?

—Hay una puerta al final de las escaleras que llevan a las habitaciones del servicio. Sígame, milord.

Cuando Simon se encontró por fin en el tejado, sobre el estudio, tuvo que contener la respiración y tratar de ver entre la espesa humareda. La sensación de pánico se incrementó cuando comprendió que ninguno de ellos podría pasar por aquella estrecha abertura. ¿Cómo demonios iba a sacarla de ahí? Dio una patada a la ventana y gritó para hacerse oír por encima del rugido de las llamas.

—¡Maggie! ¿Puedes oírme?

No hubo respuesta, y Simon temió lo peor. Corrió al extremo del tejado y miró abajo buscando otra forma de entrar en el estudio en llamas. Con un sobresalto vio una figura agarrada a la fachada de la casa de al lado. Las rodillas casi se le doblan. Oh, gracias, Señor.

—¡Maggie!

La veía mover los labios, sabía que estaba gritando, pero no consiguió oír nada por encima del rugido del fuego. Maggie se puso a agitar las manos tratando de avisarle para que saliera de allí. A Simon lo único que le importaba era llegar hasta ella.

Retrocedió unos pasos y corrió, y se impulsó tan fuerte como pudo para saltar al tejado del otro edificio. En cuanto aterrizó corrió hasta el borde para mirar. Maggie ladeó la cabeza hacia arriba y lo miró. Tenía el pelo desarreglado y manchas de hollín en la cara y las ropas, y sin embargo jamás le había parecido más hermosa. Simon sintió una fuerte presión en el pecho.

—¿Estás herida?

Ella meneó la cabeza, con el pánico grabado en sus delicadas facciones.

—La ventana está cerrada. ¡No puedo entrar! Date prisa, Simon.

Simon se puso en pie y enseguida localizó la trampilla para entrar en la casa… y la golpeó con el pie con todas sus fuerzas. La madera se astilló, y tras dar unas patadas más consiguió entrar. Bajó las escaleras y recorrió la planta de arriba, hasta que vio a Maggie a través de una ventana.

Segundos después, levantó la guillotina y le tendió los brazos. En cuanto sus pies tocaron el suelo de la habitación, Simon la abrazó.

—Por Dios, mujer. Me has dado…

Ella lo apartó con brusquedad.

—No hay tiempo para eso. Fuego. Disolventes. Explosión. ¡Corre!
—Y lo empujó para que se apresurara hacia el pasillo.

Simon la tomó de la mano y salieron rápidamente de la habitación. Mientras se dirigían a la calle, no dejaron de gritar «¡Fuego!» para alertar a las personas que pudiera haber en la casa. Iban por la mitad de las escaleras cuando oyeron un estampido ensordecedor que sacudió el edificio, y Simon la arrastró con mayor firmeza hacia la calle.

Salieron corriendo por la puerta. En la calle, se encontraron con el caos. Parecía que todo Mayfair estaba en Charles Street, por no mencionar a la brigada de bomberos, que también había llegado. Había hombres que gritaban y daban órdenes mientras otros trataban de mantener a la gente a raya. La bomba lanzaba agua contra la casa de Maggie… con escasos resultados. Las llamas habían engullido el interior y Simon se encogía cada vez que oía el sonido sordo de algún mueble o de la madera al estallar. De no haber reaccionado tan deprisa, Maggie hubiera podido muy bien estar allí dentro todavía.

Maggie dio unos pasos hacia la casa, pero Simon le apoyó la mano en el brazo. Y aunque ella pareció sorprendida, no hizo caso y la abrazó con fuerza. Podía sentir cómo su cuerpo temblaba.

—Casi me matas del susto, Mags —susurró contra sus cabellos cubiertos de hollín—. No vuelvas a hacerlo nunca más.

Ella chasqueó la lengua cansada y lo abrazó con fuerza.

—Lo intentaré, Simon. Ahora deja que vaya a ver cómo está el servicio.

—Y yo tengo que comprobar cómo sigue Quint —dijo él con gesto sombrío.

—¿Quint? ¿Por qué?

—Cranford le ha disparado.

Maggie dio un respingo, se volvió y empezó a avanzar entre la multitud, con Simon detrás. Cuando encontraron a Tilda, se enteró de que habían llevado a Quint a una casa de la vecindad y que el médico había llegado hacía escasos momentos. Así que Simon se llevó a Maggie a un aparte para hablar con ella antes de ir a ver cómo estaba su amigo.

—Me temo que tu casa no podrá salvarse —Y le limpió un manchurrón negro de la mejilla con el pulgar.

—Me temo que tienes razón. —Maggie arqueó una ceja—. Aunque parece que te alegra, no lo entiendo.

—En primer lugar, todo lo que se pierda, se puede reponer. Lo que importa es que tú estés a salvo. Y en segundo lugar —se inclinó para susurrarle al oído—, sonrío porque resulta que ya sé dónde vas a dormir esta noche.

𝓔l calor le escocía en los ojos y el aire estaba tan caliente que casi no podía respirar. El pánico y el humo saturaban sus pulmones. Trató de llegar al piso de arriba, evitando las llamas, pero avanzaban demasiado rápido. No podía huir… era como si tuviera las piernas hundidas en melaza.

Gritó pidiendo ayuda.

—¡Maggie, despierta!

Maggie despertó con un sobresalto, con una mano que la sacudía suavemente por el hombro. El sudor le caía por la frente y jadeaba, con todos los músculos en tensión. Un sueño, se dijo a sí misma. Solo había sido un sueño. Estaba lejos del fuego, a salvo.

—Maggie, ¿estás bien?

Maggie se volvió y vio a la duquesa de Colton a su lado.

—Estoy bien. Solo era una pesadilla —dijo con voz ronca.

Aún se notaba la garganta reseca por el humo y el hollín. Julia pareció darse cuenta y la ayudó a beber un trago del vaso de agua que había en la mesita.

—No quería despertarte —le decía Julia en ese momento—, pero no dejabas de sacudirte y gemir. Estaba empezando a preocuparme.

Maggie tragó y se relajó contra los almohadones. La intensa luz del

Sol se colaba por entre unos cortinajes desconocidos. Simon no había faltado a su palabra y había insistido en llevarla a Barrett House. El fuego ya se había extinguido, y poco había que ella pudiera hacer ya en su casa. Por lo visto, Cranford había muerto por la caída por las escaleras. De modo que Simon había tenido que ocuparse de los policías y de Quint, a quien habían disparado en el cuello. Gracias a Dios, la herida resultó ser de poca importancia. La bala había desgarrado el tejido blando pero no había tocado nada vital.

—¿Dónde está Simon? —preguntó a Julia.

—Ha ido a ver a alguien. Mandó a buscarme para que no estuvieras sola.

—¿Cómo está Quint?

—Recuperándose. Por lo visto, en unas semanas estará como nuevo.

—Es un alivio. Si alguien hubiera muerto…

—Lo sé, bonita. —Y le apartó los cabellos de la frente—. Todos estábamos muy preocupados por ti. ¿Te apetece un chocolate? ¿Té? ¿Unas tostadas? Pediré que te suban lo que tú quieras.

—Chocolate y tostadas, por favor.

Julia se levantó y se acercó a la puerta, y cruzó unas palabras con alguien que estaba en el pasillo.

—¿Te dijo Simon que Cranford no fue el responsable de la agresión a Cora? —le dijo a Julia cuando volvió a entrar.

—Sí, lo que significa que quien lo hizo podría hacer daño a alguien más.

—Precisamente. —Maggie se desperezó, mientras los efectos de la pesadilla acababan de disiparse—. ¿A quién tenía que ver Simon tan temprano? Después de lo que pasó anoche, lo normal hubiera sido que él también se quedara en la cama hasta tarde.

Julia bajó la mirada y se puso a arreglarse las faldas, evitando los ojos de Maggie.

—Ha ido a ver al Secretario de Estado.

—¿El Secretario de Estado? ¿A esta hora?

—Quería aclarar todo este asunto de Lemarc. Aunque no veo cómo podría hacerlo sin hablar de la extorsión ni delatar al artista... cosas ambas que ha dicho que no haría.

Maggie se incorporó, con un nudo en el estómago.

—¿Y qué piensa decir?

—Espera que con su palabra bastará. Cree que si promete que no habrá más viñetas y que Lemarc no incitará a las masas a la revuelta, la investigación cesará.

—¿Y cómo espera hacer eso sin atraer la atención sobre su relación con Lemarc?

Julia apretó los labios.

—No puede, está claro. Su idea era admitir que conoce la identidad del artista... sin nombrarte a ti, por supuesto.

—¿Cómo? Pero eso es... —Una «estupidez» era la palabra más suave que se le ocurría.

—Sí, ya le dije que no era prudente —comentó Julia leyéndole el pensamiento—. Pero dijo que prefería que las sospechas recayeran sobre él y no sobre ti.

Maggie cerró los ojos. Oh, no. Posicionarse con un artista acusado de actividad sediciosa destruiría su posición en el Parlamento. Cielos, y no solo su carrera política; tendría suerte si no presentaban cargos contra él también.

Tenía que hacer algo. Su mente trató de buscar una solución, una forma de que Simon no tuviera que cargar con la culpa. Todo aquello era culpa de Cranford. De haber seguido con vida, lo habría pateado. Respiró hondo, porque de pronto se le ocurrió una cosa.

Cranford... sí, tenía sentido. Después de todo, quizá sí podría utilizarlo.

Se incorporó de golpe y apartó atropelladamente la ropa de cama.

—Julia, ayúdame a vestirme. Tengo que ver a la señora McGinnis enseguida.

—*E*stamos en una posición un tanto delicada, Winchester.

Henry Addington, vizconde de Sidmouth, se recostó contra su asiento y unió las yemas de los dedos con aire pensativo. Sidmouth, que tenía poco más de sesenta años, ocupaba en aquellos momentos el cargo de Secretario de Estado del Ministerio de Interior, que eran quienes estaban pidiendo la cabeza de Lemarc.

—Esas caricaturas son peligrosas.

Simon se había desplazado hasta White Lodge, la residencia del vizconde en Richmond Park, donde había esperado más de una hora para poder verlo. Habría preferido estar en casa, en la cama con Maggie, pero el asunto de la sedición había llegado demasiado lejos y no podía posponerlo.

Aquella misma semana, los representantes del Ministerio de Interior habían vuelto a visitar a la señora McGinnis y la habían amenazado en un nuevo intento por descubrir la identidad de Lemarc. Así pues, debía convencer a la Corona de que Lemarc no había hecho aquellos dibujos y de que ya se había encargado del responsable. Quizá entonces conseguiría que abandonaran la investigación.

—Y, como bien sabe, nos tomamos las amenazas de sedición muy en serio, sobre todo después de lo sucedido en Peterloo. Esas caricaturas demuestran por qué las Seis Leyes son tan importantes para preservar la paz en el reino —comentó Sidmouth, aludiendo a la ley que prohibía cualquier cosa que se percibiera como un acto de traición o sedición para evitar disturbios.

—El objetivo del artista no era incitar un comportamiento sedicioso —explicó Simon con suavidad—. A pesar de lo cual, puedo asegurarle con conocimiento de causa que esas caricaturas se han acabado.

Simon no quería entrar en detalles, aunque su cuñado no merecía que lo protegiera. Pero si el plan de extorsión salía a la luz, su madre y su hermana sufrirían mucho, por no hablar de que cualquier investigación ulterior podría llevar a Maggie. De modo que imaginó que lo mejor para todos sería que se mostrara un tanto ambiguo.

—Me parece interesante lo que dice, Winchester. ¿Quizá conoce usted al artista?

Estaban en terreno resbaladizo.

—En cierto modo. Nos conocemos mutuamente.

Sidmouth se acarició el mentón.

—No era el objetivo del artista, dice. ¿Y cuál era su objetivo?

—¿Qué desea todo artista? Notoriedad. Aumentar sus ventas.

—¿Y estaría dispuesto a darme su nombre?

—No. He jurado mantener la confidencialidad. Pero me ha prometido que en el futuro se atendrá a temas más apropiados.

A Sidmouth no le gustó esta respuesta. Su rostro alargado adoptó una expresión ceñuda y miró por la ventana.

—Apreciaba mucho a su padre, Winchester —dijo el hombre con desgana—. Era un buen hombre. Sé que ha tenido usted una gran responsabilidad desde muy joven, y admito que ha hecho un buen trabajo, pero esta situación me pone en un dilema. He prometido que haría caer a Lemarc. Que se le daría un castigo ejemplar. Y difícilmente puedo hacerlo si no me confienza usted quién es ese rufián. —Y clavó su dura mirada en Simon—. Porque no es usted, ¿verdad?

—No, por supuesto que no. —Le mantuvo la mirada—. No soy Lemarc.

—Y no hay ninguna posibilidad de que lo delate, ¿me equivoco?

—Ninguna, me temo.

—¿Está dispuesto a cargar con las consecuencias que puede acarrear que me oculte esa información?

—Sí, señor.

Sidmouth suspiró.

—Tenía grandes esperanzas puestas en usted, Winchester. Su familia ha ayudado a conformar las leyes…

El sonido de alguien que llamaba a la puerta los interrumpió. El mayordomo pasó y le entregó a Sidmouth una nota que llevaba sobre una bandeja.

—Milord, acaba de llegar. Parece que es urgente.

—Discúlpeme, Winchester.

Sidmouth abrió el sobre y sus ojos miraron con asombro cuando leyó el contenido. Miró a Simon.

—Bien, parece que esta conversación ya no será necesaria. Han encontrado a Lemarc.

22

La puerta de la salita se abrió de golpe cuando Maggie estaba colocando otro lienzo en una caja de madera. Levantó la vista y vio a un furioso, pero por lo demás increíblemente guapo conde de Winchester entrar en la salita. Pantalones de color crudo, botas altas y una levita azul oscuro realzaban su figura esbelta y poderosa. El corazón de Maggie aleteó, pero enseguida se llenó de angustia, dolor y pesar.

Simon se plantó con las piernas abiertas y las manos en las caderas.

—No sé si besarte o ponerte sobre mis rodillas y darte unos azotes, mujer chiflada.

—¿Puedo elegir yo? —balbuceó Maggie sin poder evitarlo.

Él meneó la cabeza.

—No tiene gracia, Maggie. Casi me da un ataque cuando Sidmouth anunció que tenían a Lemarc. Lo juro, la noticia me ha quitado diez años de vida.

—Te entiendo muy bien, puesto que es lo mismo que sentí yo cuando supe que habías ido a hablar en nombre de Lemarc ante la Corona. ¿En qué estabas pensando?

—Pues pensaba en salvar tus posaderas increíblemente atractivas, señora mía.

—¿Y echar a perder tu posición en el Parlamento? No podía permitirlo. Es mejor de este modo. Cranford pierde y todos los demás ganamos. ¿No dices siempre lo mucho que te gusta ganar?

Simon no contestó, y en vez de eso le hizo una pregunta:

—Dime ¿cómo lo hiciste para convertir a Cranford en Lemarc?

—Recogí algunos cuadros de Lemarc de la tienda de la señora McGinnis y los llevé, junto con algunos útiles de pintura, a su domicilio. Y puesto que su esposa está en el campo y ha despedido a los criados, la casa era una tumba. Julia y lady Sophia me ayudaron. Y por si te lo estás preguntando, las dotes de lady Sophia para abrir cerraduras son asombrosas.

Simo puso los ojos en blanco.

—Pues no, no me lo estaba preguntando. De verdad, entre las tres me vais a matar.

Dejó escapar un suspiro y fue hasta donde estaba Maggie. Una enorme mano se levantó para sostener su rostro, con los ojos llenos de ternura.

—Has renunciado a Lemarc a pesar de haber trabajado tan duro para conseguir el éxito. Cranford será elogiado como uno de los grandes artistas del momento.

—No. —Maggie retrocedió y puso cierta distancia entre ellos—. Se le considerará un radical. Seguramente todos estos trabajos serán confiscados y quemados, sea cual sea el tema.

—No puedo quedarme a un lado viendo cómo destruyen tu trabajo. ¿Cómo puedes soportarlo?

«Porque te quiero más de lo que necesito seguir siendo Lemarc», pensó Maggie, pero se obligó a encoger los hombros y siguió guardando sus nuevos lienzos.

—No puedes hacer nada, Simon. Déjalo.

Simon, al ver que no contestaba a su pregunta, reparó por fin en lo que los rodeaba.

—¿Todos estos cuadros son para sustituir lo que perdiste en el fuego?

Maggie asintió. Aquella tarde había mandado a algunos miembros del servicio de Simon a recoger algunas cosas mientras ella estaba en la casa de Cranford, lo justo para poder pasar hasta que se instalara en alguna parte.

Simon se rascó el cuello pensativo.

—Entonces, ¿por qué estás recogiendo, incluso los materiales y lienzos en blanco?

—No puedo quedarme aquí. —Por fin, el momento que había estado temiendo. Hizo de tripas corazón y le plantó cara—. Me voy de Londres. Creo que ya es hora.

Simon se quedó boquiabierto.

—¿Que te vas? Estás… Me temo que no lo entiendo. —Se acercó más, y se puso visiblemente pálido cuando empezó a comprender—. Dime que no estás pensando en dejarme a mí también.

Maggie se aclaró la garganta en un intento por aliviar la tensión que sentía.

—Siempre habrá algún Cranford, alguien…

—No —ladró él—. Definitivamente no.

—Simon, sé razonable. Utilice el pseudónimo que utilice, siempre habrá alguien que trate de averiguar mi identidad. La amenaza nunca desaparecerá.

—Entonces no utilices un pseudónimo. Utiliza tu verdadero nombre… o el de condesa de Winchester, si lo prefieres. —Cruzó los brazos sobre el pecho, con expresión grave y desdichada—. No huyas de mí, Maggie, no dejaré que te vayas.

¿Duquesa de Winchester? No podía estar hablando en serio. Que un hombre de su posición estuviera casado con una artista sensacionalista no podía acarrearle más que vergüenza y descrédito. Por no hablar de que ella ya no tendría la libertad de pintar y dibujar lo que quisiera… ¿o sí? Ningún marido toleraría caricaturas políticas obscenas ni dibujos al carbón de sirenas medio desnudas.

—¿Y se supone que tengo que conformarme con pintar cuencos de fruta y flores?

Simon frunció el ceño y su frente se llenó de arrugas.

—¿Es eso lo que te preocupa, que trate de convertirte en alguien más respetable? —Y como vio que no contestaba, rio con suavidad—. Cariño, si quieres pintar frescos de desnudos en el techo de la catedral de San Pablo, iré personalmente a hablar con el arzobispo. No podría estar más orgulloso de tu talento. Mientras no nos uses a mí o a mi familia en tus viñetas, nunca te diré lo que tienes que hacer.

Maggie se mordisqueó el labio tratando de decidir si le creía. ¿La quería lo suficiente para mentir? Desde luego, aquel hábil parlanchín detestaba perder.

—Si lo prefieres, lo pondré por escrito en el contrato de matrimonio. «La condesa podrá pintar y dibujar lo que a ella le apetezca.»

—¿Lo harías?

—Si eso es lo que me pides, sí.

Maggie sintió una enorme sensación de alivio y calidez, hasta que se acordó de lo otro.

—Mi arte es el menor de tus problemas. Mi reputación...

—Me importan un comino los cotilleos. Puedes dar tus fiestas en Barrett House. Y si quieres que nos vayamos de Londres, pues también. Viviremos en Winchester Towers o en París. No me importa, mientras podamos estar juntos.

—Pero tu trabajo en el Parlamento... no puedo pedirte que renuncies a eso.

—Maggie, por si no lo recuerdas, estaba dispuesto a renunciar a él hace unas horas cuando fui a ver a Sidmouth. De verdad, para mí no hay nada más importante que tú.

La decisión y la sinceridad inquebrantables que veía en él la llenaron con un abrumador sentimiento de felicidad y amor que hizo que los ojos se le llenaran de lágrimas. Dios, detestaba llorar. Pero todo en ella desbordaba, y sentía una alegría tan intensa que no podía contenerla. Antes de darse cuenta, Simon la tenía en sus brazos.

—Te quiero, mujer exquisita y enloquecedora. Haré lo que haga falta para que seas feliz. Y lo haré encantado. —Hundió el rostro en sus cabellos y aspiró—. Solo te pido que no me dejes nunca.

La calidez de Simon la envolvía, la seguridad y aceptación que había buscado toda su vida concentradas en aquel único abrazo. Sabía que jamás podría renunciar a aquello, no podría renunciar a Simon. Se relajó en sus brazos, se fundió con su alta figura. Lo rodeó con los brazos por la cintura y notó que también él se relajaba.

—Seré una esposa terrible.

—No es verdad. Serás exasperante, buena, amorosa y fuerte. Lo que nunca serás es aburrida, y te aseguro que me parece bien. ¿Significa eso que aceptas casarte conmigo?

Maggie casi dijo que sí, pero antes había algunos detalles que tenían que aclarar. Se echó ligeramente hacia atrás y trató de parecer seria.

—¿Me construirás un estudio en la planta de arriba, como el que tenía en mi casa?

—Sí. Ahí lo único que hay ahora es la sala para los niños, y podemos trasladarla a otro sitio. ¿Qué más?

—¿Me dejarás pintar tu retrato?

Conocía la pose ideal, una de la noche en que lo vio masturbándose, y las mejillas empezaron a arderle.

Simon la miró entrecerrando los ojos con expresión recelosa y sus labios sonrieron.

—¿Me estás hablando de un retrato subido de tono, descarada?

—Si voy a pintarte, quiero que sea como yo te veo.

Él rio para sí y levantó los ojos al techo como si aquella mujer estuviera poniendo a prueba su paciencia.

—Solo puedes pintarme totalmente vestido, Maggie.

—¿Por qué? Sería solo para mí, lo prometo. Nadie lo vería.

—Nunca sabes lo que podría pasar con un cuadro así. Podría acabar en las manos equivocadas. Además, podrás ver una versión más realista e íntima de mí en nuestras habitaciones siempre que quieras.

Maggie trató de manifestar la cantidad adecuada de decepción.

—Ya estás rompiendo la promesa que has hecho de hacer que sea siempre feliz y ni siquiera nos hemos casado.

Simon la aferró de la mano y empezó a arrastrarla hacia la puerta.

—Ven a mis habitaciones y te enseñaré lo feliz que puedo hacerte. Y si me lo pides con educación, te lo enseñaré dos veces.

—¡Simon! —exclamó ella riendo—. Fuera aún hay luz.

Él abrió la puerta.

—No eres la única que puede tener un comportamiento escandaloso, milady.

ECOSISTEMA DIGITAL

NUESTRO PUNTO DE ENCUENTRO

www.edicionesurano.com

2 AMABOOK
Disfruta de tu rincón de lectura
y accede a todas nuestras **novedades**
en modo compra.
www.amabook.com

3 SUSCRIBOOKS
El límite lo pones tú,
lectura sin freno,
en modo suscripción.
www.suscribooks.com

DISFRUTA DE 1 MES
DE LECTURA GRATIS

1 REDES SOCIALES:
Amplio abanico
de redes para que
participes activamente.

4 APPS Y DESCARGAS
Apps que te
permitirán leer e
interactuar con
otros lectores.